长弓少年行

CHANG
GONG
SHAONIANXING

圆太极

著

YUANTAIJI
WORKS

北京联合出版公司
Beijing United Publishing Co.,Ltd.

一未文化　　非同凡响

北京一未文化传媒有限公司
www.bjyiwei.com
出品

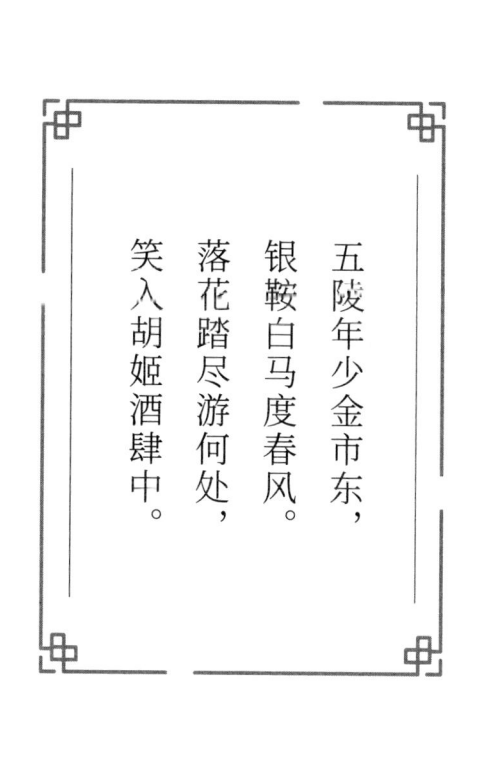

五陵年少金市东，
银鞍白马度春风。
落花踏尽游何处，
笑入胡姬酒肆中。

第四章　密信风波	109
第五章　自入险瓮	145
第六章　绝处熬炼	181
第七章　堰崖对战	219
第八章　分洪倾江	249

目录

楔子　001

第一章　畏血之卒　003

第二章　搏命之训　039

第三章　造器为始　073

楔 子

北宋靖康二年四月（公元 1127 年），金兵分两路押宋徽宗、宋钦宗北去金国，同时被押送的还有众多皇室成员和重要官员，另有一些忠心跟随徽宗、钦宗的普通官员和宫中仆役分由各部将领押送。

金国宗翰部参将萧苏力押解的大多为低阶官员。这一晚，众人过黄河后，途经大名府①。此城甚是繁华，即便多番征战也未遭受什么重大毁损。

萧苏力做事谨慎，恐城中人多生乱，未带队入内，只在城南郊外的一处荒岭扎营。鹿角丫杈第一围，矛刺地钉第二围，铁甲战车第三围，骡马惊牲第四围。整个营寨如铁桶，就算一只岭上土鼠都休想悄无声息地穿营而过。

这一夜月无光、风哀吟，营寨四周静谧得有些诡异。夜值守营的兵将生怕发出的声响惊吓到自己人，黑暗中导致误杀误伤，都不敢随意走动。

忽然，营寨中悠悠地响起了一阵哭声。那哭声就像夜鬼哀号，带着一种人间尽毁的惶恐和哀怨；像黑暗中的妖魅在迷唤人们的魂魄，随时给人钉上永不能化解的诅咒。哭声凄凄惨惨地持续了将近一夜，整个营寨没一人敢去确认或制止，也无人敢睡。

---

① 大名府：北宋时设有东京、西京、南京、北京，大名府即北京，在今河北省大名县。

天刚蒙蒙亮，未能安睡的萧苏力忙起来吩咐拔营启程，但就在此时，风云变色，一时间昏天黑地，惨雾滚滚越聚越浓，将营寨层层包裹。

雾气是莫名其妙而来的，又在顷刻间就消失。雾气消失的同时，哭声也顿时停止。

天地恢复了清明，金兵查点押解人数，发现少了一名宋官。此人与别人相连的枷具被丢落在地，没有一丝损坏。周围看护的金兵都各守其位，四围营防也未有任何异常，很难想象此人是如何走掉的。这宋官是忠心追随二帝才北上的，当初本就可以不来，不知为何到了此处重又逃走。

在场的很多人都记得这哀哭悠悠的一夜，但很少有人知道，他们度过这诡异一夜的地方叫玉盘坨。

第一章 畏血之卒

一战全殒的十八神射

北风寒涩如刀，夹杂着沙土和草叶，飞舞成妖魔的姿态，磨淡了远处的色彩和近处的光线，让天地间的景象变得更加浑浊。行走在这片浑浊中的人们始终看不见前方，渐渐有些绝望了。

这群逃难的人，已经连续行走了两天两夜。他们速度不快，一直沿着京西南路朝南走。途中，他们两次遇到金兵南路游骑的拦截，还碰上过马匪，但都没能让他们的脚步有太长时间的停滞。他们中有人用快如闪电的攻击撕破了浑浊，让那些金兵游骑和马匪在连续的闷哼和惨叫中殒命。

当时出手的人不多，一共十八个。十八个人的身手却是非常厉害，没等那些游骑和马匪逼近就已经尽数将他们杀死。所有的攻击只是以隐蔽的动作发出一些普通人无法觉察的光闪和轻鸣，因为他们用的全是远射和飞掷武器。

利用一大群难民作为掩护是很妙的策略，不仅可以全面防护，还可以按照自己的意图移动。但是这样厉害的十八个人为何要混在一群南逃难民中？他们到底在害怕什么，逃避什么？

"前面就是大宋均右县界了，只要进了界内的雉尾滩就没事了。"一个用粗布幔将全身都披裹起来的刀楞脸低声说道。在前方的一片浑浊中，他最先看到了希望，便悄声告诉一直提心吊胆、疲惫不堪的同伴们。

雉尾滩不是河滩而是山，因为奇峰林立、怪石嶙峋，就如雉尾蓬展、惊翎乍开一般，便得了这么个名字。那刀楞脸说得没错，这样的地方，处处可以藏身。别说他们这一群难民了，就是来一队几千人的兵马，往这雉尾滩里一钻，也连个影都找不到。

"最接近安全地带的位置也是最佳的绞圈[①],越是到这关口越要小心,精气神都别泄下,招子燃亮了。"刀楞脸提醒同伴。

其实不用提醒,其他十七人都是经过最残酷的训练后挑选出来的,在凶机杀局里闯荡过多次,当然知道伏、寐、控、转等诸多绞圈杀伐的道理。他们不仅没有一点松懈,还把互相之间的关联队形调整得更加严密。可合可散、可攻可退,并结合周围难民的分布以及沿路地形,做到了可藏可逃。

逃难的人群过了均右界,终于进入雉尾滩。刀楞脸回头看了一眼被奇峰怪石暗影笼罩的来路,轻轻地松了一口气,随后将盖在头顶的布幔掀了下来。可还没等刀楞脸把头再回过来,难以置信的事情就发生了。一声崩响,无数"嗖"声,惨叫声寥寥,人却是倒下了大片。

那些崩响是连机排弩的弦射声,这种连机排弩一触多射,按需要布设时,可一排齐射,也可横竖分布整片齐射。刚刚那一阵很突然的排弩射杀就是整片齐射,近乎一半的难民没能躲过这轮射杀,被射成了马蜂窝。

十八人中,刀楞脸和十五个同伴及时做出了反应。他们纵身侧滚在地,顺势将身上的布幔全部褪去,露出一身软扣短甲。每个人身上背靠扎刀鞘,小月劈刀刀把朝下,长弓在前,双箭壶绑在左右大腿外侧,后胯一侧挂小弩,另一侧是一排无羽小箭。

幸存的难民嘶声尖叫,寂静的雉尾滩响起一片哭喊声,随着众人四散奔逃,很快就被奇峰怪石、草木荆棘分割了、阻挡了。而那些声音还未传远,就又被准确快速的点射掐灭了。

对于十八人来说,混在难民中移动是极好的掩藏策略。而对于截杀者来说,将这群难民全部杀死才是最简单有效的截杀策略。

---

① 绞圈:古代战术术语,指截杀的布局。

"寻壳，钻瓮！"刀楞脸大声喊着。声音未落，一蓬鲜血喷洒在他脸上，是他旁边一个同伴的。那同伴被一支焰形头箭支削开了半边脖颈。

刀楞脸赶紧往左侧移动。从刚刚那个同伴中箭的角度、高度和方向，他确定了射手的位置。现在，只有左侧那个弯腰石可以躲开这个射手的攻击。

还没移动到位，又一个人重重地平跌过来，撞在刀楞脸的身上。那是另外一个同伴，被一支鱼尾形箭直接从口中射入，穿透后脑。那同伴撞在刀楞脸身上时，穿透后脑的箭头差点插入他的眼睛里。

刀楞脸盯着箭头带血色的锋芒，恐惧升到了极点。

"雪舞穹庐！是雪舞穹庐！"嘶喊出这两句后，刀楞脸就只来得及移动身体和大口喘息。

雪舞穹庐箭矢就像漫漫大雪飞舞在一座弧顶房子里，而这房子里的人不可能不被雪花沾到。

刀楞脸移动得很及时，也很会挑选躲避的地方。在各种急电般的袭杀中，他快速找到一个护壳，狼狈地爬了进去。

又有两个同伴的惨呼声传来。那声音是因为垂死和疼痛，也是信息传递的一种方式。他们在训练时就有这样的规定，只要还具有战斗力，哪怕身体受伤再疼痛，都是不许发出叫声的，这会影响同伴的稳定性和战斗力。一旦觉得自己已经彻底失去战斗力了，那就必须发出惨呼，这样可以让同伴知道实际状况，以便重新权衡处境和实力，确定下一步该如何应对。

刀楞脸听到了惨呼，但他并不能准确地判断状况。已经躲入护壳的他仍是遭到不停射杀，射杀的方向角度让人匪夷所思。幸好一群难民已经全都沉寂在血泊中了，他才能听到不十分明显的弓弦声。幸好匪夷所思的方向角度并不多，他才能及时闪躲，险险地让开那些箭支。

同伴的惨呼还让他明白了一件事情，这样躲闪下去肯定不是办法，只要出现一次大意迟缓，就肯定会被插枝①，或许反击才是眼下更好的保命办法。

"九宫龙游，偏走东南。"刀楞脸再次高喊一声，这是要同伴们组成九宫阵型往西北方向突围。他没有采用其他阵势反击，是怕剩下的人不够组成其他阵型。而说东南走西北则是他们行动之前的约定，这样就算大声交流别人也无法准确获知他们的意图。

九宫阵型，八点强攻，一点伺机。伺机的一点确定了主要目标或突破口后，便会发令九点齐射，其势会如破壁劈山一般。但是一个再强的攻击阵势，如果找不到目标那一切都是枉然。

九宫龙游是以最快速度向西北方向移动的。移动一开始，他们便不断地朝着刚才箭矢射来的方向回射，也仅仅是回射。他们并没有确定目标，因为根本看不到目标，所以很多箭矢都是射向深邃的天空，不知落到什么地方去了，而这情形更加让人觉得恐怖。他们真切判断出的箭支射来方向怎么会在什么都没有的空中？

找不到目标，也不能让自己成为被别人射杀的目标，所以出乎别人意料快速地从西北方向突出也算是极佳策略。他们刚刚就是从北边过来，对手很难料想到他们还往那个方向去。一个绞圈的范围也不会很大，阻杀开始时所处的位置，应该是绞圈杀伐效果最好的位置，所以只要移动开一段距离，就能脱离绞圈。而雉尾滩地理形势复杂怪异，一旦脱离绞圈，哪里都能找到藏身位置和逃走的路径。

没想到，移动的开始仿佛才是真正杀戮的开始。雪舞穹庐的穹庐要么是天地一般大，要么就是可以随着意愿任意伸展和移动，而对于在其中快速移动的人，沾上飞雪的可能性就更加大了。

前十步别人可能是为了看清他们的意图，所以未做反应。第十一步时

---

① 插枝：被箭矢射中。

有一人中箭倒下，第十二步时又一人中箭倒下，第十三步时三人同时中箭倒下……而这个时候已经不可能再变换其他阵型和方向了，只能全力往前，争取尽早冲出绞圈。

九宫最后一点上轮番伺机的几个人是最便于观察的，却仍是什么都没有发现。仿佛敌人是藏在云里，这些箭真就是从天上射下来的一样。

很快，九宫龙游的阵型已经无法成形了，不过余下的人仍是执着地往西北方向奔逃。他们都期望再熬上几步，从完全罩住自己的穹庐里逃脱。

刀楞脸在各种怪石之间转移着。他比其他人更有经验，他的速度虽然不是最快的，但是每次转移的点都是具有不同隐蔽面的。别人要想射中他，就必须改换位置角度，而等更换好位置角度了，刀楞脸已经快速移动到另外的怪石那里了。

不过，在移动的过程中，刀楞脸的心渐渐寒了。虽然没有很多高声的惨呼响起，但他能感觉到箭矢划空的风声，也能感觉到同伴重重跌倒的震动。这些同伴中的都是硬弓重箭，而且全是瞄准要害的一击必杀，所以临死都来不及发出惨呼。

刀楞脸算了算自己移动的直线距离，至少有三弓射的距离。如果攻击开始是绞圈中心，那就是说自己已经跑出六弓射的绞圈。这样大范围的雪舞穹庐绞圈，要有百人以上才能组成，可射而不显形的高手，要一下聚集上百人谈何容易。而如果没有上百人，那么自己肯定是遇到了芒山九圣。

"九圣不知处，天地遍金芒。"只有他们能以九人之数布出没有边际的雪舞穹庐，能故意在别人觉得最不适合布绞圈的雉尾滩截杀。也只有他们，才会为达目的凶残地杀死整个难民群。现在，他们可能已经在享受猫捉老鼠的快乐，自己铁定是逃不出去的。

想到这里，刀楞脸意识到了什么。他停滞了一下自己变换的身形，伸手到怀里，握住那个黑油布包。但他才这样一个微小的停滞，几道电芒已经立刻从不同方位射来，将他所有可移动的方向锁定。

"当心！"一个身影扑了过来，是刀楞脸的背眼①。背眼本来是想挡在刀楞脸前面的，却直接摔落在刀楞脸的身上。射中他的是一支三棱重头箭，此箭杀伤力巨大，入肉直接撕开三岔状的大口子，而箭身穿透人体出来时的伤口会是进入伤口的几倍。三棱重头箭的冲击力也极大，箭头穿透人体的力道可以直接将人带跌出去。

刀楞脸抱住跌在自己身上的背眼，三岔大口子里喷涌而出的热血浇得他满怀满身。他张大嘴巴，想发出一声痛彻心底的悲号，但还未等声音发出，一支宽刃薄钺箭已经到了面前。于是，他的嘴巴直接张到了头顶。

刀楞脸就像被刀劈开了一样，裂口里的血先是灌满了嘴巴，然后再从无法闭合的嘴里涌出，流满下颌，泼洒胸前，滴落在一块晃动的乌铁腰牌上。腰牌上铸的"羿神卫"三个篆体字，渐渐被鲜血覆盖。

三天后，八百里快骑的马蹄带起一路飞扬的落叶，将加急快报送入临安城。急报并未送入兵、刑、吏三部，而是直接入了羽林卫弓射营将军处。大概因为羿神卫隶属于弓射营辖下，弓射营参将黄胜接报后没有丝毫怠慢，立刻将此急报又转至捉奇司。

"报——，金国玉盘坨玄武水根穴已被打开。"

"报——，捉奇司掀山盖带符提辖全数失踪，无踪迹可寻。"

"报——，羿神卫天狼十八神射全殒于均右雉尾滩。"

……

捉奇司收到连续急报，但拿到急报的铁耙子王却看似并不着急，依旧保持着一张笑脸。

死的死，失踪的失踪，都发生在南逃的路上。这说明他们真的找到了

---

① 背眼：射手搭档，负责警戒、保护和助攻。

些重要的东西,所以人家才会追他们、拦他们、杀他们。可那会是什么东西呢?那东西现在又在哪里?

晕倒中扶起麻将

"白马山南白马岭,九亩陈门井空里。金竹专打狗鼻头,五沙云上望黄泥。"这不是一首诗,而是一段地理方位的暗语,民间也有管这叫"图语""路话"的。

这一段图语说的是湖州往南、临安以北的一个小地方。这地方有山有岭有谷、有田有林有水,但因为地处临安界和湖州界的无人管区域,所以早前没人居住,始终是山清水秀、竹茂草深的一片自在天地。

金兵南侵,靖康耻乱后,宋高宗南迁设临安为行都,其后宋金以秦岭淮水为界,但金国蛮贼常常越界掠夺,涂炭汉族百姓。众多遭遇金蛮祸害的平常百姓为求生存,只能步高宗后尘成南迁流民,其中有人看中了这两府交界的无人管处,便安身下来。

此处虽然荒僻,但物产颇丰,只要聪慧勤劳,衣食可以无忧。那些人看中这个地方还有一个原因,就是此处两府不理、邻县不收。这倒不是为了便于作奸犯科,而是可以免了日常的赋税,还没有官派役责。

住在这里山脚竹林边的十几户人家,绝大部分都来自淮水边的泗州城。金兵屡次侵扰,泗州城已如荒墟,无人敢住。这十几家是在金贼屠刀烈火中家破人亡,留得命的只能结伴一路南下,找到这个安身之处。

"脚稳,腰挺,臂随肩,肩随腰,腰随胯,胯随腿。心中有眼,眼随线走。"一个不高的声音像是在念着什么秘诀,传授着什么高超武艺,只是发出的声音底气薄了些，带着些柔弱和谨慎。

溪水边一块还算平整的地面上有木棍绑扎的人字架，一根铜盆粗细的大木已经去根去枝，架在了人字架上。有个年轻人稳稳地站在大木上，正使劲推拉着一把巨大的锯子。

这年轻人个头不算高，相貌也平常，不过面庞棱角分明，四肢肌肉匀称，背挺腰韧，双目烁光闪动，一看就是常年翻山越岭、辛苦劳作的人。

"虽然没有弹墨线，但你自己心里要有线、眼里要有线，然后顺着这条无形的线走锯，重推缓拉，呼推吸拉，与气息配合好就不觉得累了。"

话说得很有些功法玄意，但说话的并不是什么高手，而是村里的袁木匠。当初江淮一带流民南迁，其中有不少好的手艺人。

"阿爹，这可是三拉锯，本来上锯只是看线控走向，下两锯才是真正出力的。你让我一个人又掌锯又控走向的，脚下难稳住，力气更够不上，怎么可能再按看不见的线锯直了。"站在大木上拉锯的年轻人表示了不满。

"不是力气不够，是你练得不够、做得不够。木匠的手艺你也算从小学起的，现在差不多也能独自造屋筑桥、雕木做器了，到头来重又让你练这锯大木，你可千万别觉得没有必要。做菜一辈子，仍要琢磨如何放盐。唱曲一辈子，仍要琢磨如何开声。木匠锯大木也是一样，练的是心、是眼、是气、是意，是从无形之中见有形，从无序之中找规矩。这要不好好磨一磨，将来你会觉得手艺不够用的。"

年轻人故意摆出一副无奈的苦相："阿爹呀，你别老是'不够不够'的了。当初给我起这么个名字，就是因为我胎月不够，体重体长不够，八字运数不够。你明明知道我先天都不够，还要我做这些难事。"

袁木匠盯着年轻人，思绪一下飘飞得很远很远，他仿佛又见到当初的孩子。这个什么都不够的孩子是他从死人堆里抱出来的，或许真的像算命先生说的运数不够，三岁时就把全家克死了，而自己这个外人也差点跟着遭殃。

好在这孩子这些年跟着自己倒也无灾无难,学个手艺也颇有灵性。将来凭好手艺吃饭,再给自己养个老,也算没有白把他养这么大了。

"你说得对也不对,不够还有一层意思,就是不够取,不强求自己达不到的。你先天的运数体质都够不上,强求也是无果。还有,这只是你小名,大名不是另取了吗?"

小伙子没说话,他当然知道自己大名袁不彀有着怎样的含义。大名的"不彀"和小名"不够"同音,却是指不张弓,也就是不遇战事、不动杀戮,可安安稳稳地过一辈子。

"太平日子凭手艺吃饭,要不从这木匠道上磨练你,你真就啥都不够了。今天这大木必须竖锯三开,再去练悬锤对点、瞄弦度角,练成这样的功夫才能成建房造物的大匠高手。"

"啊呀,我的阿爹呀,你是想磨死我呀。这样练下来我头晕眼花的连西坡的霞妹妹都会看成夜叉鬼了。"

"别贫嘴,贫嘴就再加半时辰的斧角刻花。"

手艺人心静性淡,就连说话都软软慢慢,但袁阿爹这话一说,袁不彀马上不再耍贫撒赖。他凝神聚气,力随心行,那大锯顿时顺畅起来,锯屑飞扬中,锯齿呈一线稳稳下行。袁阿爹看了,微微点了点头,转身走到一旁,只管劈竹做自己的事情。

没了说话声,只有鸟鸣、溪流和单调的锯木声,一下把这偏僻山村衬得更加孤寂。

终于,锯木声停止了。那大木依旧像是整个的大木,只是中间多了一根将它整个分作两半的线。拉锯的袁不彀并没有从上面下来,而是定定地站在上面一动不动。

"阿爹,我刚才又看见那个影子,看见那把剑了。那影子披着黑氅,长着牛角,剑上有飞星,剑尖上的血一滴滴地滴入我的眼睛。"许久后,袁不彀幽幽地说道，声音里带着畏怯，又带着怨愤。

袁阿爹没有说话，他知道手艺人做活时专注的状态就类似僧道冥想和入定，会勾出很多隐藏在内心最深处的东西。让他难以置信的是，那年袁不彀才三岁，一般小孩很难有这个岁数的记忆，但他却把一个影子、一把剑刻到了所有的噩梦里，刻到了每个遐思中。

"阿爹，我家一族的人真是被金人杀的吗？我每次见到那影子，都觉得它像鬼更像魔，发出的笑声就像是在嚼碎骨头。"

"唉……"袁阿爹长叹口气，"我没亲眼看到。不过当年泗水城边宋兵退走，金人肆虐，就连盗匪都远避他们。金人大规模地杀戮抢掠，确实最有可能屠戮了你全家。"

停了一下，袁阿爹又接着说："当时我设法推开压住酒窖门的杂物出来时，庄里已经尸横遍地、柱倒墙塌。那些人不仅是杀人，应该还在庄里搜找了许久。你爷爷是员外，可能是认为你家藏了大笔财物，这才会如此搜找。不过他们好像是有目的的，只是拔柱倒墙，并未挖掘地下，要不然就算我在窖中也难逃一命。现在，这么多年过去了，我已渐渐淡忘了当时的情形，反倒是你不断提起，不容我忘却。"袁阿爹的话有些无奈，就像担着一副放不下的担子。

"有人来了，有人来了。"远处坡岭上突然传来喊声，将父子俩的对话打断。在这样几乎完全与世隔绝的山村里，有人来了都是指外人。而外人闯入他们这个山村，势必会带来极大的恐慌。当年他们泗州城安宁的生活，就是被外来的金人彻底毁灭的。

这次来的不是金人，而是大宋官家人，但这个偏僻山村的宁静生活一样是被打破了。

"大宋户部、兵部行文，将遗漏的南迁流民登录入册，按一年两季进税。适龄男子入兵役册，入册者三日内至就近县城役检。你们这里可去桐县、嘉水县役检，也可去往鸡头山毕军营役检。所属居地就暂定为……嗯……暂定为竹溪里。"领头的官丞大声地宣布道。

还没等村里人完全明白过来，十几个衙役捕快就乱嘈嘈地挨家登录人口，补收今年头季赋税。

"大人，大人，小民有件事情禀告。"刚刚跑回家又急急奔出的袁木匠来到领头的官丞面前。

"说。"

"我们躲避金患从泗州一路往南而来，有此一处地方存身实是万幸，入册交官家赋税是分内之事，但我家没用的蠢子，因小时在淮水边亲眼看见家人遭金蛮屠杀，患下畏血之疾，实在是入不得兵册呀。"

袁不毂的畏血症，见血便会发作。发作时，见血少会惊叫颤抖，见血多则直接晕倒，闻到血腥味也会作呕甚至呼吸困难。这种状况的人在战场上，无疑是去白白送死。

"父母替子寻借口逃避从军的不在少数，想出你这种说法的倒是特别。"官丞冷冷地回道。

"大人明鉴，此子实非我亲子，而是当初在泗州城时雇我做活的同姓主家之子。在他三岁生日宴上，突遭金狗南扑，闯入庄里屠杀。此子吓晕在人堆中，而我帮忙入窖取酒躲过一劫。后来我在死人堆中找出此子，抢救后缓过气来。随后带他南逃并将其养大，教他木工手艺，应该算半子半徒才对。此事与我一起逃难的另几户人家均可做证，他患畏血症之事村中人也都可做证。"

听到这儿，那官丞的语气缓和了："就算你说的是事实，我也无权免了你儿子的从军役检。不过，我可以给你写个提醒文书，让你儿子带到役检处，役检的军将自会判断定夺。那时候就算免不得役责，至少也可改做劳役。"

那官丞也是觉得这种病症不宜当兵，所以很爽快地就答应给个佐信。

"谢谢大人！谢谢大人！"袁木匠边说边把刚刚从家里拿出来的一个小布袋往那官丞袖口里塞，那袋里是些碎银和铜钱。

那官丞手腕一转，捏住袖口："这个不必，你们是奔命求生来到此处，都是落难之人。你儿子的畏血症还需役检军将判断，若是谎言，我拿你东西就是成心替你圆谎，罪责可就大了。"

"不敢不敢。"袁木匠低头退回，连说不敢，也不知道是指不敢说谎还是不敢行贿。

鸡头山毕军营原为武义大夫毕进所辖毕家军的一个分营。毕进曾随岳飞护卫八陵、转战江淮，毕家军也是声名远播、战功赫赫。现在这个分营主要负责征军、征粮，并协助附近官府剿匪讨贼，战斗力远不是从前的毕家军了，只能算是南宋兵部的一个后备保障点。

到毕军营来役检的人不多，在这里役检有好有坏。好处在，毕军营役检严格，淘汰的概率大，很大可能会因为些小毛病就免了兵役。坏处在，一旦被选中，毕军营的训练会比其他地方更加严格艰苦，之后安排驻守和征战的地方也大都是战事的最前线。

其他县衙的役检处良莠不分、好坏都收，真要想逃过役检装个样弄个鬼也容易蒙混过关，而且县里役检可通的关系路径颇多，只要舍得钱财就能找路子逃过兵役。

袁不毂去的是鸡头山毕军营。虽然其他县距离他们村庄更近，但袁木匠让他舍近求远。一则他确实患有畏血症，又有官丞亲笔的役检提醒文书，这在毕军营肯定是会被淘汰下来的，这样一来，以后最多被拉去做些远离杀戮的劳役。二则其他县的役检状况到底混乱，相比之下反倒不够稳妥。

毕军营在鸡公山南麓下方的一个大湖边，偎林依水，原木营围，深褐色营帐，即便旌旗招展，要是不走近还真无法看清。

役检处就在进营门后不远的营道旁边，那是一块宽敞之地，估计平常是用来跑马操练的。宽敞的场地上只放了两张桌子，呈直角摆放。一张桌上摆着登录册、兵号符，三四个人在这桌前各行其事地忙碌。另一张桌子上却是散乱着一副麻将牌，一个半醉半醒的黄须汉子伏在桌上，很无聊地在垒搭那些麻将。那些排队役检的人，最终不管能否通过，都会从这个黄须汉子桌前经过。

袁不彀安静地排在队伍里，不紧张也不好奇，周围一切似乎和他没有什么关系。这就像他拉锯的那一刻一样，忘记周围一切，才能瞄准那条无形的直线拉动大锯，一路锯下。

此刻的袁不彀其实真的瞄准了一条线，这条线不远，但一般人就算凑近了都不一定能看出来。这条线在那黄须汉子面前的桌子上，在他垒搭的麻将上。这条线正渐渐歪斜，因为从第五块麻将开始出现了一丝偏差。随着麻将牌越垒越高，误差也越来越大。袁不彀断定，只需再放三块麻将，垒搭的麻将就会倒下。

"走！快走！都老实点。"营门口传来一阵吆喝声。官兵押了用绳子系成一串的人进来，用鞭子和棍棒不停地驱赶。那一串人衣着款式颜色各异，显得极为混乱。他们不愿被缚被赶，以各种挣扎和停步抗争着。

"哈哈哈，别拿个鞭子给爷爷我挠痒痒，有本事把你的刀抽出来给爷爷来个痛快的，爷爷我临死瞅你一眼，让你这辈子夜夜做噩梦，哈哈哈！"那串人里有个黑胖子极其凶悍，不仅对那些皮鞭棍棒犹如不觉，还多次用身体向驱赶自己的兵卒撞过去。

"黑八，你占了青云坡，害了多少过路商贾和附近百姓，杀你几回都抵不过。你别急，等把你押解到州里，给你来个当众活剐，那才能解了百姓的怨气。"押解的头领边说边狠狠地朝那凶悍匪首挥动鞭子，一下比一下狠。

那边闹成一片，这边役检的人也都停了下来，全转身去看旁边营道上被驱赶而行的那一串人。黄须汉子眼皮都没抬，依旧小心翼翼地在往垒起的麻将堆上加放麻将牌。袁不毂也没有扭头去看，因为麻将堆即将倒塌，他正以忘却一切的状态等待那个瞬间。

"呀嘿！"一声怪叫惊动了所有人。

黄须汉子停住了放麻将牌的手，袁不毂也从忘却一切的状态中惊醒过来。

怪声是那黑胖子发出的，不知怎的，他竟忽然挣脱了绑缚的绳索，朝着抽打他的押解头领扑了过去，猛地抓住押解头领的鞭子。那押解头领身经百战，知道黑八力大，与他争夺鞭子自己占下风不说还束缚了自己的行动，于是手一松把鞭子给了黑八，自己则伸手抽出了腰刀。

鞭子与腰刀很快就是一番碰撞，谁都没有占到便宜。不过，经过这样一轮混乱的刀鞭对抗之后，其他押解的兵卒已经反应过来，两个健卒挺长枪从两侧攻向黑八。

面对一把刀和两杆枪，黑八不具备杀伤力的鞭子明显处于弱势了。押解头领有了健卒相助，刀风刀力一下凌厉起来，黑八的鞭子要应付更是不易。

都说枪为兵中之贼，而正面对敌时肋下又是最难防的。所以这一回黑八发出的是一声惨叫，那两支枪几乎同时扎入他的左右肋。

黑八丢掉鞭子，双手抓住枪杆。他是为了不让枪尖继续扎深，也是想把枪头从身体里拔出。两个健卒不让他达成意图，继续使劲往前推枪。黑八抵不过健卒全身前推的力量，只能顺势迅速后退，尽量不让枪头继续扎入。

三个人两杆枪呈犄角状冲进了等待役检的队伍，连续撞倒好几个人。没有被撞倒的大多是反应迅速、动作灵活的，他们要么避到了一边，要么随着撞来的势头一同快速后退。

袁不毂一边是役检的长桌，另外一边有被撞倒的人，根本无法往旁边避让，只能随着斜冲而来的"犄角"往后躲让。

几步之后就是黄须汉子趴着的长桌，到这位置袁不觳再无地方可躲。黑八似乎也知道自己身后没了退让空间，于是双臂猛然下砸，砸断了两杆枪的枪杆。持枪的健卒未曾料到枪杆会断，全力朝前推刺的身形不由自主地跌撞出去，黑八则顺势将扎在肋下的断枪拔出，朝跌撞过来的健卒头顶扎下。

　　就在这一瞬间，黄须汉子将手中的第三块麻将牌放在垒起的牌堆顶上。趴着的身体撑起一些，同时从小腿侧鞘中拔出一把长刃双槽芒①，闪电般一探一收。长刃芒还在鞘中，就像没有拔出过一样，黑八的背心却多了一个口子，往外喷射着血泉。

　　这时候押解的头领也赶到了，一刀挥下，斜头带脸地给黑八再补一个必死的口子。

　　黑八原地转了半个圈才倒下，像在炫耀他身上鲜血喷洒出的艳丽。紧接着，袁不觳也倒下了。那喷洒的血色和血腥味已经足够让身患畏血症的他晕过去，更何况还有许多血星子直接喷在他的身上、脸上。

　　袁不觳倒下的刹那，桌上垒起的麻将堆也开始倒下。果然和他预料的一样，这麻将堆终究没能撑住第三张牌。身体倒下一半的袁不觳下意识地伸了下手，轻巧平稳地在那堆麻将牌上扶了一下。袁不觳倒了，麻将堆却没有倒。他竟然用自己彻底昏厥前的最后一丝清醒，将第五块麻将牌开始偏差的那根线整个扶正过来。

　　"晕倒的瞬间还能扶正麻将堆，手上的巧劲、稳劲难以想象。更绝的是他竟然能瞄出乱七八糟一堆麻将中的垂直线来，这是个找准头的天才。""不用入你们军册了，这人我要了，选入羽林卫预备役。""吓晕很正常，我刚上杀场时还吓得屁滚尿流过呢。""不用叫醒他，让他慢慢醒。我把兵服和兵号牌留这儿，明天你们把他和其他选中的人一起送临安。"

---

①　长刃双槽芒：一种窄直的长匕首，正反两面共四道血槽，刺中后出血快、难愈合。

之后发生的事情袁不毂就全然不知了。

他彻底昏睡了过去。

找对路径是跑山关键

袁不毂醒来的时候人躺在营帐中，这是一个宽大舒适的营帐，中间的毡毯上还放了大碗的肉和小罐的酒。肉吃厚、酒喝瘦，这是军营中上档次的说法。因为猪牛羊肉烧煮下来，都是肥厚的先给长官，而小罐的酒要好过大坛酒，也是只有一定级别的人才能喝到的。他身边放了一套军服和一个兵号牌，上面有红漆写的"羽林卫预十"。

旁边有两人正在兴奋地谈论着什么，桌上酒肉都动过，看来这两人早就吃喝过了。但这两个人的兴奋似乎不仅仅是因为吃喝了大块肉和小罐酒，细听下原来说的是杀黑八的事情。

"那黑八虽是强悍，结果还不是被自己的血染成个红八了。"

"其实他死了也就罢了。害得那些和他一起被抓的人全都被立杀当场。哎，你说那些人里面有没有根本就不是盗匪的？"

"嘘，小声点。什么有没有，我看大多数都是平常的山民村夫，被抓来应差邀功的。"

"就是说嘛。村野草民，是生是死，那得看应差人要的是啥。我当兵当羽林卫，是要日后披乌金氅，戴金牛冠，成为有权力杀人的人，而不是被随意宰杀的人。"

"乌金氅！金牛冠！"袁不毂心里不由得一颤，这和自己每次入神入梦时见到的那个影子不是很相像吗？

"什么人披乌金氅，戴金牛冠？"袁不彀猛然用力坐了起来。

那两个人显然是被吓着了，他们立刻停止了谈论，用提防的目光看着袁不彀，不回答他的提问。

"啊，醒了，醒了就吃点喝点，明天一早就要赶远路了。"一个老卒正好进了营帐，见袁不彀醒了便随口告知两句。

"我怎么在这儿的？赶路？去哪里？"袁不彀一脸懵然地看着老卒。

"去临安啊！你算走运的，羽林卫虽然开始时训练比较狠，但是之后衣食饷银都要远远好过毕军营。羽林卫执行的基本上是保护皇上的任务，不用上阵对敌厮杀。要是找个机会被哪个将军、大臣看中，得一官半职也是完全有可能的……"那老卒开了口就絮絮叨叨地停不下来了。

"我是来役检的，见到杀人才晕倒的。我有畏血症，见不得血，不能当兵啊！"袁不彀终于理清了思维，最后一句很大声，把老卒絮叨的话头一下给吓断了。

停了一会儿，老卒才接着说："怕当兵？谎说自己有畏血症？"

"我没有谎说！我有县里官爷写的役检提醒文书。对了，我文书呢？"袁不彀在身上一阵翻找，没找到文书，这才发现自己身上的旧衣服被换了。应该是沾染了很多血渍，晕厥中被人换洗或扔了。

"就算有文书也没用，你不是毕军营挑中的，而是羽林卫挑中的。这军服、军号牌都发下来了，你要不去临安报到，会被当逃兵论处，抓住后就是斩立决。若是藏逃不见，那会连累你家人受牢狱之苦。总之明天一早先上路去临安，要真是有畏血症，到那里再由他们决定你去留。"老卒边说边收拾毡毯上的酒肉，留下一大碗肉和一罐酒在袁不彀面前，其余的都收走了。

袁不彀看着面前的酒肉，没有一点食欲，叹道："我怎么莫名其妙就落入这样一个处境？"突然间他想到了什么，一下子蹦了起来。他要去找自己的旧衣服，找衣服夹襟中放着的那份提醒文书。

衣服找到了，就泡在池塘里。上面的血渍泡没了，衣襟里文书上的墨迹也泡没了。袁不觳懊恼地将衣服连带没了字迹的文书重新摔在池塘里，重重地跌坐在池塘边上。

患有畏血症的证明，因畏血症发作失去。现在回不去也逃不得，袁不觳唯一能做的就是跟着其他人一起前往羽林卫。或许到了羽林卫，会有明智的官爷看出自己畏血症状是实非虚。也或许到了羽林卫，可以了解到和自己梦魇中黑影有关的事情。

渐渐地，袁不觳心中的好奇压盖了懊恼。

传闻里的临安城是锦铺路，彩贴墙，可惜袁不觳没有看到。他们实际上没有入临安城里，而是在离临安城还有几十里路的地方，就被马车直接转送到山岭之中。几山相夹的一处地方，有个白墙墨瓦的山庄。山庄的建筑很是雅致，在青山绿水映衬下如一幅图画。但是谁又能想到，这样一个秀雅的地方竟然是羽林卫的择训院。在这里有着要人命、让人残的残酷训练，能从其中熬过来成为一名优秀羽林卫的人并不是太多。

袁不觳不知道自己是怎么莫名其妙被录入羽林卫的，他觉得总会有人告诉自己原因的，而自己也总能找到个人把自己患有畏血症的情况说清楚。让他没有想到的是，来临安的路上自始至终都没有一个人和他多说一句话，进了择训院后，他更是连说话的机会都没有了。

一到这里，他和其他地方送来的人被统一安排在一间大屋里，统一的床铺、统一的饮食。第二天，天还没有完全亮，他们就被赶到旁边的山上。

他们脚下是一座人工改造过的山岭，林木被砍，只剩参差不齐的根干。根干之间插埋了更多的木棍枝杈，大概是军营中所谓的鹿角丫杈。各处还挖了土坑水坑，垒放了石堆砖墙。山上的道路在众多高坡悬壁间起伏蜿蜒。

"今日开始跑山。从此一路往前，按以往痕迹走，最终会绕过南边九岭回到这里。你们现在就可出发，最后回来的两人除名，改送北三关驻守。"

天色还未全亮，说话的人脸面是模糊的，但他说的话却分外清楚，特别是最后的那一句"改送北三关驻守"。北三关是直对金兵的最前沿，最为凶险和艰苦的杀场。丢失在临安当羽林卫的机会改到北三关驻守，那是天上地下的区别。

所以话刚说完，脑子机灵的人已经抬腿，赶在别人前面抢先出发了。紧接着的是一阵哄叫，剩下所有人都跑了起来。

袁不彀比别人慢了一些，他想找个可以说话的人，把自己的情况说明一下。但是，当所有人都跑出去后，他突然反应过来，不管自己是怎样的情况，至少先要保住不被淘汰。如果被淘汰了，那要想说明自己的情况就更难了，别人会坚定地认为那是他害怕前往北三关的借口。如果真的去了北三关，那里兵卒只嫌少不嫌多，就算证明了自己有畏血症，也不会有人把自己放走的。

前面的人群很快就跑散了，拖成稀稀拉拉的长队。这种加设了障碍的山路是最能检验出个人体质的，才出发不久，就立竿见影，看出了优劣。

袁不彀一阵急追，追上了三四个人。随即，他的速度就放慢了下来，始终和最后两个人跑在一道。

"兄弟，别扔下我，我家舟山那边世代打鱼的，走这山路脚底板受不住。你得帮帮我。"落在最后的一个黑脸矮个对旁边的人说。

"死鱼兄弟，你放心，我不会丢下你的。那天要不是你一包鱼干让我填饱肚子，我也扛不起石碾子被选到这里来。我们石匠实在，念着你的恩嘞，实在走不了，我扛着你。"回答的人说话实在，人也长得实在，紧实的肌肉块遍布全身，隐隐泛着油光。

"兄弟，我叫余四，不是死鱼。"

"一样一样，我叫刘石，人家都叫我石榴嘛。"

听那两个人边跑边说，袁不觳差点没笑出声来。

"前面那几个人好像压着我们三个在跑，我们快他们也快，我们慢他们也慢。倒也对，淘汰的是最后两个，他们只要始终赶在我们前面就行。但是，我们三个淘汰哪两个呢？"死鱼脑筋不死，他很快看出了状况。

"我们三个都不淘汰。"石榴说完这话扭头朝向袁不觳，"这位兄弟，你放心，你要跑不动了，我石榴会拉着你的。"

袁不觳觉得这石榴真是憨，和自己根本不认识，就因为跑在一块儿就把自己当作了兄弟，完全没有想过自己其实是他的竞争对手。

袁不觳放慢速度并非是因为跑不动，他从小就在山林间伐树砍竹，不要说这山路了，悬崖峭壁、苍松直竹都能轻盈地攀越而上。也正是因为有山中生活的经验，他才放慢脚步。这是一处陌生山林，有着许多人为设置，必须按以往痕迹绕回择训院，而现在天色未全亮，很难辨别痕迹，特别是人为的真假痕迹。要想尽早回到择训院，速度是其次，不走错路才是最重要的。他慢慢前行是为等天亮，以便辨清真正的路径方向。

"你们跟我往竹林那边去。"袁不觳瞄出了一条可行的路线。那条路线从痕迹上看只有往前的，没有反复的，应该是正路。

死鱼和石榴迟疑了下，石榴先下了决定："他那么肯定，那我们就跟着他走。"

"不对呀兄弟，他要是骗了我们，把我俩扔最后，他不就不用淘汰了吗？"死鱼有些犹疑。

石榴眨了眨小眼睛："不会。他在前面走，如果走错了，回头过来不就是我们在前面吗？"

死鱼想了想，点头应了，和石榴跟在袁不觳的后面。

不多久，那些跑在前面的人果然都转了回来，因为他们走的方向在不远处有一道深沟，必须回来重新找寻道路，而这个时候袁不觳三人已经在队伍最前面了。

山林中辨别痕迹，找准路线是一种本事，袁不毂自小生活在山林间，早有了这本事。他还深谙"先踏石，无石踏土；靠树根，其次踩草"的走路技巧。也就是说看见石头面应以此为首选落足点，没有石头面则应该选择土面。沙面、石子面在行走中是最不利的，特别是陌生的地方，搞不好就会弄伤腿脚。树根周围，一般土面都是比较平实的，如果不是在树根附近，那么踩在草上也相对稳固，因为草根虽细但很密集。最忌讳在荆棘和灌木中落足，搞不好再踏入石头缝中就更加麻烦了。

有袁不毂领路，加上石榴力大，架扶着死鱼，三个人一路的行进速度并不慢。遇到较陡的山坡峭壁时，那石榴是常在山中采石的，观察石形石相有过人之处，很快就能找到合适攀爬的线路。

路上接连出现了几处需要仔细辨别痕迹才能找到的路口，这样一来三个人就把后面人甩得更远了，一直处于领先的位置。这对袁不毂来说有一个别人注意不到的好处——看不到后面那些人一路跌撞、攀爬，头破血流，避免了他畏血症的发作。

跑到最后一段路时，袁不毂三人还是被人追上了，追来的也是个三人的小群体。双胞胎兄弟叫谢欢天和谢喜地，是雁荡山的药农，擅长攀岩采药。还有一个叫熊达，是青龙谷的猎户。

这三人是靠山而生的，认路爬山都不在话下。他们开始的时候走得性急，疏忽了路径痕迹走了错路，调整过来后，追上袁不毂他们也在情理之中。

石榴忠厚热情，跑了很长时间都没见到个人，见有人追上来了，忙主动与他们打招呼，并拍着胸脯邀请同行。他不仅表明自己不会舍弃朋友，还将袁不毂的认路本事夸赞了一番。

那三人对袁不毂的本事以及石榴的义气并不感兴趣，见他们带着死鱼这样一个累赘，随口敷衍几句便脚下加力跑到前面去了。

跑山结束后，真的有两个人被淘汰了，并且马上就被送往归属北三关的新卒军营。一些原本怀有侥幸心理的人这下明白，什么叫军中无戏言了，接下来的各种训练全都憋足了劲。

第一天的训练并未让袁不榖感到艰难，如果一直照这样下去，他觉得自己留在羽林卫应该没有问题。

此时，他又想起那天帐篷里两个人的话"……披乌金氅，戴金牛冠，成为有权力杀人的人，而不是被随意宰杀的人"。

袁不榖躺在床上，轻轻地叹了一口气："留在羽林卫，就有可能成为'披乌金氅，戴金牛冠'的人？那到底是怎样的人？为什么和我梦魇中的黑影那么像？这和我的身世、我灭族的仇恨有关吗？"这么想着，他决定暂时不和主事的教头去说畏血症的事，翻了几回身子，沉沉地睡着了。

第二天的训练难度升级，换了一条更加艰难的山林路径，需要攀爬翻越很多陡坡峭壁。这一天里，有很多同伴在穿越人为设置的阻碍和攀爬陡坡峭壁过程中刮伤、跌伤、皮开肉绽、头破血流。这让袁不榖不由得头晕乏力、频出虚汗。这状况别人一般想不到是畏血症引起的，只会以为是跑得太累，脱力所致。

这时候袁不榖有些后悔昨天没有抓住机会和主事教头说清自己患有畏血症了。接下来的训练肯定越来越艰苦，出血受伤的情况将是常态，但这个过程中自己不仅不能受伤，还要远离其他受伤的人。否则，一旦畏血症在某种状况下彻底发作，他就会被淘汰，被送去北三关。

袁不榖跑到终点时，已经有不少人到达，因为他畏血症的一些不适反应让他丢失了第一天那样领先的优势。主事的教头背手站在终点处，袁不榖张了两下嘴最终只是从他面前跑过，没有说一句话。探寻真相的欲望终究还是压过了理智，他跑得不算太靠后，便还是决意坚持下来，试试运气。袁不榖没有意识到，越是往后拖，他关于畏血症的说明就越发没人相信。

第三天，跑山的每个人身上都绕裹了几道粗重铁链。这些铁链绕裹好后，都用锁具锁上，中途无法摘拿下来。这样一来，就算有人愿意帮忙分担那些铁链都不成。

羽林卫的预训方式有其针对性。进入羽林卫的人必须具有极强的体力和耐力，因为一个真正的羽林卫须着厚盔厚甲、带长短兵刃各一，这得几十斤。有时，他们还要再携带水囊、干粮、火信、号牌、伤药等等，负重更多。择训院通过反复训练来筛选，同时也是进一步对他们各方面能力的强化，以便从中发现具特殊能力的人才。至于技击搏杀的本事，在进入羽林卫之后，会有分管教头再行传授训练。

这回，袁不彀、石榴、死鱼依旧走在一道。带上负重之后，他们的优势反而明显了。石榴力大，一直在途中给他们托拉着助力，三人快到终点时依旧遥遥领先。

"那谢天谢地两兄弟和大熊今天没跟上来嘛。昨天邀他们一起的，要是听我话，今天就不会落在后面了。"石榴像是在自言自语。昨天和那三人打过招呼后，他便把谢欢天、谢喜地叫成了谢天、谢地，把熊达叫作了大熊。

"你不用替他们操心，他们肯定不会被淘汰。"死鱼其实是替自己操心，要是没有袁不彀和石榴，他应该是第一个被淘汰的。

袁不彀没有说话，心里只想着一鼓作气跑到终点，不要被哪个血渍模糊的人追上。在认真辨别过地形和痕迹之后，他果断带着石榴和死鱼从几个交错的木格栅栏间穿过，再绕过一小片枫林，择训院的庄子就已经在眼前了。

通过第三天的训练，袁不彀悟出个方法。在接下来的各种训练中，只要自己每天都抢在最领先的位置，就能成功留下来并顺利进入羽林卫。

增加攻击对抗的料

接下来的日子，每天继续着不同的路径，铁链上也不断地增加着铁砣。规则倒是没有改变，最后到达的两人被淘汰。

因为这种末位淘汰规则，接下来的训练出现了新情况。许多人为了避免自己被淘汰，一边拼尽全力跑在前面，另一边又想方设法给其他人设置障碍，甚至是暗下黑手。这样一来，所有人都处在了相互猜疑、相互提防和相互加害的境遇中，训练过程也逐渐演变成加入了对抗打斗、暗设机关的模式。

袁不觳的处境变得危险起来，可他唯一能做的就是在每次跑山时竭尽全力，和石榴、死鱼互相帮扶，跑在最前面。

这样的训练持续了快一个月的时间，这期间他也找周围人打听"乌金氅，金牛冠"是什么意思，和什么有关。但和他一起从毕军营选来的那两个人，在开始几日就被淘汰，送去了北三关，再没机会追问。其他知道这情况的人并不多，有一两个略知一二的，又不愿意告诉他。袁不觳想，可能是和他们预训有竞争，他们便处处防备，绝不多说一句话。

既然如此，袁不觳只能坚持到最后，等进入羽林卫后亲自打听。

这一天袁不觳他们三个又是最快到达终点。死鱼已经渐渐适应了山路奔跑，在过河过溪时又充分发挥他操舟弄水的本事，是他们这个组合最快到达终点的又一优势。

当他们三人倒在终点的黄泥夯土面上，大口喘着粗气的时候，有几个人正站在不远的木碉楼上看着他们。

"我眼光不会错的，这小子第一轮跑山就占尽上风，后来又几乎次次第一。等真正用到力道和稳劲的时候，他会更加厉害。"一个黄须汉子得意地说。他正是那天在鸡头山毕军营役检桌子上趴着堆麻将的那人。

"现在还看不出来，有力道稳劲不见得就有杀心狠劲。而且你注意看了，这年轻人虽然最先到达，却隐隐透着股子虚慌样，像是害怕后面什么东西追着他似的。这样，明天暂时停了跑山，让几位禁军教头给他们添些料。过个十几天再见分晓。"另外一个戴窄披盔，着半身轻甲的黑脸汉子说道。像这种装束的人一般都是禁军内卫的头领，但属于哪一级别、哪一军营却无法看出。

"孟都尉，这个时候就加料会不会太早？"黄须汉子皱了皱眉。

"不会，早一天知道如何杀生，才能早一天知道如何保命。"黑脸的孟都尉回道。

第一轮跑山时，有些人想保住自己不被淘汰，便暗里加害别人。下一轮的训练环境会变得更加艰难和凶险，孟都尉决意在这个时候传授技击技法，他要将暗中加害变成更直接的攻击。几位禁军教头分别传授，还可以从他们接下来的相互攻击和对抗中看出每个人的学习能力和对所学技法的实际运用能力。

袁不彀的学习能力是很强的。他所学的木工技艺，使他能够轻松掌握"框架、走向、风格、布局"等道理，而且瞄线很准。技击的招法与这有相近之处，举手投足间其实就是整个身体的框架、走向、风格、布局，而寻到别人的破绽打败对手，其实就是瞄准了线，破卸了点，解脱了所有支撑。

袁不彀的运用能力却是最弱的。他从小就被父亲灌输不斗不杀的思想，且他所患的畏血症也让他不能打打杀杀。

最后，禁军教头传授了许多最为直接有效的技击法，他学得非常到位，但和人过招时，他就立刻变得无从下手。真像孟都尉说的，他没有狠劲也没有杀心。

技击学习并且运用最为厉害的是大熊和谢天、谢地。大熊本身就是猎户，杀狼斗豹的事情没少干，已经养成一股子杀性。谢天、谢地两兄弟在山中采药，除了登岩爬壁，也少不得与毒蛇猛禽有所遭遇，杀生取药那是经常的事情。他们三人经过教头传授之后，俨然就是杀场上的老手一般。

这一轮训练中死鱼的变化也是极大的。他不擅长走山路，但常年操船练成了非常稳定的脚底根基和腰背力量，而他擅长水活儿，气息和耐力都比别人要持久，这些都让他在技击术的运用上占据了一定优势。

先天大力的石榴，在先前的对抗中凭借身体占尽上风，这回反倒显得有些吃亏。同伴学习了巧妙的技击法之后，除了近身肉搏，他被衬得处处露拙——动作不够灵活，反应也迟钝。

十几日后，教头们不再教习，让他们自己休息三日。这三日其实另有用意，可以看出他们每个人的性子，也可重新评定一个人所学成效高低。

许多人真就在这三天里休息了，他们确实累惨了。有的人却继续在演练，他们怕忘记了学到的招数。还有些人虽然没有继续演练，但总在一些下意识的自然反应中运用着所学技法，因为他们已经完全学会了。

三天后，他们被划归为几个档次。这些档次初步确定了他们的去留以及会留在什么地方。

袁不彀在这三天里，属于继续演练但演练最少的人。不过，因为之前跑山的表现不错，他还是被划归在中等档次中。他演练不是为了打倒对手、杀死敌人，而是学习怎么躲避别人的攻击，如何保住自己的性命，所以他没有按照所学技击法演练，所有的招数都是加以修改、变了形的。

划分完了档次，禁军教头召集众人，公布了更残酷的训练："今日跑山，从东山口入，到灰皮谷的盘蛇潭止。最先到达的十人可持开阳祭，直接进入羽林卫。最后到达的十人送北三关。"

东山口到灰皮谷的距离很远，相当于把他们以往跑山的所有区域贯穿起来。其中有一些他们只远远看到却从未进入过的区域，比如狮口崖下的盖叶村和终点处的灰皮谷、盘蛇潭。

这回，地理环境的恶劣且不说，赛制规则让前十名直接进入羽林卫，最后十名送往北三关，这就相当于给所有人设置了一个相互对抗、相互攻击的杀场。

果然，众人从东山口出发，跑出去不到一百步，一场拳风腿影、溅血折骨的争斗就开始了。

必经之路上被设置了一个三丈多高的木栅墙，是用粗大原木和麻绳扎起来的。要想通过这里，要么从木栅墙上翻过去，要么从两边崖壁爬过去。这崖壁挺拔险峻，根本无着力之处，就算谢欢天、谢喜地那样的身手，没有可借助的攀爬器具也是不行的。众人稍作思量，决定直接从木栅墙上爬过去。

由于大家都是这么想的，这座墙就变得不太好爬了。前面的人不想让后面的人追上，边爬边顺脚踹紧跟身后的人。后面的人不想让前面的人甩开自己抢到前十名，攀爬中便会拖拉前面人的腿脚。一时间，木栅墙上下百十来个人挤成了堆、翻成了浪。众人踩踏、厮打之下，场面逐渐血腥起来。一场竞争才刚刚开始，这堵木栅墙就已经成为难以逾越的障碍。

谢欢天、谢喜地和熊达三人见此情形，从人堆里挣扎出来，转而选择了别人觉得绝不可行的攀爬崖壁。虽然他们没有带合适的器具，但谢欢天、谢喜地两兄弟很快就地取材，制作了一些简单的器具，比如草绳扣、木挂钩等。这些东西虽然简陋粗糙，却非常实用。他们三人都是攀岩好手，若是相互照应得好，冒险一试，尚有可能过了此关。

袁不毂带着死鱼和石榴旁观了一会儿，始终没有加入到这场混战的人堆里。他实在没能力参与这样的争斗，因为一蓬鼻血、一口血痰都会让他头晕目眩、恶心乏力。

"你们还记得择训院的地图吗？我们这次跑山的线路往上还有很大一块区域，或许我们可以从那里绕到终点。"修习木匠技艺让袁不毂习惯关注各种细节，他记住了地图上原本绘制得较为模糊的部分。

"不够呀，若是绕路，在这山岭连绵的地方，绕行一两座山就要多用半天时间，很可能就落后了。最后别把我们给淘汰到北三关去了。"石榴实在，有话直说。到择训院这么些日子，袁不觳可能是唯一一个没有让他瞎改名字的，虽然让他叫得顺口的其实是袁不觳的小名。

"够的够的。这条路前面可能至少还有类似木栅墙这样三四处的设置，那所耗费的力气和时间不会比绕路少。而我所选的绕行路径上，是有近道可抄的。'东口北走回首坡，塔寺铜钱穿死村，不见盖叶老狮口，但见红霞拜女峰。'择训院有周边地形方位图可查，加上前面那么多天的跑山，我已经将一些路径都用图语记下了，我们应该能赶在前面到达。"

"不对。你刚才那几句图语好像有错，塔寺后面是铜钱湖，我们还得绕呀。"石榴常常在山中寻石、采石，对图语也很熟悉。没想到的是，他竟然也记住了择训院地图上绘制模糊的那一部分。

"这正是我们要抄的近路。我是木匠，死鱼擅长水上弄船，而那荒废的塔寺里肯定可以找到木料。到时候，我现做个可渡行的筏子，死鱼带我们渡湖而过，这样至少可以省大半个时辰，还不用费体力。然后沿槽头沟穿过死村，就不用再翻山过狮口崖经盖叶村了，又能省下半个时辰。到了红霞林再转拜女峰，这段路好走，我们再抓紧点，应该又可以省下半个时辰。这样，不仅绕行多出的半天时间可以抢回来一些，还没有一路的争斗和使诈，我们肯定会在其他人前面到达的。"袁不觳对于自己的规划颇有些得意。

死鱼翻弄了一下眼白："塔寺、死村都不是择训院的范围，地图上只大概画了个形状。有人传说那里闹鬼，已经多少年没人敢去了。我们从那里绕，路上真要遇到个什么怪事，别说抢时间了，能不能走出去都难说。"

不管别人的意见如何，正常的路对于他而言是条死路，袁不觳只能坚持自己的计划。他很坚定地一摆头："那些传说是庸人自扰、奸人恐吓，你我何曾真遇到过？你们相信我，这路线是最合理的。"

二人听罢，虽依旧有些犹疑，但不再提反对意见。袁不毂见状，定了定神，率先出发了。死鱼和石榴对视一眼，将心中的忐忑压下，跟了上去。

被劫持的埋尸人

雉尾滩的那些尸体是均右县捕头白月昆带人掩埋的。这山岭荒地地形复杂、多石少土、怪石兀立、杂木丛生，刨个大坑一并掩埋那么多死尸并不容易。终了，那些尸体是东一处、西一处，分散在很大一个范围内掩埋的。

刀楞脸那一伙十八个高手的尸体并没有被草草处理，而是直接拉到均州府去了。那些尸体被发现之前就已经被人仔细翻过，身上的所有随身物品都被拿走了。确认了那十八具尸体是羿神卫的人后，白月昆知道临安还会派人来再次查看这些尸体。

羿神卫分属于羽林卫弓射营，日常却是专为铁耙子王的捉奇司办事，而且办的全是世人无从知晓的秘密之事。执秘事之人暴殒，必有秘语、秘物未及交付。这十八具死尸很可能就是某个谜题的破解之法，或是解决某个破解之法的关键钥匙。

雉尾滩尸体被掩埋后的第七天，均右县里流传起了"鬼拉人"的骇人传言。之所以说是鬼拉人，是因为那天掩埋的野坟都陆续出现了翻土痕迹，就好像尸体从中爬出过，而失踪的那些人都是那天参与掩埋尸体的。

当杠子店的伙计李索儿失踪后，白月昆未请示县令便自作主张地做了三件事情。第一件事是将鬼拉人之事上报均州府，这事情有蹊跷、有诡异，他觉得说不定就是自己青云直上的机会，所以绕开了县令。第二件事是将那天参与埋尸而还未失踪的人，全集中到衙门的捕快房里，聚在一起看鬼还能不能拉人了。还有一件就是亲自带人暗藏在稚尾滩，看看这事情背后到底隐藏着什么。

月朗星稀，夜风嗖嗖，本是清亮明净的一个夜晚，稚尾滩却树影摇曳、石形怪异，仿佛一个魔域。这里道路蜿蜒曲折，又是黑暗的夜间，视线难以及远，白月昆集中精神四处看了一会儿，胡乱思索起来。

有人在此截杀了羿神卫，翻查尸体后却没有找到他们想要的东西，于是继续拦截其他路径上的目标。当其他目标也一无所获之后，他们又想起稚尾滩。和羿神卫一起被射死的还有一群难民，如果东西不在羿神卫尸体上，就很有可能在难民身上。他们重新回来抓那些埋尸体的人，是为了辨坟挖尸，寻找自己想要的东西……

"可他们究竟在找什么呢？"白月昆皱眉深思。忽然，他感到极度害怕，头皮立时发麻，肋下肌肉刹那绷紧，连气息都似乎回转不过来。

当白月昆勉强看清楚前面的人影时，那些人已经离他不远了。正在他狐疑前面安排的几个暗哨点怎么一个信号都没发时，一支三槽寸指箭由他后脑一下插入到脑顶。白月昆软软地瘫倒，除了最后一口悠悠的呼气声，再没有其他声响发出。

身后那人的脸渐渐清晰，那是一张曾经被刀割、被火烧得比鬼魂还恐怖的脸。

襄阳城西有一处方圆十几里的地方叫古坝，流经此地的大青河上也真有一道古坝。古坝无镇无村无渡，也就意味着无人居住、无人行走，可见此处的荒凉。这种状况是连年战乱造成的，襄阳是北三关的第一关，与金国冲突它屡屡首当其冲，所以世人都说"襄阳城外无人迹，鸟兽亦往他处行"。

有些人却偏偏喜欢这种无鸟兽人迹的地方，因为在这样的地方说话、做事可以不被打扰。传达、商量一些秘密的事情时，这种地方就更加合适了。

轻骑都尉莫鼎力此刻便站在古坝的南端，劲装之外裹着的一件粗厚大氅竟然挡不住河水带来的寒意。他剑眉微蹙，两撇髭须往两边扯成一道直线，表情看着有些厌烦。

从四品的轻骑都尉，不像正四品那样带刀行走御驾前，只负责守护临安城皇家宫院内围。这类官职俸禄优厚、做事轻松，每天满眼的繁华锦绣，满口的肉肥酒香。在宫城以外的人面前，他是大内护卫，皇帝跟前的人，什么事情只要吩咐下了自有拍马屁的人给办了。他不用陪在皇帝跟前，免了整天提着心的煎熬，更不会被派遣到山高水远的地方办事，平时过的都是雨不淋日不晒的日子。

莫鼎力的技击本领在轻骑都尉中不算上乘，不过他修习了超常的辨别能力，能从人的外表细节辨别其真实身份，能从人的动作表情辨别其真实心理。大家给他取了一个外号"多只眼"，含义不是多一只眼，而是很多只眼，可以看破别人的形，看透别人的心，看出别人掩藏的所有蛛丝马迹。

"多只眼"的名号不知怎的传到了铁耙子王赵仲珥的耳朵里，他在孝宗皇帝面前只说了一句话，便把这个"多只眼"调到了捉奇司。

铁耙子王赵仲珥真的有一把铁耙子，那是孝宗皇帝亲赐的。这铁耙子如尚方宝剑，遇事可代主权衡处置，先杀后奏。孝宗皇帝赐给赵仲珥铁耙子，加封铁耙子王，是要赵仲珥为自己耙来天下奇珍异宝，更要耙来大好契机、可用秘密，让大宋重振当初太祖征服天下的威仪，一雪靖康之耻。

孝宗皇帝怀此大志并非没有原因，宋太祖赵匡胤夺取天下之后，继其皇位的为其弟赵光义。而此后大宋皇位便在赵光义一脉相传。到了南宋高宗赵构这一代，他唯一的儿子元懿太子夭折后便再没有子嗣，只好从其他宗族中选择继承者。秀安僖王赵子偁之子赵昚被选中，自小就入宫养着，这便是后来的宋孝宗。而宋孝宗为赵匡胤第七代孙，也就是说从他开始，宋朝的皇位重又回到赵匡胤一脉了。

孝宗赵睿原名赵伯琮，赵仲珥是他亲弟弟，是赵子偁最小一子。赵仲珥从小言语行为怪异，总有出人意料的想法和不合常规的做法，很是玩世不恭、放荡不羁。孝宗皇帝还是太子时，赵子偁便求他赏赵仲珥个官职并加以约束。孝宗念在亲情，便让赵仲珥在贡物间打理进献入宫中的珍奇宝物，养磨他谨慎稳重的性子。

赵仲珥在接触到那些奇珍异宝后，很快就显示出不凡的天生才能。他不仅可以轻易辨别出进献宝物的优劣，还可以从进献物上看出出自哪里，当地地理水土状况，其物又为何用。那些进献物上绘有文字图案的，他还能从中看出当地人文风情，更有甚者，从其中发现一些隐藏的秘密。

孝宗看出了赵仲珥的才能后，安排他为自己做了不少暗活儿。赵仲珥感恩孝宗的信任，先后带人寻来蜀属王印、龙游藏兵策、淮王金字圭等宝贝，凭此快速地提升孝宗在群臣心目中的分量。孝宗登基之后，封赵仲珥为铁耙子王，创建捉奇司，招贤能异士。自此，捉奇司对外是为孝宗搜罗天下奇珍异宝，暗地里则是查证秘密、发现契机，破败周围强国的地理命脉，扰乱他们内部的微妙关系，从而稳固大宋江山社稷，重振赵氏雄风。

莫鼎力微微打了个寒战，每次想到赵仲珥他都会下意识地出现这样的反应。莫鼎力自信自己的"多只眼"能够看透很多的人和事，却从未看透过赵仲珥。赵仲珥笑呵呵的脸像泥菩萨一样始终不变，但他的心思却永远都在人们意料之外。他的血统让他可以手眼通天，他的本事又让他可以手眼通江湖，在他的谋划和操控下，捉奇司所掌握的关系门道是外人根本无法想象的。

莫鼎力到此是因为捉奇司审疑阁飞鸽传书，赵仲珥亲点正在京西南道沿途查找掀山盖带符提辖的他就近赶到此处与人碰头，查办均右县鬼拉人的真相。均右县参与掩埋难民尸体的人一个个被拉走，继而连查办此事的捕头捕快也都踪迹不见，而那些难民是与羿神卫天狼十八神射同时被截杀的，天狼十八神射又是和那些带符提辖一道潜入金国境内办秘事的,这其中肯定有着某种关联。

"风过林子水过湾,柳头点花露落云。"不远处突然传来吟念声,在这没有人迹的地方显得很是突兀,将莫鼎力身后的马匹惊得打一长串吸溜。

莫鼎力没有被惊到,他的听觉一下就抓住了吟念声。吟念声移动很快,不用看就可知道吟念的人正随大青河的水流而行。

"金剪子铰的花,要找柳枝生哪干。"莫鼎力赶紧回应,他怕稍一迟疑,那流动的声音就从自己面前一飘而过,再不回头。

吟念和回应都是暗语。捉奇司的人大多是江湖人,偶有些从宫里选出的高手,到了捉奇司也是要重新学习江湖上一些技能和规矩的,像这种江湖暗语必须对答如流。

方才河上之人的吟念是在问"哪条道上来的,来此为了什么事"。所以莫鼎力赶紧答复"是从京里来的,官家派的差,来找怪事的根源"。

"不是这家是那家,那家也知这家难。"河上那人的意思是,发生的怪事来自第三方,这第三方知道别人没达到目的所以出来想渔翁得利。

听清了这句时,那小舟已经随着流水通过坝道了,舟上之人大体的轮廓显现出来,但看不清脸,要是不赶紧把话说清,那人就漂远了。

"本是我家有喜事,没了轿子和嫁妆。"莫鼎力告诉对方,这本来是捉奇司操作的事情,但最后人也没回来,东西也没看到。

"出家无家庙不庙,指定走在江湖道。"

这是对方给的一个提示,出家的人不在庙里,那就肯定是在路上。捉奇司要的东西没有送回来,而对方在找,第三方也在找。这至少说明东西还在自己人的手里,只是路上遇阻回不来。同时也告诉莫鼎力,至于人和东西到底在哪里,他们也没有线索。这句话说完,那小舟已经顺流漂远,没入水天交接处。

接到飞鸽传书后，莫鼎力就将信中提到的所有事情详细分析过。均右县外羿神卫天狼十八神射全殒，下手的肯定是高手中的高手。这样的高手绝不会出现低级错误，不会只搜羿神卫而忘记搜那些难民，所以可以肯定要找的东西没在雉尾滩的死人身上找到，包括那些难民。但第三方的人并不一定知道天狼十八神射是怎么回事？拦截的高手又是怎么回事？第三方的人见拦截之人扑东扑西全无所获的样子，便以为他们疏忽了那些难民，所以才暗中劫持埋尸人，想从被埋的难民尸体上找寻东西？

现在看来，要想破开谜底，还是要回到均右县。如果运气好，说不定还能捡个漏，把几方都想要的东西给寻着。

莫鼎力一刻都没有耽搁，上马直奔均右县。他讨厌古坝这个地方，太静太没人气了。就算是在大白天都会让人有种异样的感觉，感觉周围有许多鬼魂一般的眼睛暗中盯着他，让他很不舒服。

马蹄翻飞绝尘而去，直到这个时候草丛中、灌木间才有些许闪动，是眼光的闪动，也是刃光的闪动。莫鼎力的感觉没有错，真是有鬼魂般的眼睛盯着他，还有比鬼魂眼睛更可怕的箭头盯着他。好在他这次接洽不曾有任何东西的传递，否则他这条命有可能从此就留在了他很不喜欢的古坝。

第二章 搏命之训

铜钱湖下有怪东西

最残酷的一次跑山正在进行中，择训院里一群教头却悠闲地坐在教厅中喝茶。不到明天午时，不会有人赶到盘蛇潭。他们今天只管定神休息，等明天上午再从最近的顺畅道路先行赶到终点看结果。

一个择训院的健卒跑进来，急急地抱拳一揖："报，有三人未按路线前行，而是绕道往捉奇司的还魂地去了。"

"什么人这么没脑子，赶紧发旗令，让界哨把他们拦回来。"说话的是个黄须汉子，正是此人在毕军营里杀了黑八并选中袁不毂的。

"等等，这三人是往还魂地去了？很有些意思呀！捉奇司中犯下重错之人，铁耙子王会给他们一次机会——从那片山水中走一趟。能走过的，就是还可用的高手，免死免罪，所以那地方叫作还魂地。这三人从那里绕路，也算是犯了重错，就让他们走一趟好了，看看能不能还魂。"说这话的人面色黝黑，着都尉官服，是在座教头中级别最高的一个。

"孟都尉，这恐怕不妥吧。至今未听说有人能在那还魂地还了魂的，这三人走那边就是白白送死去啊！"黄须汉子还是希望把人拦回来。

"要万一让他们中的哪一个闯出来了呢？不仅是给羽林卫考量出个真正的人才，顺带着还能把那还魂地给透点底儿出来。你不好奇那里的真实风貌吗？"孟都尉说得很轻松，是把袁不毂他们三个人的性命当儿戏了，"生死由命，成败在天。今日的跑山又未限定不准从还魂地绕道，也没谁一定要他们从那里绕道。这也算是老天定下的命数。"

"对对！""没错没错！""孟都尉所言极是！"其他教头一片附和声。

黄须汉子拗不过孟教头，也驳不了众人的意，只能摇摇头坐下。于是，袁不毂他们三个人毫无阻拦地闯过了择训院的范围界线，闯入一处从未有人能够还魂的还魂地。

塔寺是个奇怪的小庙，整个寺庙既没山门，也没院墙，只有一殿一塔。神殿里供奉的神像已经斑驳得看不清楚面容和装束，不过从殿里殿外匾牌楹联上的文字可以判断出，这里供奉的应该是三元三官的下元水官洞阴大帝。这一点其实很让人费解，因为其他地方都是三官同拜的三官殿，此处偏偏只独拜水官，很不合规矩。

这周围无人居住，也不见有人供奉香火，水官殿后边的那座塔更是歪歪斜斜的，塔身下半部布满青苔水痕，似乎随时都会倒塌。

袁不彀三人到达塔寺时已经是暮色将至，暗红的太阳将西面山峦的阴影覆盖下来，遮住了庙旁大半个铜钱湖。水中倒影里起伏参差的山顶，让铜钱湖看起来就像一张被某种怪兽撕咬过的烧饼一样。

塔寺在阴影的外面，暂且能看清楚里里外外的布置，这对袁不彀他们是极为有利的。按照计划，接下来需要制作筏子横渡铜钱湖，但是他们遍寻塔寺附近，眼瞧着天色渐黑，也没发现什么现成的、可用来快速制作筏子的材料，只好找一些可利用的其他器物来制作。他们没有随身带火镰或者火石，便无法取火照明，这样摸黑制作筏子不仅要花费很多时间，有哪里没做到位行到一半时散在水里也更加麻烦。

"死鱼，你把供案脚拆了，面板拿来用。石榴，把殿里的幡子都扯成条，然后外面薅些干茅叶加一起搓绳。我去看看能不能卸个门窗下来。"袁不彀在殿里转一圈后马上吩咐道。他要赶在天色完全黑下来前，做出这筏子。

死鱼拆供案脚可不容易，最后拿石块硬砸，连着案面把案脚砸坏才完成。石榴以往采石运石都会临时搓绳做索，所以这次搓绳倒不太费劲。不过，做筏子要的绳子宜多不宜少，他的活儿比较费时。

袁不彀擅长木匠手艺，不用工具也轻松地拆下了几扇小窗页。殿门是六扇格页门，门头上的边梁已经变形，压在门上，靠边上的两扇格页就不能拆，所以他只拆下了中间四扇。

四扇格页门板、几扇小窗页、一个供案面，用这些扎一个筏子应该可以承受住他们三个人。擅长操船的死鱼在看过铜钱湖平静的水面后，拍着胸脯说没有问题，肯定可以把三个人稳稳地送到湖对面。

袁不縠本来还有些不放心，木匠人把细，做事总留有最大余地，听死鱼信誓旦旦地说没问题，然后看看周围也确实没有可用材料了，再次检查了一回筏子关键的扎紧位置后，便带两人推筏子下了水。

下水之后，三个人在筏子上跳动了几下，测试筏子的承受度。袁不縠仔细看着筏子的吃水深度，筏子面基本与水面打平。想着如果出现什么意外的晃动，很有可能让筏子上的人直接滑落到湖里，袁不縠就又上了岸，看有没有什么东西可以再给筏子增加些浮力。

袁不縠借着最后微弱的光，眼睛在神殿的顶上、墙上扫了一遍。眼角无意间瞥到殿中间的洞阴大帝神像时，他心中不由得一惊，昏暗之中这模糊的神像和他梦魇中的黑影竟然非常相像。袁不縠摇了摇头，灭了自家全族的怎么都不可能是传说中的神灵。

神殿里墙角堆积的土灰中有几个空的小口坛子，约莫是香火好时用来装香油的。他抓了几把干草，绕成几个草束，把坛口塞紧，便抱着几个坛子上了筏子。干草下湖吃水后会涨开，坛口就能塞得更紧。他将这几个坛子系在筏子四周，筏子增加了浮力，筏子面立刻超出了水面一截指头高。

形状怪异的筏子随着微波荡漾，缓缓漂离岸边。三人等了会儿，觉得确实没问题了，这才挥动竹竿，加速往湖对面划去。划船的竹竿是临时从旁边坡上折来的，那竹竿虽细，连枝带叶的在水面上划动，倒是挺能借力。死鱼用的竹竿要长许多，他站在筏子的前端，可以看清方向并用竹竿调整方向。

筏子在寂静的夜色中划向被山体阴影掩盖的昏暗，就像划向阴阳分割的另一边。竹竿的划动显得小心翼翼，像是害怕惊扰了阴暗里的山妖、水怪。

袁不榖回头看了一眼塔寺的塔，从水面上的方位看，那塔显得更加倾斜了，就像一根钉子斜钉在铜钱边上。

"吱……"一声尖厉且拖长的鸟叫响起。三人被吓了一大跳，同时扭头看去。只见一只黑色的鸟儿从湖边杂苇中奋力飞出，又贴着水面掠过，水面上很快出现了一串细纹。

鸟儿最终远离水面飞了起来，水纹却没有停止，反而越来越密集地朝着筏子延伸过来。

"我们惊着鸟了，靠近水面肯定会有些捕食鱼虾的水鸟。"死鱼被吓得不轻，说这话其实是在安抚自己。

"死鱼，你确定那鸟是水鸟？不是山鬼爷爷放出的搜食鸟？呵呵呵。"石榴心眼少、想法少，这样的人也最不容易受到惊吓，可以没心没肺地调侃死鱼。

眼前的一个恍惚让石榴的打趣戛然而止，这恍惚是因为情景的变化，也是因为脑袋的晕眩。缓慢且沉稳的筏子突然间轻巧平滑地连打了两个旋儿，这情况不要说本就对筏子不太放心的袁不榖和石榴，就连死鱼也慌乱地赶紧跪趴在筏子上。

"怎么回事？撞到什么东西了吗？"等筏子渐渐稳下来了，袁不榖才小声地问道。

"不像，感觉倒像是水下有什么东西游过，那劲道把我们筏子带动了。"死鱼答道。

"水下的，游过的劲道能带动筏子，不会是水怪吧？"不是石榴要吓唬别人和自己，而是死鱼的话让他只能往这方面想。

此时筏子终于完全停止了打旋儿，在水面上轻轻地起伏着。停止打旋儿的筏子整个掉转了方向，塔寺以及歪斜的塔再次进入了袁不榖的视线。

或许是石榴说的话提醒了袁不彀，那塔寺和斜塔在昏暗中显得越发怪异了，像是某种符号，又像是某种玄图。蓦然间，袁不彀心中有深深的恐惧涌来，就像误入了一个莫测的凶煞之地。此时他几乎可以肯定危险就在周围，只是不知道它们从哪里来，又会怎样地来。

袁不彀学习木匠手艺，虽然没有技至大成，但是和木匠工法有关的知识、书籍都是学过的。世人传说鲁班营造分两部分，祈福之造和诅咒之造。也就是说有些构筑器具是在运用中获取福运的，或者是专门用来镇邪除秽的。还有些构筑器具则是设下的恶咒天谴，运用之后运势低落、身亡家破。

塔寺供奉的下元水官洞阴大帝是正神而非邪神。下元水官主解厄职责，非赐福之神灵，所以这一殿一塔绝不可能是给人下恶咒天谴的，也不是祈求福运的。那只设一殿单拜水官，又是在这铜钱湖之畔，莫非是要求神灵解了湖中诡厄之事？至于那一塔，造型如钉斜插，很大可能是以其作为镇物的。

想到这儿，袁不彀心中打了个大大的寒战。

"快！往回划！"袁不彀语气惶急，声音压抑。

"为什么呀？不够，难不成真的有水怪？"石榴嘴里在问，手上却已经开始挥动竹竿往回划了。但很快他们发现，筏子的移动方向与划行的方向是完全相反的。出现这种情况，只可能是有其他超过他们划水的力量，将筏子往相反方向推拉过去。

死鱼慌了会儿，看清状况后立即大声道："坐稳了！把方向别过些，我们就能出去！"他这话在山间湖面上回荡几番，震得嗡嗡直响。

很明显，他们划动的力量抵不过拖拉他们筏子的无形力量，但顺着那无形的力量别开一点角度，然后逐渐加大，还是有可能借力冲出这个外力范围的。

死鱼将竹竿探入水下，顺着筏子被拉动的方向划开一道水线。水线斜开一个角度，在他的控制下有微微的摆动，这使得筏子头逐渐偏开，推拉的外力集中到筏子前端的一角上。

又撑了几回竹竿后，见筏子已经到了最佳角度，可以全力脱出了，死鱼再次大喊："准备！用力！划！"

就在三个人齐心用力的时候，那筏子却猛然一停，并快速打了半个圈的旋儿，随即又朝另外一个方向快速漂去。

这情况发生得非常突然，死鱼身子一晃，差点掉入水里。幸好袁不觳眼疾手快，拉了他衣角一把，他才迅速地跪趴在筏子上。在这样一番急促的动作之后，筏子免不得一阵大幅度起伏。而筏子改变方向后，水下无形力道变得更大，推拉速度更快，加上刚刚的大幅度起伏未能及时平复，湖水一下就漫上了筏面。

"怎么突然又变方向了，水下到底有什么东西？"石榴终于意识到处境的凶险，三个人中反是他变得最为紧张。

说话间，筏子再次突然停住，完全静止了一样。但还没等三个人喘过一口气来，筏子就又快速打三个旋儿，然后横着缓缓漂开。

袁不觳努力定神，他需要换一种状态查看周围情况。

"哎哎，不够，你别乱动、别乱动！"石榴是又怕又悔，早知道绕路会有这危险，他情愿去北三关都不从这里走了。

袁不觳没有动，动的是筏子，或者应该说是水里的东西。这一回筏子没有打旋儿，也没有快速移动，而是剧烈地左右摆晃。摆晃的力道是可以将人抛出筏子的，所以不管坐着的还是趴着的，他们都必须紧紧抓住绑扎筏子的绳子或者某一块木料，尽力稳住身体。

摆晃的力量很大，再加上他们稳住身体的力量，使得原本就不是很牢固的筏子开始松动。三人都发现了这个情况，但目前的状态下却没有丝毫余力去管。

又是一个很突兀的移动，筏子在水面上快速划过一个很大的弧线。这一个弧线救了他们，让已经快要散架的筏子摆脱了摇晃的力量。

"快划快划，朝最近的岸边划。"筏子刚刚稳下来，石榴就急切地喊道。看得出，他迫切地想离开这个让他心惊胆战的湖面。

"别乱动，摸不清情况乱划是自寻死路。你们先把筏子收收紧。"袁不毂吩咐死鱼和石榴，而他自己则晃悠悠地在筏子上站了起来。这是很冒险的动作，只要再出现一下让筏子突然移动的力量，他肯定会被甩入湖里。而在水面之下，确定存在某种怪异力量。

瞄水纹突出水下怪力

此刻，天边残月忽然从厚厚的云层里跳出，天空骤然变得清亮，也让湖面显得清亮。这样一来视觉上好许多，对湖面的观察也清晰许多了。

筏子仍在缓缓地漂着，只偶尔出现小幅度的波动和缓慢旋转。这状态有利于袁不毂更好地看清周围情况，发现更多不易觉察的细节。

"我们虽然漂来漂去绕着圈，最终趋势却是在往湖中心去。"这是袁不毂发现的第一个情况。

"湖面虽然平静，但是岸边却有细微波纹往湖中间过来，就好像有人在边上拨弄水面。"这是袁不毂发现的又一个情况。

石榴听到最后一句立刻兴奋起来："那就是说湖边有人？喂喂！谁在那里？帮帮我们！"

很长一阵的"嗡嗡"回响之后，还是死寂。

死鱼熟识水理水情，立刻道："不够，你能看清岸边过来的水纹？等下一阵水纹过来时你注意一下，看看是圆弧纹、尖头纹还是波头纹。圆弧纹是有人或东西在弄水，尖头纹是水下有游动的鱼兽，波头纹是水下有暗流。从刚才的情形看，我估计湖边有涌动的暗流，再被湖底地形、石形影响，形成了暗溜子。这在海上是经常会遇到的，海水的流动被水下礁石影响，形成处处是漩涡和激流的暗溜子。"

"别瞎扯了，到处漩涡和激流，那湖面还能是现在这个样子？"石榴说得也有道理，这么平静的湖面怎么都不像死鱼说的那种情形。

袁不彀没有说话，他只是认真地在看。站着看，蹲着看，趴着看。古代木匠技法中有"度衡"之说，也就是审度一个地方的方位、朝向、周围环境、地质地理等条件是否适合营造建筑，民间常把这种审度简化归结为三方面，即"高看朝案、中看水木、低看土基"，袁不彀三种姿势的察看就是用的这种方法。

"北边有一溜水纹过来了，死鱼你快看看。好像和你说的那几种都不像，倒有点像一片鸡爪印子。"袁不彀又及时发现了怪异现象。

死鱼道："我眼力不好，看不清，你快趴下，那水纹过来说不得又是一阵大力颠簸。"

水纹延伸过来，大家都抓紧了绳索或木板，提着心等待水纹与筏子碰撞的那一刻。终于，水纹到了，也过了，而筏子只是轻巧地转了半圈。

"不对！这水纹不对！这是折转纹，大鱼水下甩尾会出现这种水纹。"死鱼趴在筏子旁边，看清了刚刚从筏子下过去的水纹。

"那就是说这水下确实是有怪物呀！"石榴以往攀山踏石都是脚踩实地的，今天在这虚晃的筏子上，心里特别虚。转来转去始终都要把眼前发生的事情和妖魔鬼怪联系上。

"到底有什么，得到水下探一探才知道。"袁不彀说。

"下水？""谁下？"死鱼和石榴同时问道。

"我探个胳膊试试。"袁不彀说这话时已经整个身体平趴下，然后把左胳膊缓缓往水下伸去。

死鱼和石榴没来得及阻止，只能抓住袁不彀的衣服和腿，眼睛死死盯住水面，生怕水里真有什么东西把人一下拖进水里去。

静，让人感到恐惧的静。心脏似乎要爆裂，心跳声都化作汗滴，从三人的鬓角流下，没入衣襟里，明明凉得彻骨却又冒出了热气。

过了很久，袁不彀没有一点反应。石榴实在忍不住了，连喘两口大气将憋在胸口的压力松卸开些，小声问道："怎么样？你这样子像是用自己钓水怪似的，既然没什么，我们赶紧往岸上划吧……"

石榴的话还没有说完，袁不彀的身体猛然一震，将筏子也带动着连续起伏。而且在这起伏中，筏子再次横着移动起来。

这一次筏子动起来后没有马上停止，移出十几丈后连打两个旋儿又改成朝前移动了。朝前二十几丈后，筏子打半个旋儿再次改换了移动方向。而随着筏子不停地改变方向，移动的速度越来越快，旋转更加突然和无序，方向角度也更加难以捉摸。

"水下有暗流！而且不止一道。"死鱼一把将袁不彀拉了上来，继续道，"刚才的水纹是一道暗流冲到对岸后翻转回来的，所以像大鱼甩尾的鸡爪印子。"

"这就好、这就好，不是水鬼水怪就好。只要我们同心齐力，总能把筏子划过去的。"石榴松了口气。

死鱼不仅没有松口气，反而露出绝望的表情："这比暗溜子更可怕。看不到漩涡、激流，就不知道该怎么调整应对。千万不能掉入水中，会被吸到水底的。"

死鱼说得没错，这铜钱湖其实是一个转流湖。唐代古籍《云舟拓水文》一书中曾提到这种湖泊"山石围湖，黑浑不见底，枝叶着水即沉……"，这种湖泊一般出现在连绵山峦相夹的位置，周围山体里的暗河、涌泉通过这种湖泊释放水流压力，而山体中的一些洞穴、沟缝又会从这湖里吸取、排出湖水，这样就形成一个复杂怪异的水流状态。

这铜钱湖更加特别，它连接的暗河、涌泉、洞穴、沟缝更多一些，而且全在水面以下。它不像《云舟拓水文》中所说枝叶着水即沉，那是因为其他转流湖的怪异水流多少都会在水面上有所反应，如水面有漩涡，枝叶才会被吸沉。而铜钱湖的水面看不到漩涡，所有漩涡怪流都在水面之下，有些区域恐怕鱼都不敢靠近。

筏子移动得更快更无序了，三个人只能抓紧绑扎筏子的绳索保持身体的平稳。袁不毂抓紧绳子的同时将身体尽量抬起，想要看清周围的情景。远处的山峦，岸边的树木，以及已经变成黑影的塔寺和斜塔都是他的参照物。他要以这些参照物来判断自己的位置，以及筏子最终的走向。

是筏子的走向让袁不毂恍然大悟的。这个湖叫作铜钱湖，它的形状是个大圆，但中间有一个看不见的孔，一个吞噬生命和物体的孔。

"虽然看不到漩涡，但这里实际上应该存在一个巨大漩涡。我们的移动看似无序，如果参照岸上景物，大体可以看出是按一个框形方位在走，而且最终是往湖心靠过去的。我估计巨大的漩涡就在那里，转到那里就再难逃脱了。"

袁不毂这些话是对死鱼说的，他觉得死鱼要是有办法摆脱现在的移动轨迹，那还是有机会逃离铜钱的钱眼。

"没办法，不要说我们一只破筏子、几支小竹竿，就算有舴艋舟、蜓翼桨也很难，除非……"

"除非什么？"

"除非外面有力道拉一把，可这怎么可能？"死鱼最清楚面对的是怎样的凶险，所以话音里都带上哭腔了。

"外面不可能有力道拉一把，那里面可不可以有力道推一把呢？"袁不毂心中暗想。

筏子的移动不仅又快又无序，还出现了颠簸。绑扎筏子的绳索也开始松散了，湖水漫上了筏子面。

"死鱼，海上遇到暗溜子有没有办法逃出？"袁不毂是想引导死鱼想出些办法。

"当然有可能逃出的，识水理的操船高手能根据漩涡和激流的数量、走向、形状等，从中找出一条可以绕出的缝隙。"

"如果实际情况是找不到这么条缝隙呢？"筏子进入铜钱方孔的范围后，没有路径可以绕出来的。

"这情形虽险恶，但也并非到了绝处。我听祖辈人说过，有高手可以利用暗溜子中各种怪异力道的相互作用，或抵消或推拉，借力冲出暗溜子。"

"对！就该是这样的，我们也可以采用这种方式逃到岸边。"袁不毂顺手在石榴背上猛拍一巴掌，这是发现自己可以死里逃生后难以抑制的激动和兴奋。只不过用劲也太大了，把石榴拍得龇牙咧嘴。

"可我们当中没有那样的操船高手。水面一点痕迹都没有的水相也是无法利用的。"

"谁说一点痕迹都没有的？不是有水纹吗？我可以看水纹判断暗流方向，死鱼你可以操控筏子，我们加在一起就是你说的那种高手了。"

"也只能这样试一试了。"死鱼并不觉得此法可行，但现在这是唯一的办法。

"那我能干些什么？"石榴忙问。

"你赶紧从筏子上掰块板子下来，然后听我指挥。让你怎么划，你就怎么划。现在筏子不受控制，要想调整方向位置，必须另加些动力。"

死鱼话刚说完，石榴已经从筏子上掰下一块长条状的窗板。但他这莽撞地一掰，整个筏子的绑扎便松了扣。这下子，谁都不能保证在借助暗流力量的过程中，筏子会不会彻底散架。

"不够，赶紧的，不能让筏子再往中间漂了。这速度要是再快些的话，就没办法把筏子调到准确位置上了。"死鱼催促袁不彀。

"现在水纹越来越多，虽然细密，但很明显和刚才鸡爪子印的水纹不一样了。你再等等，先让我摸准各种水纹下面的暗流情况，这样才能推断该如何借力。"袁不彀也很着急，但有些事情急是没有用的，必须按部就班地来。

铜钱湖下有暗河暗流，有涌泉，有些涌泉还是间歇式的。它们的方向、角度不同，有交叉、有叠加、有对冲，这就在看似平静的水面下形成一个巨大的漩涡。漩涡太大，反而看不出漩纹，但其中包含了许多比正常漩涡更可怕的力道，有横漩的、有翻漩的、有正反同漩的……

袁不彀他们的筏子已经顺着巨大漩涡的边缘在漂移，速度越来越快，移动形式也越来越怪。就像一边轮子已经悬空在崖外的马车，再往外偏上半分就会万劫不复。

"圆弧纹，点力扩散；尖头纹，撞力分散；鸡爪纹，冲力回转；震颤纹，双力对撞……"

袁不彀终于在密集的水纹中辨别出了不同的纹路，同时摸清了水下对应的水流状况。接下来的问题是，他所采用的方法到底能不能帮助他们逃出生天，以及现在的情形还来不来得及逃出。

"不够！"眼看着到了最后关头，死鱼高喊一声，他们此刻就像悬崖边上奔跑的马车，并且已经开始往崖下坠落了，"要来不及了！"

"顺势左偏半步角，将筏子横到前面那片震颤纹上。"袁不彀想都没想地回道。

死鱼马上将竹竿伸进水流别角度，但是竹竿太细，真要别过来的话筏子也就过了那片震颤纹，所以他看准距离后大吼一声："石榴，筏尾右角倒划五把！"

第二章 搏命之训

051

石榴虽然紧张害怕，但到了关键时刻却是反应迅速、时机准确。五把力道恰到好处，五把倒划把把到位。

随着死鱼手中竹竿别过的角度，筏子正好横在前面的一片震颤纹上。

凶与凶伴的杀虎蝠

筏子竟然停止了移动，这是个好现象，至少改变了不受控制的势头。袁不彀未曾想到，这片震颤纹虽然细密，其下蕴含的力道却是超乎想象的。两股强劲的暗流在这里相遇纠缠、抵消化解，只带起一片细密的水纹，但当两股暗流合力的能量圈中进入了一个异物时，两方面的能量便都作用到了这个物体上。袁不彀他们的筏子现在就是这样一个异物。

石榴掰了划水的窗页之后，筏子的绑扎已经松扣，之后又一番无序的旋转和快速的移动，让松扣后的门板窗页全都开始错位。现在筏子遭遇的力道是撞击、是甩打、是拧挤，整个筏子颠簸着、跳跃着，被怪力拉拽着、撕扯着，旋转再反转、前行又后退，才几下，绑扎筏子的绳索就彻底松脱了。

"快！往前进一丈，偏右一步角。"袁不彀趴在门板上，用身体尽量拢住散开的窗页。

这一次石榴的反应更快了，可能他已经适应了这种剧烈的震动。手中长条窗页连续快划，让即将散架的筏子硬是从两股对合的力道中往前挤了一丈远。

死鱼的反应慢了，加上手中竹竿不得力，只别开了半步角，没有达到袁不彀要求的一步角。

筏子再次进入一个快速移动和无序旋转的流道，而袁不彀再没办法拢住那些窗页，眼见着接二连三地被怪流带走，又很快被无形的巨大漩涡吞噬，吸到水底去了。

筏子只剩下四扇格页门板和一些窗页碎料了，好在后加的那些封口坛子还没有脱落。而且随着筏子的各种旋转，系着坛子的绳子全裹紧到门板周围，否则这散架的筏子根本托不住他们三个大男人。

"没出来！没能从流道里冲出来！"袁不毂的嘶喊带着些绝望，也带着些怨气。但是怨气无处可发，绝望更是不能细想。现在的处境是，只要有一丝杂念的加入，他们就会失去最后的生存机会。

"还有一处对冲流，就在附近，准备好，这是唯一的机会了。"袁不毂嘴里高喊着，眼睛微眯着。他已经无法在筏子上抬高身体看水纹，只能瞄了远处景物，推断记忆中的对冲流位置。

"快！往左一步角，前方两丈五。"袁不毂一声断喝，他终于找准位置了。

"左尾强划，不要停。"死鱼喊完这句后，身体一侧，往门板外探出下半身，双腿斜着伸到水里。

袁不毂找到了方向和位置，但他们说话间，筏子已经和最初的目标位置差开了很多。现在要想将筏子按袁不毂的指示移动，顺着水势水力肯定不行，必须另外加力。靠竹竿调方向也不行，所以死鱼冒险伸腿下水。双腿当舵比竹竿受力大，需要的话，还可以踢打踩水助力。

石榴和死鱼都拼尽全力按袁不毂的话去做了，当他们好不容易将筏子偏移到指定位置的那一瞬间，两个人却几乎同时说出"错了！""完了！"。

果然，筏子才到指定的位置，整个就往下一沉，湖水一下没过门板一巴掌深。要不是有那几个堵住口的坛子撑着，这筏子说不定就直接被吸到湖底了。

随后的情况远比没入湖水可怕。四扇门板猛地左跳右扭几下，眼瞧着前端就翘了起来，并且越翘越高。如此下去，门板会直立起来，将他们都甩到水里去。

"啊——"三个人同时发出一声惊恐而又绝望的长呼。他们再无办法，只能吊住门板前端的边沿听天由命了。

幸好，筏子将要翘到直立角度时回落了，重重地砸回水面。

三个人的心并没有随之落下来。筏子回落后，紧接着就是非常快速的移动，左冲右撞，就像匹飞驰在蜿蜒曲折峡谷里的疯马，带起了高高的激浪和水花，让湖面沸腾起来。

当湖面再次平静时，筏子破碎得只剩下几块半截的门板和四只坛子。袁不毂他们都半趴在断了的门板上，下半身已经泡在水中。

三个人都紧闭双眼。刚才的激浪和水花力道太大，要不闭紧眼睛，冲瞎眼睛都是有可能的。

死鱼第一个睁开了眼睛，愣了一会儿，忽然激动地喊道："靠近湖边了！靠近湖边了！对岸……我们快到对岸了！"

袁不毂和石榴也都睁开了眼睛，同时把破损的门板抱得更紧。心有余悸的两人因为还泡在水里，不敢确定自己真的摆脱了危险，下意识中仍是紧抓住最后的救命稻草。

月光很亮，在湖面倒映下更亮，借助这月光可以将周围情形看得清清楚楚。

破碎的筏子真的离湖的另一边很近了，虽然没有像原定方向那样直线到达，但是偏差的并不大，也就百十来步的样子。

破碎的筏子仍在朝岸边缓缓漂移，周围的水面很平静，没有一丝异常的水纹。靠近岸边有许多褐红色的大叶浮萍，都足有采莲木盆那样大，筏子只要穿过那片浮萍就能上岸了。

破筏子开始推开浮萍时，石榴终于咧嘴笑了，笑得就像个熟透了裂开口的石榴。到了这里就基本逃离了危险，就算再有什么意外，随便扑腾几下也都能够上岸。

石榴咧开的嘴并没有仅仅停止在笑容上，而是继续咧大变形，扭扯成极度惊恐的表情。他的面前出现了一张大嘴，比他张得更大的嘴，那大嘴是血染般的颜色，锋利的獠牙像月光一样寒白。

大张嘴巴并露出锋利獠牙的是一叶褐红色的大浮萍——破筏子最先推开的那叶大浮萍。

石榴惊恐僵硬的脸，眼见着就要和那叶浮萍撞上了，而那叶浮萍张大嘴巴也正是为了等石榴的脸。

"啊呃——"石榴发出连自己都心颤的怪叫。不是嘴巴和獠牙太可怕，而是因为嘴巴和獠牙后面那张鬼怪一样的脸，那张鬼怪般的脸上没有眼睛。随着这声怪叫，石榴果断推开抱着的半块门板，反身扑进湖水里。

石榴这一推一扑给破筏子加了把力，被石榴怪叫吓到的袁不觳和死鱼来不及做出更多反应就随着破筏子漂入那片浮萍中。于是他们看到了许多大张的嘴巴和锋利的獠牙，从各个方向围向他们，直奔他们身体上所有可以下口的部位。

"下水！快下水！"石榴在喊。

袁不觳和死鱼听到了，想都没想就同时推开门板直落入水中。那些獠牙险险地擦过他们的身体，有的咬空了，有的咬在门板上。破筏子顿时变得更破了，水面上有许多碎木和木屑漂散开来。

随着袁不觳和死鱼入水，水面连续大幅度起伏。就在这起伏中，那些浮萍竟然顺势脱离水面腾空飞了起来。这一飞，浮萍鬼怪般的脸和獠牙，还有怪兽一样的利爪全显露了出来。它们的飞行鬼影一般疾速无声，还可以在疾飞中突然改变方向，远不是刚才漂浮水面的呆板模样。

飞起来的浮萍虽然没有眼睛，却能在瞬间就锁定目标。袁不觳和死鱼刚落入水中还没出水，于是几乎所有的浮萍都扑向了石榴。石榴早预见这种状况，见空中暗影一闪，便立刻缩进水里。但他在水中没待多久就又冒出头来，这是为了给袁不毂和死鱼发警告，这两个人肯定还不知道自己面对的到底是什么东西。

铜钱湖水面下的无形怪流和巨大漩涡确实可怕，但那些只是这群"鬼怪"出现的前奏而已。

过去民间有种说法叫"凶与凶伴"，这其实是一种自然规律，也就是说一个凶险的地方往往会有凶兽存在。这不仅是因为凶兽不惧凶险，能够存身凶地，更重要的是凶险的地方往往可以更多且更轻易地捕捉到食物。就比如这铜钱湖，涉水的动物进入后大多难以存活，而无论是死在湖里的动物还是从湖中勉强逃出的动物，最终都会顺流漂到某个地方，这地方往往会成为凶兽捕食的猎场。

袁不毂他们撞上的浮萍其实是杀虎蝠。关于杀虎蝠，《异兽录》有记："无睛，善飞，飞无定向。体大如磨，牙利蓄毒。爪大力，可撕虎狼。居水面，食生亦食腐。"杀虎蝠没有眼睛，但对声音极其敏感，可以听声辨位，寻找猎物。它们有蓄毒的牙齿和钢钩一般的利爪，咬力和抓力都非常巨大，可以一口咬碎厚实的门板，也能轻易地杀死一只猛虎，所以叫它们杀虎蝠并非夸张。它们食生亦食腐，浮居于恶水之畔，便可以张嘴静等漂到面前的食物。

石榴刚从水里冒出来就看到扑向袁不毂和死鱼的杀虎蝠群，这两个人刚刚匆忙入水，没来得及憋足气，所以才一会儿就冒了出来。

"快躲，不要被咬到！"石榴这声喊，吐词很不清晰，因为他嗓音本就浑厚，而口中的水还没来得及吐尽。好在袁不毂他们两个还能听清最先的"快躲"，所以急急地换了半口气后便再次没入水里。

石榴喊完后还没来得及看清袁不毂他们是什么反应，便发现大片鬼影般的杀虎蝠分出一股转向自己，只能赶紧缩回水中。

杀虎蝠可以一直飞在空中，袁不毂他们却无法一直潜在水下。只要出水换气，便会招来杀虎蝠永无休止的攻击。

要想让猛禽异兽放弃猎物，最好的办法是让它们长时间地失去目标。袁不毂在水下示意死鱼和他慢慢地冒头，希望杀虎蝠将他们的出水当成一个正常水浪的起伏。他们以极缓的速度慢慢冒出水面的时候，石榴也正好再次从水下冒出换气。虽然只看到袁不毂和死鱼缓慢的如同凝固了的动作，但他马上就明白了他们想干什么。

"没用的，那东西可以察觉到气息的流动。"石榴果断出水大声警告，话刚说完便又缩入水中。而这一次为了把话说清，露出水面的时间稍微长了些，结果被最先疾速扑向他的杀虎蝠一爪勾走了发髻上的扎巾。

石榴的话没错，袁不毂他们的做法果然没用。当他们将口鼻缓慢露出水面，堪堪换过一口气时，大片的鬼影就又扑了下来。

毒有毒克的焰火松

口鼻的呼吸都能察觉到！

一次换气的时间不可能让杀虎蝠以为猎物消失并放弃，这样袁不毂他们是毫无脱身希望了。看来，他们今夜不是憋死在铜钱湖的湖水里，就是要被杀虎蝠的毒牙利爪给撕碎。

出水、换气再潜水，如此反复了十几次，他们逐渐绝望，继而焦躁不安起来。这焦躁让心里生出火来，山中暗河积蓄起来的湖水却让肉体越来越冷。而不管心中燥火还是身上的寒冷，都是逼迫袁不毂他们必须摆脱现状的警示。

杀虎蝠的攻击比刚才稀落了些，速度却是更快，扑袭也更狠。刚才成堆地下来扑袭猎物,虽然杀虎蝠之间没有一丝触碰,但干扰还是有的,那飞行的方向、速度多少会受影响。现在的攻击虽然稀落了,却是更为专注和快速。

袁不毂是三个人中最冷静的,他知道这些飞舞鬼影的特性之后,把动作控制得更加慢了。然后抓住石榴一次快速入水时搅起的水面起伏,顺水波的频率一点点将半个脑袋露出水面。口鼻依旧埋在水里,需要换气时才把鼻子露出水面一点,在杀虎蝠刚刚发现时就又缩回水里。

这是非常惊险的做法,那些杀虎蝠都是在快扑到他脸上,却发现失去目标时折转飞走的。袁不毂每次都被蝠翼的风劲扇得眼不能睁,不过这也正说明他具备了足够的定力和勇气。这个时候只要稍有避让的动作,那些杀虎蝠便会把扑击进行到底。

眼睛露出水面是为了看清状况找到办法,袁不毂眼珠急转,很快发现一个情况——杀虎蝠除了在他们出水时扑袭过来,都是围着几个坛子在掠飞盘旋。

那是袁不毂最后封住口系在筏子上增加浮力的几个坛子,脱离暗流漩涡的过程中破碎了几个,还剩四个浮在水面起伏漂荡。正是这持续轻微的起伏,让它们成为杀虎蝠始终不愿放弃的目标。

这提醒了袁不毂,杀虎蝠熟悉自己盘踞的地盘,只对外来的异常物体发动扑袭。以往随暗流漂到这里的大多都是人和动物的尸体,或是奄奄一息的人和动物,像今天这样的活人和破筏子应该没有过,所以杀虎蝠没有料到猎物会往水里躲,也没想到不断起伏的根本不是可以入口的食物。

"这些鬼东西虽然又凶又快,但并不聪明,或许只要让这里完全静止下来一段时间,它们就会离开,去别处觅食。"

袁不毂的想法有道理,却无法做到。只要他们出水换气,只要那些坛子还在漂浮,这终究是个不死不休的局面。

此刻,石榴又急切地出水换了口气,惹得所有杀虎蝠扑向他,蝠翼带起的风劲让漂浮在水面的坛子左右摇晃得更厉害。

"坛子！对，就用那坛子！"袁不縠激动得差点忘记自己的口鼻还没在水下。

死鱼水性最好，他在水下看到袁不縠一点点地把头露出水面后没有事情发生，就也学他的样子做。当袁不縠向他使一个眼神时，虽然他没有完全明白是什么意思，还是马上注意起袁不縠的动作，并做好一切准备，随时配合袁不縠的行动。

石榴冒出水面换气的瞬间，袁不縠趁着杀虎蝠放弃坛子全扑向石榴的时机，扑向了坛子。他一把将塞住坛口的茅草束拔掉，口鼻一起闷在坛口，然后依旧把头半没在水中。杀虎蝠觉察到袁不縠的动作，有一半闪动身形折转过来，但赶到袁不縠附近后都掠飞而过。

那些异物都没了，包括呼吸的气息流动和坛子的起伏。袁不縠抓住坛子，坛子不再随波而动。坛子里的空气可供袁不縠呼吸，杀虎蝠也就发现不了气息的流动了。

死鱼一下就看明白了，他迅速抓住身边一只坛子，像袁不縠那样用坛子来呼吸，并在抓住坛子的同时，一脚将旁边一只坛子远远踢开，把所有扑向他却又突然失去目标的杀虎蝠诱到更远处。他这样做是为了给石榴争取时间。

让死鱼没有想到的是石榴比他还要快。他刚才的一连串动作做到一半时，石榴已经出水并直接抓住靠近自己的那只坛子。这说明之前他出水的瞬间已经从袁不縠还没全部完成的行动中看出了意图，或者他也想到了用这样的方法并且已经在实施中，毕竟三个人里只有他认识杀虎蝠并了解这种怪异飞兽的特性。

杀虎蝠的反应并不完全是袁不縠想象的那样，在所有目标都失去之后，它们没有飞往其他地方觅食，而是依旧在水面上空飞舞盘旋，寻找并等待着可能出现的蛛丝马迹。

坛子里空气的存量很少，如果杀虎蝠在空气耗尽前不离开，那袁不榖的办法将宣告失败，而这是他们最后的也是唯一的办法。

时间一点点地过去，袁不榖开始觉得有些憋闷。

有几只杀虎蝠落了下来，有落在水面的，有落往岸边的，还有一只正好落在袁不榖的坛子上。

落在坛子上的杀虎蝠张着蝠翼哆哆嗦嗦地往坛子边沿爬，紧接着，那只杀虎蝠哆嗦的蝠翼突然一阵剧烈颤动，随即顺着坛子流下一线黄水。

袁不榖的口鼻闷在坛子口里，闻不到什么异味，但他知道那是蝠尿。

坛中的空气已经快用尽，袁不榖开始感觉透不过气来。他分毫不敢动，因为他的脸就摆在杀虎蝠的嘴边，只要稍有变动肯定就会被那对大毒牙狠狠咬上一口。

终于，趴在坛子上的杀虎蝠颤动着蝠翼飞了起来，过程中洒下了更多的黄水滴。这次飞起后，杀虎蝠朝着远处的山影飞去，再没折转回头。其他落下的杀虎蝠也陆续飞起，飞往远处。始终在空中飞舞的那些杀虎蝠盘旋几圈后，最后也离开了。

袁不榖缓缓地浮出水面，慢慢将坛子拿开。确认杀虎蝠没再飞回后，他先急促地换两口气，又站在水里仔细观察周围情况。就在这时，石榴和死鱼也将坛中空气用完，几乎同时从水中猛然冒出，吓了袁不榖一大跳。

"走了？走了吗？""那些鬼东西走了吗？"两个人气息还没喘匀就急着问。

"好像走了……"

"还不快跑！那鬼东西随时会回来的。"石榴说完立刻连扑带蹬地朝岸边游去了，经过袁不榖身边时还猛拉他一把。

死鱼一听石榴的话，鱼一样侧身往水里一钻，再露出水面时只几个甩臂就到了岸边。

三人上岸后，先沿湖边一路狂奔。他们上岸的位置偏离了原来方向一段距离，要想走对路还需回到原来的位置上。但还没跑出多远，他们便觉得似乎有暗云遮住月光，回头看去，竟是杀虎蝠群再次追来。

杀虎蝠对自己的味道有非常敏锐的辨别力。方才那只爬在坛子上的杀虎蝠将蝠尿撒在水里，标记了自己的领地。此刻袁不骰、死鱼和石榴身上都沾上了蝠尿，带着蝠尿气味奔逃的他们已经不是杀虎蝠的猎物，而成了侵入它们地盘的敌人，所有的杀虎蝠都会比捕捉猎物更加凶狠地来杀死他们。

"跑不掉了，打它们！"死鱼不擅长山路奔跑，落在最后的他第一个提议反击，并且马上抓住身边一根杯口粗的竹子想折断了当武器，可惜用两次力都没成功。

石榴回身跑来，一脚将那竹子齐根踹断。拿到竹子的死鱼刚好来得及一轮大力挥舞，赶走最早追到的一批杀虎蝠。但这些杀虎蝠被竹子驱赶后只是折转一下方向便再次攻来，角度更加刁钻难防，死鱼即便手里有竹子也不能将它们防住。好在石榴又运力折断旁边一根树杈，充当了第二重防护。

死鱼以往操船擅长挥舞竹篙，石榴砸石挥锤力量大。但今天不同于操船、砸石，杀虎蝠不仅飞行进攻方向刁钻莫测，而且会无休止地扑下。他们两人力气再大早晚都会乏累，只要有一个小小疏忽，毒牙和利爪都会要了他们的命。

袁不骰也跑了回来，手里拼命挥舞着两根小树枝："往前跑，我有招杀死它们。"

这话很让石榴和死鱼吃惊，更让他们怀疑，不过现在这个时候他们唯一能做的就是信任和服从。

越过一个小坡，几步外是一条溪流，地下暗河和喷泉的水形成了铜钱湖，肯定也会有溪流或其他渠道将水排出，否则这湖里的水早就淹过山头了。袁不骰所说对付杀虎蝠的招儿不是指这溪流，而是分布于溪流两边的大片树林，那里的树木与其他树木不一样，这些树的枝干叶片全是暗黄色的，并且有润润的光泽。

木匠营造的基础技艺之一就是辨材取材，可以说天下各种木材的材质特性都要有所了解，以便合理选用制作器物和营造建筑的材料，袁不觳也自然认识各种木材。溪流边的树木很是稀有，不能做器物、造建筑，但或许今夜能救他们的命。

那些树叫焰火松，是一种松脂特别丰富的松木，树干、树枝、树叶都有脂油泌出，当泌脂季节过了，之前泌出的脂油就会凝固成一层干膜覆盖整棵树，把树变成暗金色。

民间所说"凶与凶伴"的后面一句是"毒有毒克"，这是一种自然规律，是说一处地方出现的凶险，在其附近必定有对症解决的东西存在。杀虎蝠老巢的附近生长了大片焰火松，应该就是大自然应对这些毒凶飞兽的。

"火！火种！"袁不觳喊完这句话，自己不由得一抖。他猛然想起来，择训院为了防止跑山过程中发生相互残杀的事情，要求跑山时不许带任何东西。可要是没有火种，那他想到的招儿就完全没用，今晚他们仍会做杀虎蝠的夜食。

"有火，再撑着往前跑点！"石榴说完挥动树杈往焰火松林里面冲去。

袁不觳和死鱼不知道石榴说的火在哪里，见他朝前面冲去也只能紧紧跟着。

石榴的力气最大，手中的树杈是应对杀虎蝠最强的武器。他在前头开路，全力挥打下，偶尔有杀虎蝠被他击落在地，不过击落在地上的杀虎蝠扑腾两下就又重新飞起再次攻击，而其他的杀虎蝠更是无休无止。石榴的力气终究会耗尽，只有找到火种才是逃出生天的关键，弟兄几个不敢有丝毫懈怠，一边小心避让，一边竭力往前奔。

可取火的金花石

三人跑进林子后，杀虎蝠再不能满天飞舞地扑袭，他们的处境却反而变得更加凶险了。

林子里没了月光映照，树木树枝又影响人的视线，他们便很难发现杀虎蝠出现的方向。而杀虎蝠从树木枝杈缝隙间突然飞来或者从树干间绕飞过来时，速度并不比原来慢，方向却是更加难以捉摸了。

此刻，他们只能毫无目标地在身体周围挥舞竹竿和树枝，一刻都不敢停。终于挨到林子深处的溪流边时，溪流边有几块石头，挺好看的石头。灰色的石头上有暗金色的斑点，微微闪动着金属般的光泽。

"这是金花石，一砸就出火星。"石榴说话的同时已经捧起一块金花石，手腕一翻高高举起。

"树！把那树烧了！"袁不彀回头喊一声。

这一回头，他手中不免微微迟缓了一下，背上立刻发出轻轻一记裂帛声。紧跟在裂帛声之后的是袁不彀惊恐的惨呼，他的背上连衣服带皮肉被划开了三道并列的口子，肉翻皮转，连串血珠渗出。幸好是爪子，换成毒牙的话，袁不彀惨呼的机会都会在瞬间被剥夺。也好在择训院统一发的衣服厚实，伤口渗出的血珠都侵入布料里，未曾持续滴挂下来，引发袁不彀的畏血症。

"没有烟纸、火煤子，直接点树，着不了！"石榴举着的金花石属于硝石的一种，但硝粉含量以及所含金属不同，这种石头敲击后出火的效果要远远好过一般硝石。不过出火效果再好，砸敲之下也只是火星迸出而已，石榴觉得必须有易燃物引燃，才能再去点燃其他东西。

"那树易着，快！"袁不彀怒吼一声。石榴慌忙就把手中的石头砸向面前那一堆金花石。石头和石头间飞溅出一大串的火星子，洒落在旁边的焰火松上，瞬间就将树干枝叶全点着了。

焰火松沾上火星就着，着起来后火势凶猛，成团的火苗到处乱窜，眨眼间就将所有焰火松都引燃。火光烟影交集盘绕，很是怪异，在铜钱湖边陡然幻化出一座火焰与浓烟裹挟而成的魔山。

杀虎蝠变成了飞蛾，扑火的飞蛾。它们其实想逃，也有足够的速度逃出，可它们的逃生路径都被巨热的火焰填塞。在与火焰的持续碰撞中，杀虎蝠最终只能撞落在火堆之中，化作一团飞舞的火焰。

袁不毂他们没料到林子里的火势起来得这么快。刚刚杀虎蝠的扑袭让他们无处可逃，现在这场大火又让他们无处可逃了。

"水！"袁不毂带头跳进溪流里，连踢带划地加速顺水而行，希望尽快远离这熊熊的大火堆。

后来，他们想减速却都不可能了。那溪流往下的趋势越来越大，水流越来越快，也越来越急。袁不毂他们完全被湍急的水流裹挟了，一直快速往前冲。

这溪流最终流向哪里，他们并不清楚，中间会不会有什么悬崖断瀑也不知道，他们只能在心中暗自祈祷，不要再出现什么凶险危机了。

终于，三人被激流腾空冲出，三种声调的尖叫声响彻山谷。尖叫声并不长，因为他们坠落的过程很短暂，身体只稍稍腾空就跌落在了石坡上。石坡本就很光滑，加上坡面不停地有水流下，所以三个人依旧收不住下冲的势头，以各种不停变化的姿势翻滚而下。尖叫声变成了断断续续、忽高忽低的乱叫，直到滚入坡下茂密厚实的草甸后，乱叫才转变成粗重的喘息和疼痛的呻吟。

从草甸的泥水中艰难爬起，回头看去，可以看到火光映红的半边天，还有黑烟缭绕的半边天。焰火松不仅易燃，燃烧速度还极快。就在袁不毂他们顺流而逃的这段时间里，火光逐渐黯弱下来，变成了焰头很小的红色火光。烟尘更加浓了，一团团翻滚而上，遮住了月光星光。

三个人此时乏累不堪、浑身酸痛，连挪动下步子都会觉得艰难。

死鱼挣扎了一下自己的脚步："借着焰火松的火光，我们得赶紧走。等那火灭了，烟气遮住天光会更加难看清路径方向了。"他有夜航的经验，知道靠月光星光辨别方向的重要性。

"我们现处在深洼，这位置大白天都难见到日光，必须尽快走出去。"袁不毂辨认着周遭的景象，这地方比铜钱湖的地势还要低，像是山体的断裂带或者山洪冲刷出的深沟，"不要走草甸，草下可能是淤泥，会陷下去。沿着草甸的边缘走，能更快找到出路。"

袁不毂的说法是完全正确的，无论山体断裂带还是山洪冲刷道，都是群山的捷径。只有这种大自然的毁灭力量才可以在群山之中走得任性直接、无可阻挡，沿着这种痕迹的边缘走，可以避免反复地上山下山。

焰火松的火光暗得很快，从深洼中走出不远就已经漆黑一片，再借不到火光照亮。好在沿着洼沟洪道走，不需要辨别方向，只要脚步走稳就行。于是三个人就像游荡在黑暗中的鬼魂，跌跌撞撞，一路朝前。

他们在铜钱湖耽搁了不少时间，从焰火松林里顺溪流而下，再沿山体洼沟直接穿过几道山岭，这样就又抢回来一些时间。如果不是夜间，按他们的脚程，在洼沟走这一道连绕路的时间都可以抢回大半。

当终于走出洼沟并爬上一个半坡后，他们又见到了月光。这地方与铜钱湖已经隔了几座峰，再看不到火光和浓烟，只是随风还能嗅到一丝烟火气味。

"再有一个时辰天就亮了。"死鱼指着天边很淡很淡的一片白色说道。海上渔家对天色的变化非常敏感，而袁不毂和石榴要不是顺着死鱼所指看去，根本无法想象那么一丝淡白竟然会是天亮的前兆。

"前面有个村落。"袁不毂虽然看不懂天边的淡白，但他发现自己和那淡白之间有一些房舍。那些房舍在黑暗中轮廓模糊，还被树木遮掩着，袁不毂却能从中瞄到一些特别的点和线，以此确定有房舍的存在。根据点线的分布和连接状态，他又确定了这是一个村落。

"有村落？太好了，我们去讨点吃喝，攒点劲儿再往前面赶。"石榴说的是个实际问题，他们已经有一天一夜水米未沾了。

"从大体方位上推断，前面很可能就是死村。如果不是，那就是我们走岔了。"袁不毂看看天上的月亮，只凭这一个方位，他并不能确定自己的判断。

"管他死村活村，要是再找不到些填肚子的东西，我就要成死人了。"石榴说完，快步往前跑去。

"死村？那地方会不会也有鬼蝠子，或者像鬼蝠子那样的要命东西？"死鱼对杀虎蝠仍心有余悸，那无眼血口的恶心模样恐怕要在他梦中飞舞很长一段时间了。

没人回答死鱼的问题，因为不知道怎么回答。死村肯定是要去的，不管找东西解决饥渴，还是按原定计划抢回绕路的时间，都必须从死村穿过。

莫鼎力一路快马飞驰，每到官驿只换马不停歇，反倒在见到一些荒村野店或者寻常百姓家时，会稍作停留买些食物装些水。这是一种谨慎的做法，是发现可能存在的危机才会采取的做法。采用这样的方法别人就无法预先给他设局下药，也无法在某个地方摆好阵势等他进入后围击和抓捕。

古坝是个没人的地方，让莫鼎力讨厌。但如果一个没人的地方偏偏让他觉得有人存在，那就不是讨厌而是恐惧了。那天，碰头人暗语相告的东西很模糊，需要从中领悟，莫鼎力也确实领悟到了一些东西。这样一来，他就不仅仅是恐惧，而是要摆脱恐惧去找寻领悟到的目标。

有人不会让他那么做，比如在古坝让他感到恐惧的某些人。他们现在想要知道莫鼎力到底领悟了什么，最好还能摆布莫鼎力，替他们把领悟到的目的达成。

江湖中有很多法子可以让一个人听从摆布，但要摆布一个人，就得先把这个人拿住。莫鼎力感觉他现在是一个非常值得别人摆布的人，所以首先要做到不被别人拿住。从前段时间发生的事情看，沿途官府、官驿都不具备保护自己的能力。他只能一路不停地往前赶，即便不能彻底摆脱危机，至少也能和危机拉开一段距离。

当然，莫鼎力如果只能做到发现危险时一路奔逃，那他就不会被捉奇司点名要了去。不被别人设局是本能，给别人反设局才是本事。莫鼎力并非一路狂奔再突然掩形，而是适时找地方装水买食物，就像根本没有发现到危机，只是习惯了谨慎地行走江湖。其实他在故意让人发现行踪，一路追着他往均右县而去。到桑石官驿换马时，继续上马赶往均右县的是一个换了他衣服的驿丞，而他则穿了一身军营信兵的装束，转而直奔均州府。

莫鼎力是打马冲进均州府的，城门口盘查的城防营兵将没来得及将他拦下，只能一路在后面追赶。

莫鼎力不仅冲进均州府，还冲进了均州府衙，然后在一进院被府衙护卫团团围住，十几支丈八红缨矛齐齐地抵在他身上，稍一动弹那七寸长的矛尖便会直扎入肉。这个时候城防营的兵将也到了，他们在府衙护卫的长矛外面又围了一个刀盾圈。

"边辅密报，紧急军情，速让均州府尹出来见我。"莫鼎力报的是边辅身份，却无身份号牌拿出，因为他根本就没有。

边辅是设置于边关的间谍机构，也是对边关军队的暗中监察机构。获取的所有信息不经过军部和各级州府，直达皇城司，由皇城司鉴别权衡后直接奏报皇帝。也就是说，边辅是皇上安插在边关各处的间谍组织，他们只为皇帝服务。

莫鼎力谎报边辅身份，实在是因为自己的事情太过紧急，必须马上见到均州府尹。

均州为北方宋金交界处的重要州城，均州府尹还兼任了北三关钧前道镇守上将军一职。这兼任的副职其实比正职的州府府尹还要高半品，由此可见均州军事地位的重要。也正因为军事为第一要务，所以莫鼎力谎报边辅身份是最快见到府尹的办法。

听莫鼎力一句"边辅密报"，所有抵在他身上的矛尖不约而同地往后退回几寸，另有人已经飞跑入内，前去禀告均州府尹芦威奇。

很快，听说边辅露面的芦威奇来不及更衣，着便服提剑快步赶来，后面随从抱着官服甲胄紧跟。

此时，莫鼎力才亮出了身份号牌，一个是皇城护卫的，另一个是捉奇司的。看过号牌，不等芦威奇做反应，莫鼎力又拿出盖了铁耙子王官印的代王行权公文。芦威奇只看一眼公文官印边角上的鹰翅独角貔狳，便确定这是铁耙子王亲授的公文。

尸体上的第九块腹肌

"羿神卫十八神射的尸体在哪里？"这是莫鼎力表明真正身份后，说的第一句话。

"暂寄在城西南的解法寺肉身库中。"

"让四门城防营关闭城门，所有人不得进出。调巡街铁卫赶往解法寺守卫，州府亲兵弓射队也全部调往解法寺同守。"莫鼎力边说边往门外走，"新增北三关的协防外营四厢指挥使在不在城里？"

"在的。"芦威奇回道。

"哪一部的？"

"奉日部天武营，指挥使左骞。"

"立刻让左将军派五十名天武卫赶来解法寺听我调遣，记住，不是要他天武营的营卒，而是要他最精锐的天武卫。"

话说到这里，他人正好走到衙门口。马匹还在门口打着响鼻盘旋，莫鼎力急赶几步抓缰上马，纵马出门往西南方向而去。

半途换装放弃均右县转而奔来均州，就是为天狼十八神射的尸体来的。莫鼎力在古坝得到消息是说均右县有人寻尸查尸，而且专门查那些与十八神射一同被射死的难民，但查尸的人又不是当初阻杀他们的人，而是来自第三方。由此，莫鼎力断定一件事情，阻杀的人并没有在十八神射身上找到想要的东西，于是他们回头又去寻找拦截另一路的掀山盖带符提辖，估计要么没找到人，要么也没找到东西。第三方觉察此事后，觉得十八神射有可能将东西藏在同行的难民身上了，这才派出高手潜入均右县捉人查尸。

不过，莫鼎力却觉得，如果真有一个多方觊觎的重要东西，那十八神射绝不会放在一个不知来历去处的难民身上，阻杀的高手也不可能疏忽了对难民尸体的检查。所以，那东西应该在十八神射即便死去也仍旧可控的地方，或者在最有可能被大宋官家发现的地方。这样的地方很难找，但最终线索应该还在十八神射的身上。

芦威奇挥挥手，让府衙红缨亲兵随统领先行跟随莫鼎力往西南方向去了，另有芦威奇的心腹下属立刻前去召集弓射队亲兵，一同赶往解法寺。

芦威奇把剑抛给随从，快步跑进东边虎威堂，拿出两支虎头令箭。一支交给刚才追着莫鼎力一道进府的城防营副将，命他即刻去将均州四门紧闭。另一支交给旗牌官，让他去调巡街铁卫赶往解法寺。

这些事情做完后，芦威奇才穿戴好甲胄，出门上马，他要亲自前往天武营军务府借调天武卫。

奉日部天武营本是临安城外防禁军中的精锐，被兵部从京里直接增派到边关协同州府防御，一般驻扎在城外有利地形处，与州府城池呈犄角呼应。

这样可防止敌军从多方位或意想不到的方位攻击州府城池，又可以解决州府之间驰援距离太远的弊弱。

天武营主将左骞在职务上比芦威奇低一品，但芦威奇对他非常客气，毕竟人家是京官。芦威奇在城里给左骞安排了舒适的军务府，遇事都会主动跑去与他面议，这回要借用他的天武卫，定是更要亲自去一趟的。

解法寺只是一个中等大小的庙宇，庙里的肉身库却设置得很隐秘。要是没有亲兵统领出面与耳聋目昏的老主持一番说明，单是莫鼎力一人前来，就算他再多两个身份号牌，那些和尚都绝不会把他带入寺中密界的肉身库。

肉身库的作用主要是保存圆寂高僧肉身，肉身在这里经过一段时间干燥收缩后再做成金身。肉身库的构造很奇特，始终保持阴凉通风，尸体放在这里可长时间不腐。

羿神卫十八神射的尸体寄放此处就是为了防腐。这些尸体从均右县送过来有些日子了，急报也早就送入京里，但捉奇司一直都没指示如何处置这些尸体。芦威奇想来想去后，觉得暂时寄放在这里是最妥当的。

磨叽了好一会儿，莫鼎力终于在两个和尚的引领下来到一个小偏殿的门口。这个时候巡街铁卫和亲兵弓射队都还没赶到，莫鼎力不由得皱了皱眉头，回头看看跟自己一起过来的二十几个亲兵，如果出现什么意外情况，就只能靠他们防守和拖延时间了。

"你们留在这里，守住偏殿，等巡街铁卫和弓射队到了，让他们以此为中心设外围防护。"莫鼎力吩咐完便立刻进入殿里。两个和尚提着灯笼带他从地面上的暗门往下走，走入一个长长的甬道。

甬道先后有两层往下的台阶，莫鼎力估计这已经到了地下四五丈的深度。对此他一点不感到奇怪，尸体最适合放的地方是墓穴，而好的墓穴是可以保持尸体长久不腐的。肉身库就相当于一个极好的墓穴，或者说是按照极好墓穴的构造建成的存尸地库。

两个和尚在前面引路，并一路将用于照明的固定油灯盆点燃。油灯盆很大但是不多，只几个上下转折的位置有。所以甬道内仍显得昏暗，多了些火光照射出的绰绰人影，反是让视线变得更加扑朔。

　　甬道的尽头是一个封闭性很好的厚木门，和尚在门前站住："大人，就在里面。请自行入内查验，贫僧在外候着。肉身库里人气多了不利于存放。"

　　肉身库里没有灯，但有几道光亮交叉在房中，并不昏暗。莫鼎力一眼就看出这些光亮是用铜镜通过一些通道反射进来的，不过肯定不是外面的太阳光。因为这些光亮有些微微闪烁，所以反射的光源应该就是外面刚刚点燃的那些油灯盆。

　　十八神射的尸体一字排开放在那里，尸身下垫着厚厚的草药絮包，尸身上盖着薄薄的草药絮被，这些都是用来防腐的。莫鼎力从第一具尸身开始，一个个掀开絮被仔细查看。其实此时这些尸体已经没有什么可看的了，他们身上原有的物品装备大都被阻杀者拿走，遗留下来的东西和衣物在进入肉身库时也都尽数取下。除了身上的老伤疤和新伤口，再没有什么与常人不同的地方。

　　莫鼎力一双眼睛可以通过别人神情、动作的细节，辨别出内在的虚实真伪，面对这一排躺着的死人时却没有办法了。

　　查看完所有尸体后，他着实没有任何发现。莫鼎力心里开始动摇，自己判断错误？还是查辨的方向本就错了？

　　莫鼎力从所有尸身旁又慢慢踱回到门口，这一遍的审视依旧一无所获。他只能轻轻叹口气，黯然迈步去拉肉身库的木门。

　　就在这时候，身后突然有交叉的光亮连续闪动，莫鼎力不由得猛然转回身去。

　　肉身库里的光亮是外面甬道里的油灯盆反射进来的，油灯盆盆大油厚灯芯粗，点燃后火光很稳定，只会出现微微跳动。甬道中没有对流空间，也不会出现急风吹焰的情况。所以这种闪动可能是反射光源被移动的人或物体连续阻挡了，也可能是什么劲风让灯芯光焰出现剧烈晃动。

莫鼎力目光忽地一闪动，来不及顾虑外头的情况，他死死盯住光亮变化时，一个尸身上出现的异常现象。

九块腹肌，莫鼎力看到了九块腹肌。光亮的闪动让那具尸体上的第九块腹肌在明暗交替的光影中突兀地显出。

莫鼎力动作很快，两个纵步就到了尸体旁边，手从尸体的腹侧伤口深探进入，指头一下就探到了一块特别硬的东西。他两指一扣一夹，从伤口深处拔出块被污血染得模糊的金属硬物。

莫鼎力将整个东西抹搓一下，细看起来，那东西像是一种雕花牌或者压胜钱。牌子的正反两面有字有花纹，边上有四个凸钮，四个凸钮造型不一，显得很是怪异。莫鼎力皱了皱眉，简单抹搓不能将牌子上凝固的血污完全剔净，肉身库里面光线也不足以看清上面是什么花纹什么字，更无法分辨凸钮各是什么造型。

肉身库里头交叉光亮的闪动加快，外面情况看来已经颇为紧急，此刻并非细看牌子的合适时机。莫鼎力思量片刻，把东西握在手里，轻蹑步猫一般来到肉身库门口，缓缓将门打开一条缝，往外看去。

甬道里的光线太弱，从人影来往晃动中，只能隐约看到在上一层下来的台阶处有一个激烈的斗局。

那是一对五的斗局。"一"是个全身黑的蒙面人，手里一把枣木杆的黑背直头朴刀。朴刀很是粗糙平常，但蒙面人杀法却十分骁勇。"五"是芦威奇手下最强悍的五个红缨亲兵。可五支长矛对仗一把朴刀，却是节节败退。

第三章 造器为始

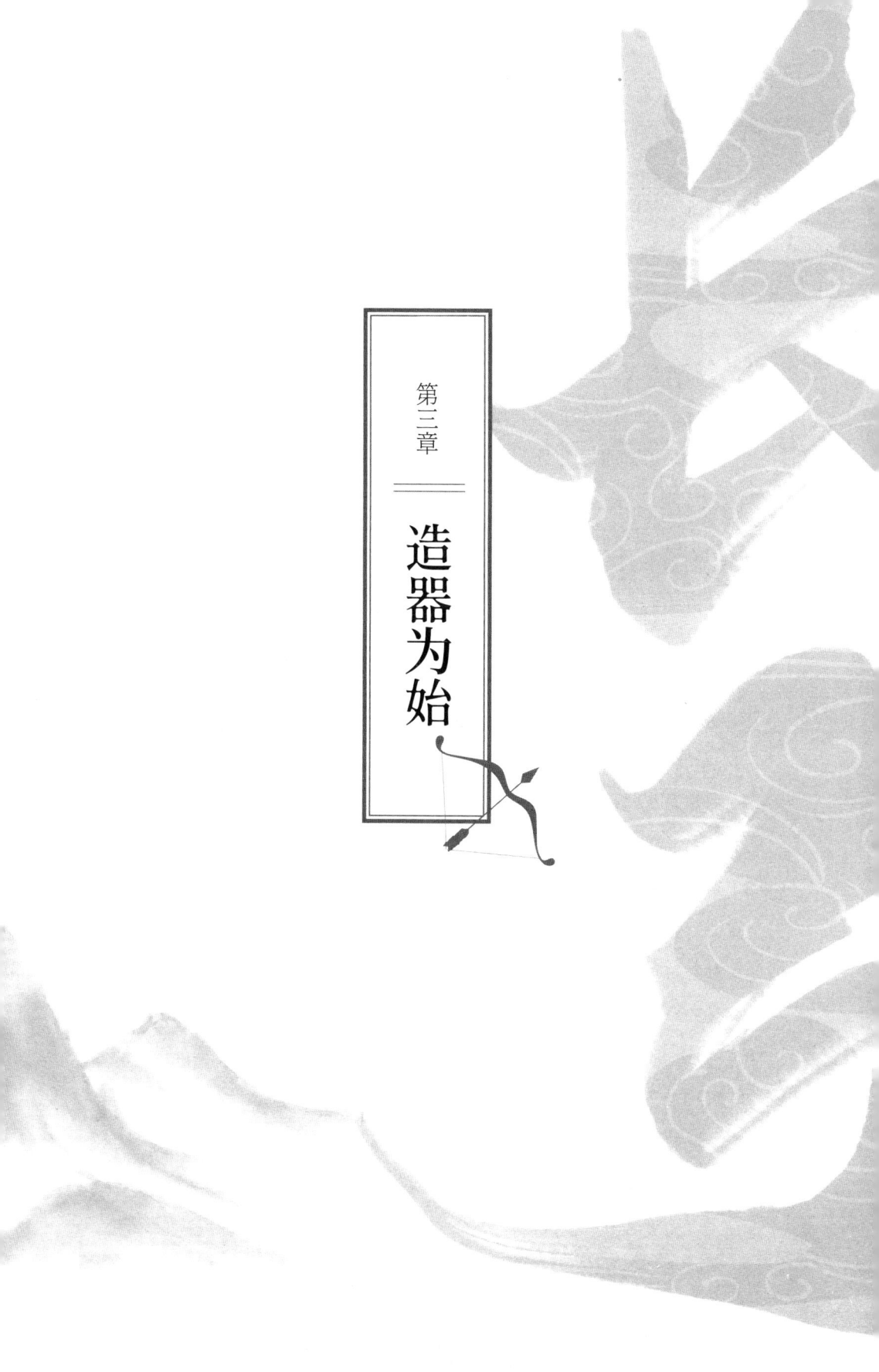

得而复失的怪异牌子

莫鼎力心中闪过寒意，这情形很明显地告诉他，四门紧闭也没能挡住追踪自己而来的人。而亲兵弓箭队、巡街铁卫以及天武营的天武卫也都没一个及时赶到，在外面防御的只有最初跟来的二十几个亲兵。

"二位师父，把门顶死。"莫鼎力对缩在门口的两个和尚说道。他自己则从门缝间侧身出去，移步到门的右半边。

两个和尚赶紧进去，用杠木把门顶死。门一关，莫鼎力立刻悄悄地将手中金属牌子放到门旁的一只油灯盆里。

一对五的斗局很快见了分晓，五支红缨长矛在一个瞬间猛然齐齐脱手，撞在甬道顶壁上又强劲弹回。也就在矛杆乱飞之间，一片遒劲刀光斜卷，五个亲兵全数倒下。

"是战场杀法！"莫鼎力暗自惊叹。

刀法有春秋刀法之分，还有上下刀法之分。战场杀法既是春秋刀法中的秋刀法，如秋风扫叶，不带花哨，以杀死对手为目的，又是上下刀法中的上刀法，也就是马上刀法，以力大刀沉速度快为特点，使用者上臂和腰背力量特别强悍。

朴刀直对莫鼎力而来的时候，刀上仍有成串血珠滴挂下来。同时，有一记强劲的"嗖"声抢在了朴刀的前面，那是一支硬弓射出的劲箭。莫鼎力双手急挥，同时身形侧让，在他挥动的手中无端地多出一对雁翎雪花斩。

雁翎雪花斩是一种双刀兵刃，双斩只有正常腰刀的三分之二长，二分之一宽。背厚刃薄，头子尖、护挡窄，小巧灵活，使用起来可以让招法迅疾多变。一般修炼船上功夫、水下技击的江湖人喜欢用这样的武器，再有就是女性惯用。官家护卫很少使用，战场上更是无人会用，因为这种短轻的兵刃适合江湖对仗和单打独斗，在战场上应对弓马枪棒很是吃亏。

莫鼎力有些特别，他这对雁翎雪花斩步战可用，马上也能运用。狂马奔纵，可如激流冲舟，在这种狂乱的状态下，雁翎雪花斩的杀法可以达到极致。当那马一稳下来，就如舟船停驻，无论雁翎还是雪花，反倒都飞不起来了。

步战运用双斩要想达到马上的效果，根底全在腿脚上。莫鼎力的脚步很轻很快，他侧步加旋身，手中雪花斩只是轻微地和飞来的箭碰触了一下，便将箭射的方向挡开了一点。再去看，这一箭已经颤抖抖地钉在木门上，发出一阵持续的"嗡"声。

莫鼎力瞟了那木杆羽箭一眼，这是军营中最常见的箭支。使用这样的箭支，其目的和使用朴刀那人一样，是要掩饰自己的特殊之处，避免被人发现真实身份。

射箭之人没有说话，但这抢先一箭的意图，使用朴刀的人已经清楚。他迅速通过莫鼎力躲让箭支的空隙猛冲到肉身库门前，并顺着前冲之势，一刀背重重地砸在木门上。那人双臂力量奇大，门被砸之后整个地剧烈摇晃，似乎随时都会倒下。

莫鼎力看出来了，对方很着急，他们希望在最短时间内得手，这意味着调拨的兵力很快就要到了。那对于莫鼎力来说，只要挨得住，这些人很快会退走。

不过莫鼎力并没有准备挨时间，而是纵身朝着射箭的人反冲过去。他想利用射箭之人第一轮攻击结束而第二轮攻击还在准备的间歇，一举将对手杀翻。就算反击不成功，也可以探出对手功力高低，以便采取其他合适的应对招法。

弓箭一射之后，需要再次从箭壶里抽箭、搭箭、开弓，间歇会比使用其他兵器的换招长。与弓射高手对决时，拉近二人距离会制约弓箭力道，可以看清弓箭所指，用快速闪跳搅乱弓箭的攻击方位。弓箭毕竟不是近战暗器，短距离的对仗中会显得不够灵活。

可惜，莫鼎力还是晚了，他才往前纵步，甬道台阶那儿便已经连续射来三箭。箭箭破风声亮，可见射力强劲。莫鼎力只能改纵为扑，这是最简单也最实用的避让方式，全身扑倒可以一下将三支箭都躲过去。

扑倒在地后，莫鼎力顺势翻身往甬道一侧滚动，将身体贴紧墙角。这简单的过招，莫鼎力倒是探出来些对方的底细。从刚刚箭支的数量和相隔时间来看，甬道台阶那边应该有多个弓射手。

果然，甬道那边的弓射手着黑裳黑裤、黑巾蒙面，个个脸色也是黑沉沉的。其中一个手持弓搭三箭，稳步走在前面的应该是方才连射三箭的高手，其他蒙面黑衣人紧紧跟随。

莫鼎力看清后，心中暗自庆幸，那高手不仅能三箭连射，应该还可以三箭同射。刚才自己如果不是扑倒而是格挡箭支继续前冲，那迎接自己的肯定是三箭齐射。那样的话，自己很可能无法躲过，而就算躲过了，后面还有一群凶神恶煞的人，终归还会是病羊送入狼群一般。

明白处境之后，莫鼎力立刻倒下装死。

他很会装死，蜷缩的身体让别人无法看到他致命的伤到底在哪里。而那些人也确实太过匆忙了，根本不会细查他到底有没有死，又是怎么死的。更为难得的是，莫鼎力装死不闭眼睛。这样一来他不仅可以用死人的伪装继续把事情发展看清楚，还可以让别人更加坚信他是一个死人。谁都会觉得一个人暴死后不能瞑目是正常现象，怎么都难以想象有人装死时还会大睁着眼。

那些蒙面黑衣人没有理会莫鼎力的原因还有一个，就是肉身库的木门已经被砸开了。两个顶住门的和尚倒在碎木堆中，使朴刀的汉子砸中带砍，刀力碎门之际，连着两个和尚一同给砍了。

持弓箭的高手做了个手势，黑衣蒙面人们立刻蹿进肉身库，背起十八神射的尸体往外走。使朴刀的依旧在最前面开路，持弓箭的站在原地等蒙面人从自己身边过去。

当这群人踏上去往上一层的台阶时，持弓箭的高手忽然停住脚步转过身来，他似乎发现到了什么异常。

莫鼎力的眼睛睁着，能够看到那个高手的表情和视角。莫鼎力最擅长的就是通过观察表情细节发现别人的内心和目的，所以他首先确认那高手发现的异常不是装死的自己。紧接着他又确认，让那高手觉出异常的是肉身库门口的油灯盆。自己扔进怪异牌子的那个油灯盆！

那盏油灯盆的焰苗和其他油灯盆略有不同，要不是刚才进来得太过匆忙，又遇到莫鼎力突然反击，在刚刚进入这层甬道时他就该发现到这情况。

那人果断地迈大步跑向那个油灯盆。当他刚刚从莫鼎力身边经过后，莫鼎力突然团身而起，然后用"狸钻洞"的步法矮身前蹿。

要想比对手先抢到目标，并不一定要比对手先动，特别当对手是个可以远距离攻击的弓射高手时。正确的时机是出其不备，还要给对手制造一个为了自保而不得不暂时放弃目标的险境，这样就有机会后发而先得。

持弓箭的高手听到身后的动静，立刻放弃油灯盆转身开弓搭箭。此时莫鼎力刚好矮着身子沿一侧甬道壁掠过。当高手再次转身往前用箭尖找寻莫鼎力身形时，莫鼎力已经将那油灯盆掀翻。灯油和火苗落在了木门的碎片堆和两个死去和尚的身上，快速燃烧起来。莫鼎力钻过火焰，消失不见。

弦响，箭出，火焰被箭风带起两股旋儿。那高手竟然透过燃起的火焰找到了莫鼎力，强劲的箭支直射而来。莫鼎力身形翻滚，往前躲避。第二箭、第三箭紧接着又来，莫鼎力只能再翻滚，再躲避。

躲避的同时，莫鼎力也在疑惑，明明可以三箭齐射，为何变成一箭一箭地射？而且箭劲虽然很强，但速度和杀伤力上远不如之前的三箭连射。

莫鼎力很快就想明白了。那高手可以看出油灯盆里的焰苗异常，可以看出火光另一边自己身形所在，那么肯定也可以看出肉身库门口这一堆火中的异常。所以这三箭只是要将自己逼开，好从容地从火里拿出自己想要的东西。

他想明白了，但也晚了。三箭之后，那高手弓角一挑，从火中一个和尚的尸身上挑出了黑色金属块。然后抓两支箭一夹，那金属块便被塞进了他的箭壶。

莫鼎力再次回身冲到肉身库门口时，火势已大。他将一个和尚的尸体拉开，在火中找到一个缝隙，但犹豫了下，最终没有追出去。

外面的情形他不清楚，只怕弓箭手、巡街铁卫以及天武卫还没有赶到，自己一个追过去白白送了死，只能眼睁睁地看着那个弓射高手消失在往上层甬道去的台阶上。

莫鼎力站在那里许久未动，直到又有人进了甬道并高声呼唤他："莫护卫，莫护卫，你还在吗？"

那是芦威奇的声音。芦威奇到了，那该到的人都应该到了，只可惜该跑掉的人大概也都跑了。

他立刻从腰间抽一把解腕尖刀，在那拉出的和尚尸身上剜一片皮肉下来。将皮肉藏入怀中后，他将和尚的尸身推到火里继续烧着。

很快，甬道中灯火通明，芦威奇带着大批精兵强将出现在台阶上。

死村里看不见的死神

死村的位置在一条咽喉道上，村子东西都是高崖深壑，无路可行。所以不管南来还是北往，要从这里过去就必须穿过死村，否则就得回头。不过，从地域环境上看，这村子地处险恶山水之间，估计多少年都很难见到一个穿村而过的人。

走过山路的人都知道，一个目的地看着就在前面，其实真要走到那里还是要辗转迂回很远距离的。袁不豰他们也一样，真正走到死村时，天色已经开始放亮了。

天亮了，看得见了，并不意味前行的速度就能放快，因为前面进村的路是堵死的。

山里村落如果许久没有人居住打理，很快就有大量的植物生长、蔓延出来，层层覆盖，重重包围。特别是进村的道路，原本两边就是满满当当的草枝灌木，有个四五年不修整，伸展出的枝条能把整条路给堵死。

袁不豰他们连折带拔，费了好大力气才钻进村里。从构局和房屋特点来看，死村就是个很平常的山村。只是整个村子里不见一个人，不对，应该是不见一个活物。各种动物的骸骨倒是到处可见，包括人的骸骨。

房屋已经老旧不堪，屋顶上长满各种杂草，还有些姿态怪异的树木穿墙破屋而长。各家屋里的布置却是依旧规整的，连桌上的碗筷杯盘都还放在该放的位置。从种种情形推断，这个村里的人离开时非常仓促，或者说消失得非常突然。

不见活物不代表没有活物，否则也不会留下这么多骸骨。如果仔细查看那些骸骨，可以看出很多骨头是被牙齿咬碎的。

他们在村里找了一圈，但找不到任何解决饥渴的东西。石榴本来抱着希望，这会儿越发觉得饥渴难耐，抓耳挠腮地不知如何是好。

突然间，他整个人凝固在那里，就像将自己雕成了一尊石像。石像般的影子在墙上，即便一动不动石榴依旧能肯定那是自己。但是除了自己之外，墙上不知什么时候多出了另外一个巨大的黑影，而且可以肯定不是人的影子。

从形状上看，那黑影像狗像狼，从大小看，那黑影像虎像豹。这样一个黑影清晰地映在墙上，与石榴的影子重叠在一起。说明身后的东西已经离他很近很近，就在屋子的门口。

石榴猛一个转身，同时抓起旁边一张硬木条凳横在自己身前。条凳上满是尘土，随着石榴拿起和挥动，尘土全飞扬了起来，把门窗中射入的阳光搅弄得浑浊。

眼前什么都没有！

石榴眼前恍惚了一下，刚刚墙上的黑影肯定是真实的啊。他再次猛然转身，此时墙上只有他自己的影子，刚才的另一个黑影似乎从来就未曾出现过。

石榴瞬间恐惧到了极点。如果看到了什么或者影子还在，那至少说明他见到的东西是真实的。明明如此清晰地看到了，转头却全然没有，恐怕只有在白昼中飘移的鬼魅才能如此。

石榴全然忘记了饥渴，替代饥渴的是浑身肌肉绷紧的酸胀。他蹑手蹑脚地往门口一点点挪步子，同时左右前后到处扫看。他觉得刚才那影子随时都会出现在身边。

村尾路口查找出路的袁不毂也感到了一丝异样，背后好像有什么东西缓慢穿过村道，走入岔巷。袁不毂比石榴要谨慎，他没敢猛然转身，而是慢慢转头，用眼睛余光看去。

同样的，他也什么都没看到，只觉得岔巷的巷口处有什么晃动了一下。

"啊——"石榴终于迈出了屋门，左右看看没有任何东西，他高呼一声拔足狂奔。

死鱼从另外一间无人的房子里冲出来，正好迎面遇到狂奔的石榴。石榴根本不理会他，只顾自己往村尾跑去。

"什么气味！真是大白天见鬼！"死鱼也没理会石榴，而是直愣愣朝着对面的巷子。对面巷子里什么都看不到，但死鱼却知道有东西正慢慢朝自己过来。他此刻比石榴更加恐惧，以至于腿肚转筋，一时间都忘记怎么迈足逃跑了，只能呆立在原地，任凭看不见的鬼魅慢慢朝他靠近。

石榴看到的是墙上的一个影子，袁不毂看到的是一抹景象的变形，而死鱼面对的却是非常真实的气味。渔家人对腥臭味道特别敏感，在渔船上，这类味道就仿佛他们身体的气味一样。所以在其他地方，哪怕一点点类似气味，他们都能立刻发现。

死鱼发现的气味很真实，有温度，有湿度，就好像一个肮脏婆娘吃撑后打饱嗝喷出的胃气。而且这个肮脏的婆娘除了胃气还很骚气，骚得就像一只发情的老狐狸。

进入死村之前，死鱼便担心这里会有像杀虎蝠一样的怪物在等着他们，他的担心没有错。村里没有杀虎蝠那么多的怪物，但比怪物还要怪的兽子却有一个。仅仅一个，却比一群杀虎蝠还要可怕。

这可怕的兽子非狼非犬，是一种稀有的狐狸。

无相狐，《异兽录》里有关于无相狐的记载。而在《异兽录》之后，其他很多文字记载都把无相狐和食尸犬的犬王混淆，因为《异兽录》里这两种外形相近的兽子记录在同一页上。

其实无相狐并非中原所产，而是盛唐时期异域番国进贡到中原来的。后来，不知是无相狐从笼里逃脱了，还是大唐动乱之时被放生了，总之是有那么几只在民间繁衍了下来。中原气候环境并不适合这种动物的生存繁衍，经过许多代之后，它们的数量便只少不增。

无相狐有几个不寻常的方面。它体型比豹子稍大，凶猛迅捷，极具攻击性，捕食不忌口，什么活物都吃，包括人。和杀虎蝠恰恰相反的是，它一双眼睛亮如夜星，白天时一丝风吹草动都无法逃过它的眼睛，夜间也能看清一切。另外，狐狸本就聪明，而无相狐比一般的狐狸更聪明，最厉害的猎人都不见得是它的对手。

更为可怕的是，无相狐身上的皮毛可以随心而动，这样一来毛色的反光就能随周围环境变化，和周围物体的光色融成一致。如果不是眼力好、时机准，根本就看不出它在哪里。大多数时候，无相狐都不必主动去捕食，很多活物会毫无知觉地把自己送到它的嘴边。后世很多文章传出狐仙狡狯善变身，很大根源都是从有关无相狐的记载里演变而来的。

"龙动雨，虎动风，妖动天地变色"这些并不是最可怕的，有前兆反是一种提醒，一种告知。可怕的是你未有觉察，危险就已经悄然来到身边，你不知道是怎样的危险，更不知道怎么摆脱，甚至还会奋力朝前，主动投送到危险之中，任其吞嚼。

死村之所以成为死村，就是因为无相狐入村，一天一夜间就咬死九人和四十八只家禽牲畜。村里余下的人全部逃走，什么东西都没来得及带。留下这么一个家家器物俱全却偏偏没有人的死村，成为无相狐盘踞的领地。

本地府衙也曾请猎户前去捕杀过两次无相狐，非但不成功，还让许多猎户高手丧了性命。后来，本地府衙向驻守在当地的军营求助，希望可以出动军队将这畜生杀了。结果这事不知怎么传到了捉奇司，铁耙子王派几人过来看了，随后让地方府衙发布公告，设立警示，阻止人们前去死村。至于捕杀的事，因死村被圈入捉奇司的私地，就再未有人提过。

"死鱼快跑！有东西在你前面！"袁不觳忽地大喊。

当石榴头也不回地从袁不觳面前跑过之后，他隐约看到死鱼对面的巷口里出来了个什么东西。那东西只有一个似有似无的轮廓，而整个轮廓在移动时会显出些恍惚的景象。这恍惚的部分约莫是只四足大兽子，这也就是袁不觳的眼力够好，一般人距离这么远是很难看出的。

袁不觳的喊声让死鱼惊了一下，他僵硬的躯体重又活泛起来，先是慢慢侧向挪步，挪出几步之后猛然转身狂奔。他嘴里发出低沉持续的"呀"声，好像只有这样才能卸去身体的沉重，让自己以最快速度跑起来。但从他一路慌乱的跑姿和被路边骸骨连绊几次，可以看出恐惧就像枷锁一样，始终牢牢地缠裹着他。

恐怖的情绪是会传染的，更何况袁不穀确实看到了个四足大兽子的影子。所以没等死鱼踉跄着跑到自己面前，他也已经朝着村尾还未寻找到的出路跑去。

无相狐很聪明，而聪明的兽子一般不会以速度和体力来捕获食物，它们会运用自己的特长，轻松获取食物。但是今天无相狐遇到的目标和以往不大一样，这些目标也是聪明的，并且能从种种迹象中发现它的存在。

即便被发现存在，无相狐依旧不会直接开始扑杀。因为目前状态下的猎物会全力地挣扎、反抗，而捕杀这样的猎物即便成功也会自伤三分，那这口食就吃得太不划算了。无相狐打算让目标继续处于恐惧中，吓得他们不停地奔逃又无处可逃，疲累得彻底脱力，绝望得彻底崩溃时，它就可以悠闲地享用猎物。

似有似无的影子缓慢地转身离开，不再追死鱼了。这地方无相狐比袁不穀他们熟悉得多，转身后走不了多远，它就能在另外一个地方静心等着三个人再次跑到自己嘴边。

村尾原本确实有出路，只是和进村的路一样，被树木植被完全覆盖，找不到了。

原来与村尾道口相接的其他路径不一定都是出村的，有的会沿着村落周边重又绕回来。周围山岭起伏重叠非常相似，方向上没有明显的参照物，一般人在这样的路上惊恐奔逃时，很难觉察自己所跑的路已经整个掉转了方向。

幸好，袁不穀在运足全力带着死鱼和石榴奔逃时，瞄准了一条无形的线，这让他及时发现了方向的变化。

"停住！都停住！我们在往回跑！"袁不穀停下来的同时，一把拉住还在拼命往前的死鱼，并警觉地放低身形，查看背后情形。那东西没有追上来。

石榴也急停住了脚步，择训院统配的十扣牛皮绑靴在长满枯苔的石路面上磨出两道深痕。他是听到袁不穀的喊声停下来的，更是因为感觉到不妥停下来的。

就在袁不彀呼喊的那个瞬间，石榴看到两个晶亮火红的东西飘闪了一下。那是一双眼睛！

只一眼，石榴没能第二次锁定那双眼睛。

"好像没有追来。"袁不彀轻轻喘口气。

"在前面！"石榴一边喊，一边慌张地从路边往后退，忽地"啊呀"一声，跌下了石阶。等石榴连滚带爬地起来后，三个人再次掉头往来路跑去。也就在他们改换方向的同时，前面有一片兽子形状的景象优雅地盘旋一下，然后化作恍惚的轮廓，沿高处一条平行的道路与袁不彀他们同向而行。

无处可逃的徒劳奔逃

人在奔逃中会因奋力、气急、心跳快导致视觉感官力成倍削弱。袁不彀自小锯大木，练的就是运气、运力，同时还能用镇定的心态瞄准不存在的线，所以即便是求生的奔逃，他仍是调匀呼吸，凝神聚力，正视前路，余光四顾。这让他轻易地就发现，右前方时不时出现的树枝弹动、花瓣四散……

"有东西在上面的道上并排而行，脚步比狸猫还轻盈，听不见声音。它体型很大，速度很快。"袁不彀心里暗暗告诉自己的同时，眼角在寻找周围可利用的地形。与这东西同行最终肯定走向死亡，所以必须找到合适的地方设法摆脱它。

与袁不彀他们平行的道路没多远就到了尽头，恍惚的兽子轮廓不慌不忙地往另一个方向走了。

袁不彀发现怪物不见时，立刻将其他两个人拉住，停止了奔逃。

要想成功逃命，首先要弄清遇到的到底是什么东西，其次是要把逃命的路找到，像这样转着圈儿跑，迟早会累死自己。

"那是什么怪物？"袁不彀气喘吁吁地问，同时紧张地看着四周。从之前的情形来判断，这个怪物随时随地都可能悄然出现。

"不知道。我先是看到墙上的影子，再转头影子就没有了。刚才好像看到一双眼睛，也不知道有没有看错？"石榴有些语无伦次，另两人听得确实汗毛倒立。

"我啥都没看到，但我闻到气味。腥臭的，就像腐烂的肉，另外还有些狐臊味。"死鱼接着说。

"不要怕！"袁不彀安慰着石榴和死鱼，更是在抚慰自己，"不是妖魔鬼怪，应该是什么奇怪的兽子。虽然看不出是什么样子，但也不是无迹可寻的。"

"赶紧逃吧，不彀，你最会认路的，找条逃出去的路，或者从进来的路退回去。"石榴央求道。

"你在村外见到骸骨了吗？"袁不彀问。

石榴喘着气摇摇头。

"骸骨都是在村子里面，这些死去的人和兽子要比我们更熟悉死村的出入道路，他们都没逃得出去，我们能逃出去吗？"

石榴听到这话后一下愣住，连喘气都暂停了。

"不彀，那你说怎么办？我们都听你的。"死鱼觉得袁不彀反而没有刚才那么慌乱了，应该是想到了什么办法。

"那怪物很聪明，且很难发现它的存在。但是这个聪明的怪物可能并不知道它其实有迹可循，这就留下个极大的破绽。"

"有迹可循？你能看到它？"石榴问。

"我只看到些恍惚的情景变化，这是在它移动中才看到的。如果是静止状态，有可能什么都看不见。你在墙上看到的影子，也表明这怪物有真实躯体。

还有你看到的眼睛，也就是说它的眼睛是无法隐藏的。这两点已经足够我们想法子把它赶走。"

袁不榖他们三个人是突然散开的，分别往三个方向跑去，就像意见不同分道扬镳了一样。三个人又好像没有想好自己该何去何从，很快就再次改变方向，有退回来的，有往其他方向的，显得极其混乱。

死鱼不擅长跑山路，山村之中更是晕头转向分不清方向，最后慌不择路索性直接撞进荆棘灌木之中。他想钻出死村，却越钻越脱不得身。

袁不榖擅长辨路，但他却是往返转折最多的一个。会辨路的人找不到正确的路，肯定要比别人更加急慌。死村里的地形并不简单，就算一直循路而跑，也可能不知道跑哪里去了。

无相狐很聪明，它不会贸然追逐这些没头的苍蝇。因为没头苍蝇之间也不完全相同，有的飞着飞着就自己撞入蛛网里，有的飞着飞着就落下再也飞不动了。还有的说不定能撞出围困，飞上活路。

无相狐没有理会已经脱不得身的死鱼，也没去找寻不知跑哪里去了的袁不榖，而是轻灵纵跃，迂回着渐渐逼近石榴。此刻石榴已经跑到他们进入死村时的入口附近了，是最有希望找到活路的。它可不想让任何一个猎物逃脱。

石榴没有发现无相狐，甚至连不远处的入口都没有看到，于是一路狂奔变成了不知所措，最后几步路的坚持变成了焦虑和疑惑。他放缓了脚步，停住，返回，跑不多远又停住，重又返回，就像被无形围栏困住的惊马。

这是无相狐扑杀猎物的最佳时机。猎物找到了希望的方向，却又在临近希望时迷失了。郁闷纠结的时刻猎物会完全失去防备，陷入绝望。这个时刻不仅容易得手，而且得手后的猎物会很快放弃反抗，所以无相狐出击了。它疾速纵上右前方的一个高石台，准备从上往下将石榴扑住。

此刻石榴面临的最大危机不是找不到路，而是无相狐所有的行动他完全看不见。一旦无相狐流线型的轻盈身躯从高处纵下，石榴的脖颈将会在瞬间被无相狐的利齿咬住并扭断。

但是石榴看不见无相狐并不代表所有人都看不见。就在高石台底下，藏着一个人，一个可以清楚看到无相狐影子的人。这人正是瞎跑一阵后不知去了哪里的袁不觳，他让死鱼故意陷入不能脱身的境地，就是为了给自己时间找到些东西并藏到这个位置。袁不觳这个藏身处和石榴茫然不知所措的位置都是预先选好的，两者有着微妙的关联，利用了地势高低、山石形状、日头角度。任何东西想要接近石榴，袁不觳都可以从这个藏身处发现对方的影子。

就在无相狐身形欲扑未扑之时，袁不觳从石台前面冒了出来，挥手朝无相狐迎去。这意外情况惊住了无相狐，它瞪大眼睛看着面前突然出现的人。本该四散奔逃的猎物为何会出现在这里？他们明明那么慌乱，又为何忽然敢迎着自己而来？

按照无相狐狡疑的性子，它会立刻跳让开，但它此刻欲扑未扑的身形已经无法一下收回，只能尽量保持身形，不再继续往前。

这一状态是袁不觳算计好的，他的位置可以把控无相狐的每个细节。他抓住时机出现，正对无相狐迎击过去。

迎击过去的袁不觳挥手而出，没刀剑棍棒，只有一个布巾包袱。包袱在挥动的过程中打开了，包袱里的东西朝着无相狐扑面而去。

一时之间，尘灰飞扬，刚刚冒出的袁不觳被笼罩得完全看不见了，而无相狐无法看见的身形反是呈现出一个灰影，就像没有拓好的拓印。

"嗷——"短暂怪叫之后，无相狐从高石台边团着身体跌下。

时间太局促，袁不觳没能在死村中找到石灰。香灰倒是家家都有的，每家每户不是堂屋里摆着供菩萨的香炉，就是在灶台上放着供灶王的香炉，要收集一大包还是非常容易的。

无相狐可以隐形，是因为它身上皮毛特殊。不仅具有极强的光泽度，而且每一根狐毛都可以随心所欲地转动方向。这样就可以反射周围颜色，映衬出虚拟景象，与实际环境融为一体。但它的身体是实质存在的，所以光线照射下仍是有影子的。

袁不毂听石榴说看到墙上的影子，便确定所见不是妖魔鬼怪，只是因为某种原因让人的眼睛产生错觉而无法直接看到它。后来石榴又见到一双红色眼睛，袁不毂便更加确定了自己的判断。

由此，袁不毂很快找到了应对的办法——就从眼睛上下手。那眼睛只要想看到东西，它就无法隐藏。那么我们既然看不到它，那就让它也看不到我们。另外，让看不见的身体沾上一些带色的东西，说不定就能把它给显形出来。这样，即便怪物在眼不能视的状态下发狂，袁不毂他们反而可以看到它的大概形态进行躲避。香灰正好可以同时达到这两个目的。

不过，无相狐终究是最聪明的狐子，在遇到意外攻击后，它并不继续前纵也不往后退逃，而是用一个所有人意想不到的姿势跌落。这是避免继续遭受预设攻击的最好方式。谁都不会想到如此神出鬼没的一个怪物会如此不济，纵跃如飞的身形面对一包香灰后竟如朽塌的泥塑一样直接跌落。这种状况下人们的本能反应是好奇无相狐到底怎么回事，准备好的预设攻击都会出现迟缓，这样就给无相狐留出了逃脱甚至反击的间隙。

跌落之后的无相狐身体横着一扫，瞬间翻转而起，像阵怪风般贴石而走，灰色影子在几块石头、几间房之间点蹭几下转眼就不见了。

"逃走了！逃走了！他真会像你说的跑到入口那里去？"石榴又兴奋又疑惑。

袁不毂没有作声，迅速爬上高石台盯着不远处他们进入死村的入口。他在等待，等待那里出现的变化。只一会儿，那个地方有竹影飞舞，然后传来无相狐单调怪异的一声长嗷，惊起山中许多飞鸟。

乱声乱相的灰皮谷

在袁不觳的计划中,死鱼纠缠在荆棘灌木之中不能脱身只是第一步。当石榴按照袁不觳指定的位置来回不知所措地奔跑时,死鱼已经从荆棘杂木中退出。

退出来的死鱼马上按照袁不觳的计划跑到他们进入死村的入口处,将路旁一棵大竹横拉下来。他操船用篙,知道竹子曲折特性,将一根大竹拉弯到蓄力最大的程度对他来说也不算难事。

袁不觳知道这怪物聪明,就算暂时眼不能见,也绝不会轻易放弃嘴边的猎物,所以最大可能是退守在入口附近等他们自己送上嘴,或者等视力恢复了再继续捕食他们。

无相狐果然像袁不觳想象的那么聪明,它当真退守到了入口处。这做法可以不让猎物逃脱,要是还有更加厉害的攻击,它还可以往外逃。至于被香灰蒙蔽的视力,它的舌头可以将眼睛里的香灰舔洗干净。

无相狐先跌落再奔逃,一番折腾后,身上的香灰已经抖落了许多,但当它到达入口时,死鱼仍是看到了半个很浅淡的身形,于是立刻把蓄足力的大竹松开了,大竹弹击出去,竹梢重重抽打在那半个身形上。

无相狐的庞大身躯被击飞出去,在长长一声嗷叫中跌滚几番,无数血珠胡乱飞溅。幸而竹梢上有许多枝叶缓冲,如果单单一根竹干,很有可能将无相狐身体抽得断开。

跌滚停止后,无相狐趴在地上一动不动。短暂的静止之后,没等大竹弹晃两个来回,无相狐就跳起来半瘸半颠地逃走了,一路撞得青竹树木枝叶乱颤。

遭遇重击的无相狐其实惊恐得只剩下本能了,不过是最聪明的本能。一击之后的静止是装死，也是为了缓转一口气，随即便是不顾一切地奔逃，哪怕眼睛还不能看见，哪怕腿脚已经瘸颠，都要以最快速度离开危险的处境。

无相狐这一逃，就再也没回它占据许多年的巢穴死村。当巢穴中出现了足以威胁自己生命的对手时，它不会像其他兽子那样以死相对或彷徨不去，而是果断远离。

袁不毂并不知道无相狐有没有跑远，但他知道原路出去肯定是不妥的。按照无相狐的狡猾和谨慎，在遭遇两次攻击后，暂时应该不会再来追捕他们。眼下他们有比较充足的时间寻找死村出路。

这条出路袁不毂花了很长时间才找到。直到他心中开始发慌，担心根本就没有出路，又担心看不见的怪物再次回来时，这才恍然间目光一凝找到路径痕迹，然后赶紧顺迹而行。

出路是找到了，但袁不毂疏忽了一个细节。其实对于原来的死村来说并不存在出口或入口，哪一边都是与之连接的进出通道。袁不毂他们进来的通道没有花费多大工夫就找到，这边出去的通道却是用了九牛二虎之力。这说明与进来通道相比，出去的通道被草木掩盖得更加严实。一般而言，只有人迹罕至，草木才会更加繁密。袁不毂疏忽的细节就是，人迹罕至的路径通往的往往不会是什么好地方。

死村里的一番折腾，耗费了很长时间。出来后的路越走越艰难，地形也开始险峻起来。三个人在村里没有找到食物，又饿又乏，行进速度明显慢了下来。这样一来，已经远远跟不上袁不毂的最初计划。眼见着天已过午，他们还没见到灰皮谷，依旧在墨荫石影中穿行。

袁不毂很快发现不对劲，从时间和实际走步上计算，他们走的距离应该是到了灰皮谷的附近。这一条路线虽然他们从未走过，择训院地图上却是可以看出大概距离的。但现在算下来，出死村后的这一段路远远不止图上的可见距离，就算加上实际地势的起伏转折，也不该有这么远。

"这路不对，怎么会这么远的？照这样走下来又得走到天黑。"连石榴也觉出不对劲了。

"这里林密山窄，看不到天色远山，无从参照。"没有参照时，袁不毂瞄线辨路的法子也无效。

"我听说过山里有循环道，就像我们行船遇到的海环流，看似一直朝前，其实是在绕圈子。"死鱼开始不安起来。

"从山形来看，这不是循环道。"石榴心里并没底，但还是劝了句，"我们一直往前，肯定可以走出去的。"

路越走越窄、越走越险，树荫遮盖下光线也越来越暗。让人感到难受的是，周围情景给人一种奇怪的压抑感，仿佛行走的每一步都是在积攒绝望，最终走向的将是无尽的深渊。

三个人举步维艰，热汗冷汗夹杂着往下流。石榴和死鱼几次都停下脚步不愿再走了，只有袁不毂静心凝气，调整心态，拉起石榴和死鱼继续往前挪步。

"再坚持一下，或许再走几步就走出去了。"

"走不了了，走不了了。我情愿去北三关当兵。"死鱼已经彻底放弃了。

"现在不是去不去北三关的问题，而是能不能活下来。如果走不出去，我们可能会死在这里的。"袁不毂拖着两个人继续走。

很快，袁不毂也绝望了，前面没路了。他们走到的是一处山壁相夹的剪刀角，乱木杂草，连个落脚处都没有。

"怎么走到这么个地方了？袁不毂，你怎么带的路？我们怎么办？我该怎么办？"石榴一下变得狂躁起来，眼睛里露出凶光，直盯住袁不毂。

"过了死村就只有这么一条道，哪里就错了！"袁不毂沉声道。

"要不往回走？只要不死在这里就成，大不了我们三个一起去北三关。"死鱼现在只想离开这个地方。

"什么去北三关，我要留在羽林卫！我必须留在羽林卫！否则我干吗来从军。"石榴狂躁地朝旁边的枝叶杂草拳打脚踢，发泄着压抑的情绪。

"你别这样。"死鱼看石榴挥舞拳脚，以为他要打袁不毅，赶紧从背后一把抱住石榴。

石榴双臂一振，轻易就挣脱开，但这一挣之下他脚下一滑，歪跌向了旁边的草丛。

死鱼被挣脱开后，见石榴跌下，赶紧伸手抓他的胳膊。可石榴这一滑之势太过突然，下坠力又很大，反是将死鱼一带，两人一起跌下身去。

陷入草丛之中的两人"啊"的一声，袁不毅忙扑了过来。他本想抱住死鱼的腰，最终却只抱住条小腿。

浓密的杂草之中竟然有一条石滑道，三个人就这么一起往下滑落，中间拐个弯，然后从相夹的石壁下方滑出。出来之后，眼前豁然开朗，他们竟然就这样进入了寸草不生的圆形石谷——灰皮谷。

灰皮谷是个神奇的地方，它的奇特之处有两点。

灰皮谷整个山谷寸草不生，全是灰色石头。这些灰色石头上面有着奇怪的纹路。这些纹路初看不觉得有异样，时间稍微一长就会产生错觉，让人觉得那些石头变软了，变松了，变成弥漫的灰土，盘旋成旋涡的灰土。

灰皮谷谷形也很奇特。这个圆形谷天然而成，形似回音壁。与平常的回音壁不同的是，在这谷任何一处发出的声响，都会沿谷壁传出，再放大传回。身入此谷中，只要发出声响，包括脚步声、呼吸声、心跳声，本人都会清楚听到，所以灰皮谷这名字其实还有灰皮鼓的意思。

入谷的路有两条。袁不毅他们正在走的被人改造过的路叫作螺蛳道。这螺蛳道转圈往前，越走越窄。这条路并不长，螺蛳尾有人为凿出的滑道，相当于在螺蛳尾上钻了个眼儿。这其实省了回头从螺蛳口重寻道路，再绕红霞林和拜女峰过来，所以袁不毅他们虽然觉得走了很久，其实滑出来时才不过是未时。但螺蛳道的环境会给人心理造成很大压力，如果没有很好的调整方法，很快就会陷入狂躁和绝望之中。

另外一条道路是从拜女峰下过来的千步直坡。这是个一眼能看到底的坡道，坡度虽然不算很陡，但道上石面凹凸不平。那些凸凹和山石整体一色，很难看出。一旦在千步直坡的哪个凸块或凹坑上失足，就会一路滚跌到底，头破血流、伤筋动骨或者直接摔死。所以这条道路想要走下去是十分艰难的，双腿的控制、双脚的踩踏全得小心翼翼，消耗的体力比爬十个相同高度的陡坡都要多。

灰皮谷虽然有着两种奇特，要是有所准备静心缓入，那也就是稍有感官上的不同而已。但如果根本不知其中状况，在一个极度疲惫、心惊神慌的状态贸然进入，那就完全是另外一回事了。这种状态的人本就眼花气急，心跳加速，步伐沉重凌乱，没有灰皮谷的影响就已经有产生错觉的可能，再加上灰皮谷奇特环境的影响，眼前立刻便会如漫天灰土盘旋，无边无际覆盖而来，耳边则是北风呼号，战鼓狂敲，山石崩裂，其实全是自己的急促呼吸声、慌恐心跳声和凌乱脚步声。

灰皮谷是一个战胜自己才能破解开的困局。只有镇定地面对恐惧，用合适的视角观察周围，那眼前的一切异常自然会消失。择训院在跑山路径中设定灰皮谷和前面的千步直坡，目的也是如此。他们要从中发现可以直面危机、战胜自己的人，将其培养成羽林卫真正的高手。

袁不彀三个人眼里只闪过了瞬间的豁然开朗，当他们从螺蛳道尾的滑道上站起，眨眼之间就陷入一个更让人恐惧绝望的境地。他们不知道眼前到底发生了什么，更不知道该如何应对。而随着心里不断增加的恐惧和紧张，周围的情形变得越发恶劣。

三个人状态最差的是石榴，他直接瞪眼张嘴干呕起来。而干呕只会加快血流和心跳，发出更多异常声响，让状态加倍恶化。只呕了两三口，石榴便瘫软在地。这时候他情愿永远闭上眼睛死去，也不愿再受这份煎熬。

像石榴这样瘫软在地的人有很多，就在灰皮谷东边的千步直坡下面。那些没有绕路，一路争斗冲闯到这里的人，从千步直坡走下来消耗了大量的体力和精力，短时间内无法恢复状态，只能全被困在了灰皮谷的边缘处。

袁不毂和死鱼的状况要比石榴好得多，但他们应对眼前状况的方法却不相同。袁不毂是心理上的调整，放缓心境，凝神聚气，从无形中寻有形，就像在树干上瞄出一根无形的锯线一样。死鱼下海打渔常遇风浪，步稳不晕是基本能力，那时候在没有风浪时会经常面对海面粼粼波光，而那波光时间看得长了也会产生错觉，和灰石纹的原理颇为相似。

灰皮谷西边的坡岭上有一弯潭水，那里就是终点盘蛇潭。盘蛇潭没有蛇，取这样一个名字是因为潭水旋转流动，就像盘蛇一样。盘蛇潭里流动反射光线后也会让人视线出现错觉，但在灰皮谷这个地方，盘蛇潭水流产生的错觉恰恰可以抵消掉灰皮谷中石纹的错觉。水潭位置偏上，正好又位于灰皮谷谷壁的一个破缺处，所以此处是脱出灰皮谷的最佳出路，在这位置察看谷中情形没有丝毫视觉和回音上的干扰。

盘蛇潭的上方搭了一个门型木平台，台上站着一群教头，台下倒挂了十只羊。羊是给最先到达的十个人行开阳祭的，台上的教头都在等最先到达的十个人。教头们虽身在谷外，却都知道谷中的艰难，于是一个个暗中握紧拳头，心里隐隐地担忧着。参加预训的这些人大都是他们挑选过来的，成功过关也就意味着他们别具慧眼。同时，他们还期盼能发现难得一见的奇才，这感觉其实和寻宝是一样的。

袁不毂和死鱼一起架着石榴，跌跌撞撞地往前走。此刻袁不毂眼里也一样是漫天灰土盘旋，但他仍是从中瞄出一条线来。终点的盘蛇潭在无穷幻象中给了他一个真实的标点，他瞄出的那根线条连接了自己和那标点。不过这条线上是什么情形，他却无法看出，只能硬着头皮一直往前。

已经疲乏到了极点，气喘如牛，心跳如鼓。灰皮谷放大返回的声响一波波袭来，更是对肉体和意志的双重冲击。袁不彀和死鱼已经觉得自己的胸要炸开，头要炸开，每一步都像踩踏在自己的心尖上。此时石榴反倒是痛苦最少，他已经处于半昏状态，很多感觉都体会不到了。

木平台上的教头们最先看到了袁不彀他们三个。最为激动的是黄须汉子，看到第一批跑向终点的是自己挑选的人，那感觉就像是自己争得了第一。

黑脸的孟都尉也盯着袁不彀，轻声感叹："这就是绕道的三个吗？竟然能从还魂地中跑出来。这种状况下他们谁都没扔掉谁，是绝好的组局璇子[①]。"

袁不彀意识到自己正在承受的冲击其实来自于自己，应该尽量放松身体，淡化所有意识，忽略所见所听，将注意力都集中在真实的标点上。

他们脚步依旧是跌跌撞撞的，身形依旧是歪歪倒倒的，挪动的速度更加慢了，但袁不彀眼中瞄到的线却依旧直正。两点间的距离调整到了最短，前行也变得持续，几乎再没有跌倒的情况发生。

时间慢慢过去，他们距离盘蛇潭越来越近。

终于，盘蛇潭中反射的盘旋光线进入了他们的眼里，周围的一切幻象全都没了。再走一步，所有放大返回的声响也都没了。

石榴像是受到什么刺激似的一下醒来，张眼朝周围看一下："我们到了吗？我们到了！这是盘蛇潭，我们到终点了！"

石榴一下挺立起来，双臂运力，架起筋疲力尽的袁不彀和死鱼往前快步走。

走到木平台下，还没等袁不彀和死鱼明白怎么回事，石榴已经拿过靠在平台撑柱上的直脊弯刀。连挥三下，砍下三只羊头，他主动替另外两人行了开阳祭，这样他们就可以一起直接进入羽林卫了。

[①] 璇子：阵法中关键位置和成员的代称。

羊血喷溅，洒得三人满脸。袁不毂喉中闷哼一声，直直地倒下。

平台上，黄须汉子微微皱了下眉："费尽心力体力，行了开阳祭终于放松，晕倒也是正常。"

旁边孟都尉却轻叹一声："唉，可惜了，此子畏血。"

割下的肉贴在脸上

那天跑山真正到达终点盘蛇潭的只有八个人，包括最终开阳祭见血晕倒的袁不毂。余下的人基本都止步在千步直坡下面，没能到达终点。这样一来便没有了末位淘汰的十个人，总不能将剩下的人全送北三关吧。可是第一个到达终点的袁不毂反倒是成了唯一的淘汰对象，因为他最终还是被人看出患有畏血症。

"这畏血的竟然瞒报自己状况，想混进羽林卫，必须重罚。"可能因为太过失望而变得愤怒，有人提议重罚袁不毂。

"瞒报不至于，这个袁不毂是我挑进来的。是我疏忽了，初见他时他也是见血晕倒，但我惊讶于他在晕倒瞬间扶起坍倒牌堆的定力和稳劲，只以为是第一次亲见杀人而被吓晕的。之后的过程我们都知道的，他再难有机会说明情况，说了也会被认为是要逃避军役。"只有黄须汉子替袁不毂说话。

"既然丁教头替那人说话了，那就免了重罚，将其遣送北三关就是了。"有人如此提议，算是两边都给面子，但对于袁不毂来说却是死路一条。

黑脸的孟都尉一直没有说话，到这时才沉沉地哼一声，说道："丁教头没错，他选的人绝对是可造奇才。穿越还魂地，走螺蛳道、灰皮谷，就我们当中恐怕都没谁敢说能做到，而那姓袁的小子也没错，畏血之人本就不该被征军役，地方上征役的官员了解情况后应该直接免其役责才对。估计是为了凑足军役人数硬将其先发过来，然后让役检的再退回。可是谁料到他意外地显示出不凡能力，被丁教头看中。"

"虽说都没错，但若就这么将其退回原籍，传出去会有人说羽林卫选人没眼力。只有送北三关，方方面面才合情合理。"

"畏血之人送北三关等于是送他去死，这可使不得。"孟都尉的态度和最初听说袁不毂他们进入还魂地时截然不同。他竟然情愿承认羽林卫没眼力，也不愿把袁不毂送去北三关。

"退不得原籍，也送不得北三关，那该怎么办？"有人觉得这是个难题。

"这样吧，就安置于羽林卫造器处。此处虽是做劳役之事，专职修造羽林卫兵刃器械，实际归算为军役。有些在羽林卫服军役时出错和受伤的，都被安置于此处。你们拟个惊吓过度、心智受障的由头，现在就把这小子送过去。"孟都尉做了决定。

孟都尉名叫孟和，上轻骑都尉，比莫鼎力的轻骑都尉还高半品，是可以带刀守护在皇帝身边的御前侍卫。他虽只有四品，但他是保护皇上的人，很多更高品级的官员都要敬他三分。

孟和长了一张黑脸，人送外号"煞面判官"，由此外号很难判断出他到底是个心狠手辣之人还是公正严明之人。就最初任凭袁不毂他们闯入还魂地的做法，应该是心狠手辣，但他现在给袁不毂的安置却又显得公正仁慈。抑或他这样的做法是有些其他什么目的？

均州城紧闭三天，全城搜捕，却没有找到一点蒙面黑衣人的蛛丝马迹。于是第四天开始，芦威奇下令半开城门，控制人流进出，严查可疑人和货物。

这其实是一种策略。有些人躲起来了的确很难找出，索性给他们机会让他们动起来，反倒容易发现，开城门就是要让那些黑衣人动起来。他们在城里闹出如此大的动静，城里一遍遍地在搜查就差挖地三尺了。那些黑衣蒙面人所承受的压力可想而知，只要有一点点机会，肯定会想方设法尽早离开均州。而一旦他们采取行动设法出城，那就正好落入芦威奇布设的局中。

但有设局的就有看破局的，芦威奇的策略并未见效。三天下来，虽然抓了不少形迹可疑的人，但审下来没一个和那些蒙面人有瓜葛。

巡街铁卫和捕快们依旧在城内明察暗访。城防营兵将盘查着城门口的行人。不一会儿，一个脸上长了紫黑瘤子的猥琐汉子随着熙攘人流走到城门下，通过搜身盘查，堂而皇之地走出了城门。

不曾有一个人觉得这猥琐汉子有什么异常，更没人认出这人正是几天前纵马从他们值守的城门口冲入均州城的莫鼎力。

莫鼎力这几天害怕极了。他住的驿所内外都有精兵良将层层布防，但布防的兵将越多他就越感到害怕，以至于怕得整天躺在床上，用被子连头带脚裹住自己。

他把发生过的所有细节反复梳理。早在古坝秘密接头时，莫鼎力便觉得周围暗藏埋伏，于是果断离开古坝。一路赶往均州的路上又觉有人坠①尾子，于是蜕皮抽身，希望能够争取更多时间。

一路冲进均州府后，他让芦威奇立即关闭城门调动兵力，他自信争取到的时间足够办自己想做的事情。但在解法寺里，他还是被众多黑衣蒙面人堵住了。那些黑衣人短时间内就将所有州府亲兵解决掉，可见都是训练有素的厉害角色。

事后询问情况，他才知道芦威奇派遣的弓箭手、巡街铁卫以及借调的天武卫都在赶来解法寺的路上遇到拦截。能将这么多兵力拦截下来并坚持一段

---

① 坠：挂坠在背后的尾巴，坠尾、坠钉，都是跟踪者的代称。

时间，可见拦截的人数以及实力也是不同一般。更为可怕的是，这么多人行动之后竟然没有留下丝毫痕迹，搜遍全城都没找到这些人，就像人间蒸发了一般。

不过古话说过，"言必留音，动必留迹"，莫鼎力不用去查验，就发现了痕迹。

一个人在对仗搏命之中，刀法刀意是没有办法掩饰的，就像人的本能反应。杀入肉身库的汉子所用刀法是战场杀法，而弓射高手所用箭支是军中常用，拦截赶往解法寺各路兵力的人，用的也是这种箭支。

战场杀法，军营箭支，这已经点明了一些蹊跷。而莫鼎力蜕皮抽身后没有一丝耽搁纵马冲入均州城，坠尾子就算及时发现了，要调动这么多人采取行动很难。除非这些人本就是聚在一起可以随时调动的群体，比如军营中的兵将。

实施行动的黑衣人人数众多，事发之后并没逃出城去。这么多人想在城里自此匿迹绝不可能，但如果他们本就是城里的人却可以。军营之中的兵将，只需换上原来的军服盔甲，就再无法查到他们了，回过头来他们还有可能装模作样地在城里盘查别人。甚至连驿所里重重护卫自己的这些兵将，都有可能就是黑衣蒙面人。

均州府一闹之后，所有觊觎十八神射所携秘密的人都会找上他。那他现在虽然住在驿站里，处境其实和解法寺肉身库里的尸体没什么两样。

莫鼎力决定离开这里，要悄悄地走，只有这样才能摆脱城里潜在的危机，躲开城外各路朝自己逼近的危险。

房门发出一声轻响，开门的是送饭的驿丞。

莫鼎力在床上一动不动，等到驿丞背对他摆放碗盘时，他忽地跳起。驿丞只觉得后脑勺一记敲击，顿时晕倒，莫鼎力立刻将人拖到床上，用被子连头带脚地裹住。

莫鼎力换上驿丞的衣服走了出去，走的时候他没有关门窗，他要让人在屋外就能看到被窝里有人裹着。他也没带走随身的武器，一般人都知道，像莫鼎力这样的练武之人是绝不会丢下称手兵器离开的，这可以让守护这里的兵将们认为被窝里的人还是他。

不过莫鼎力带走了一块皮肉，那天肉身库里从和尚尸身上剜下来的那块。这样一块皮肉要是带在身上，搜身盘查的兵将一定会觉得奇怪，莫鼎力便将这皮肉粘在自己脸上了。而他脸上平白地多出个黑紫色的大胎记，也难怪别人认不出他来。

顺利混出均州城后，莫鼎力直奔均右县。均右县现在不再具有价值，十八神射的尸身已经运到均州，要找的东西已经从尸身上找到。那些难民尸体也都被挖出查过了，各方面的行动已经证明这里没有任何他们想要的东西。没有要的东西，就不会再来。不会再来，就不会构成危险。所以这地方目前而言是均州府周边最为安全的地方。

为了接应前去开启玄武水根穴的十八神射和带符提辖，捉奇司在均右县设了暗点，捉奇司管这种暗点叫密目孔子。作为安全屋和联络站，莫鼎力可以从密目孔子这里得到武器、钱物等各方面的补充。更为重要的是密目孔子可以传递密信，把所获信息快速传回捉奇司，而这是莫鼎力目前最需要做的。

永远射不准最后一箭

袁不毂又做了一个长长的噩梦，梦里还是那个黑影，还是那把滴血的剑。惊醒之后，看着这个陌生的地方，他轻轻地叹了一口气。这里是一间标准的五梁青砖房，屋里的陈设很简单。除了桌凳和狭窄的睡榻，摆挂满了奇形怪状的兵器。

择训院的规矩，被淘汰的立刻遣出，不得耽搁。因为最终选出的人要入羽林卫守护皇城安全，必须尽量减少他们与外界接触，避免私下结义结党的可能。这可能是吸取了北宋年间军中结义结党的太多的教训，一旦有人造反就能带走很大一部分的军中人马，变成实力强大很难剿灭的贼寇。所以不等袁不彀从昏晕中醒来，他就被马车拉到了羽林卫造器处。从此之后，如非机缘巧合，他恐怕再难见到择训院里一同挣扎求生过的同伴们了。

羽林卫造器处在临安城里，和择训院不同，这里是真正隶属于羽林卫制下。羽林卫造器处又和其他造器处不同。兵部造器处，那是研发各种攻防武器和装备的，通常都是大量制造。禁军造器处研发的武器装备偏于小型，大多是单兵使用的装备和武器，制造量不会很大。羽林卫的主要任务是保护行都和皇上安全，需要的各种装备由兵部或禁军造器处挑选最好的提供过来，所以羽林卫造器处平时主要就是修理维护用坏用旧的武器和装备。这里偶尔会制作些极为少见的奇门器具，不过这些器具要么是华丽不实用的玩物，要么是很少有人会用的奇兵异器。

造器处不大，就一个紧贴着南城墙的三进院子。整个院子朝北，南边高大城墙做了院墙，遮挡得有些屋子大白天都要点上灯烛火才能看清。

院子不大，又很冷清，因为活儿不多。羽林卫用的是最好的武器装备，皇城少有杀伐，也就不需要太多人来修理。不小心损坏的和长时间不用需要维护的武器装备里，最多的是弓弩，这活儿也就成了院子里相对比较多的活儿。

这院子里的人都不爱说话，他们要么埋头做事情，要么抬头发愣，一个个泥塑一样，把造器处搞得和没香火的寺庙差不多。

不管哪里都是会欺负新人的，袁不彀就被派了去做活儿最多的弓弩修复。他从小学的木匠手艺，但弓弩修复和木匠活儿还是有很大差距的。看着不复杂，要没人教想轻松上手还真是不行。

干活肯定是有人教的，因为教了新人，原本干这活的人就可以少干甚至不干。而主动来教别人干活的人一般都是以往干活最多、最受欺压的。终于来了个新人给自己垫底，肯定会积极主动地把新人磨炼出来的，免得时间一拖长，新人又成了耍奸耍滑的老油条，那烧饼翻个面自己还是垫底的。

主动抓了袁不彀教他如何修复弓弩的是个老头子。灰白的发须、满脸的皱皮、瘦弱的身材，一看就是被从小欺负到老的那种人。但这老头子却一点不糟，发须整理得一丝不苟，衣服旧得褪色却干干净净，从胸前挂到双膝的皮围裙磨得锃光发亮，可见他在此垫底的年月已经很长。

"你不用客气问我贵姓，叫我师父。别人都叫我老弦子，你也叫我老弦子。你要做的就是跟着我学如何修复弓弩，而且必须学会。我已经老了，以后这里大部分的事情都要你来做。"老弦子看似态度强硬，其实最后两句话语气已经软了。

"修弓首先要会试弓。你看那张弓，弓长三尺三，胎厚一寸二，角弯三指弧①，这样的弓用二石的力最合适。试弓要自己去拉一拉，看看绷弦之后到底能不能达到这样的力度。"

很多时候，看似简单基本的事往往都是最难的，就好比戏子开腔、厨子放盐、铁匠抡锤，这试弓也是一样。修弓、做弓、配弦、校准都要经过反复开弓试验，找到最佳弦长和力度，才能成一把好弓。试弓不仅要有力度的掌控，运劲的感觉，还要有一种捕获最佳角度力度的灵性。这需要将身体与弓融为一体，因为开弓的过程也是拉弓人身体变化的过程，只有抓住身体的每一个细微变化，才能找到弓所有环节的灵妙。

袁不彀掇弓在手，调匀呼吸，三指搭弦，一手推弓，把弓轻松地拉开，

---

① 弧：古代一种简单测量弧度的方法，以指头平张为测量单位。

再缓缓松弦。

"还不错,学过弓射?不过学过弓射不见得就能修弓,更不见得会试弓。弓射只要有蛮力就行,而我们却是要有好手艺的。"老弦子这话是要压一压袁不毂,难为住袁不毂才会有人替他垫底,"你已经把弓拉开过了,那说说这弓是个什么状况。说不出来吧?修弓的本事不是拉过弓、放过箭就能懂的。"

袁不毂从来没拉过弓,甚至都没有机会见人拉过弓。以前住山村,后来到毕军营和择训院,他都不曾有机会见谁开弓射过箭。奇怪的是,他拉开弓的那一刹那,竟然下意识觉得自己是懂弓射的,而且熟稔得就像自己无数次推拉才练成的锯木手艺一样。

老弦子鄙薄的话没能给袁不毂的心理造成任何干扰,他深吸一口气,不急不缓地将弓再次拉开。凝神聚气,眼角瞄线,瞄的是弦线、角线、弓背线,并从这三线之中再瞄出一根无形的射出之线。

"弓劲最强处可拉二石二,上弓角角弧偏直半指,弦线不对中,差弓背一毫。这弓的劲道应该是足够射百步的,但出箭点的上下和左右都有些许误差。"

"你真的没学过修弓吗?"老弦子有种被对方戏弄的感觉。

"没有没有,真没学过。我只是从小学做木匠的。"

"哦,木匠手艺学精了,修弓也是能做的。

"那这张弓要怎么修才行。"袁不毂问。

"这张弓不用修,人用弓,弓随人。这张老弓是左营游击吴将军的,他已经习惯此弓,使用中自然会调整角度和搭箭位进行纠正。"

袁不毂微微"哦"一声:"我知道了,弓射之本还是在人。"

"这话说得像有学问的。你知道当年的岳元帅吗?他是我朝迄今为止最厉害的神射手,能拉三石三的弓。那是铜胎铁背的硬马弓,弓硬弦紧箭急,直瞄直射。须绝对的大力才能开弓,两军对阵中射杀敌将如踏梯摘果一样轻松。"

老弦子提到的岳元帅是岳飞，这要在前些年，可是有罪言辞。好在孝宗皇帝登基之后立志光复中原，收复河山。为了得到民心支持，他替岳飞平反昭雪，追封鄂国公，并在临安建岳王庙。所以现在百姓都可以真实表达心中对岳元帅的崇敬之情。

"此后再无人能与岳元帅相仿了吗？难怪金人猖獗，欺我宋人。"袁不彀脑中隐约又见到那个黑影子，而且这次还多出了黑影子正在指挥的杀戮场面。这些应该是来自他幼年的记忆，当初看的时候模糊，现在更加模糊。

"要说有什么人在武力上能与岳元帅相仿，可能就只有侍卫马军司的毕再遇将军了。你看旁边架子上的那张弓，就是毕将军的弓，能看出与其他弓有什么不同吗？"老弦子指着旁边红漆木弓架上的一张弓说。

"毕再遇将军，和鸡头山毕军营有关系吗？我就是从毕军营役检后被选入羽林卫的。"

"呵呵，你进了造器处，以后就别再把自己当成羽林卫了，完全不是一回事。不过你说的那个鸡头山的毕军营倒真和毕将军有关，那是他父亲毕进老将军一手带出的毕家军。后来毕老将军入朝承职，军营没人好好管治，就有些乱了。毕家军要是想重振往日威名，可能只有依靠毕再遇将军了。"从老弦子的话里可以听出，他不仅仅会修弓造器，由器识人也是有一套的。而能够由器识人，一般都是手艺做到极为高超的程度才能做到的。

袁不彀再次沉默，调整状态，凝神聚气，又用力地将毕再遇的那张弓拉开了。

"此弓最强处可开二石八，弓角四指半，偏软，弦也偏松。单从弓上看，毕将军应该是无法与岳爷爷的三石三硬弓相比的。"袁不彀崇拜岳飞，他从心底就没觉得有谁能和岳飞相比较，更何况这弓上确实是有一些差距的。

"不一样不一样，毕将军拉的弓虽然力小，却是软雀弓。这弓的两角叫雀头，软雀弓是说弓的两端有一段是软背，这样就会有弓身与弓弦的双重拉伸，力道上虽然不如三石三的弓，箭矢穿透力和目标对直也稍微差些，但利用抛射和飘射，距离可更远，出箭速度更快。技法娴熟之后，此弓射出角度也更加刁钻，这在单打独斗、少人对仗、游击战中较为实用。都说毕将军能够正手拉二石七，反手拉一石八，徒步射二石，马上射二石五。如此变化必须是这软雀弓才能做到。"

"他们用的弓不同，运用的方法不同，最终的效果却是一样……"袁不彀在自言自语，他开始有些明白了。

"对，弓的种类很多。其实除了硬马弓、软雀弓，还有软胎弓、直背弓、弯柳弓、半虹弓等等，这些弓的形状和材料各有差异，实际运用也有差异。另外还有弩，种类也很多，运用技法上的差异比弓更大。比如破城弩，需五六人上弩，可射千步远，所射并不只是箭，还可射锚、射锤、射铲斧，可破城门，可毁城墙。再如诸葛臂弩，只有半臂长，可束于臂上使用，此弩有效射杀力只及四五十步远，但一弩可以连机快射多箭，近距离对仗中防不胜防。"

"我觉得弓种类再多，不如会用弓的将军多。像岳爷爷那样的人是星宿下凡，没得比的。"袁不彀仍是不愿承认有人能与岳元帅相提并论。

"岳爷爷确实天人一般，平常人不能相比，但如果不能像他那样拉开三石三的硬弓，其实还有其他合适的弓弩可以使用。这些弓弩在功用上可以弥补力量的不足，只要懂如何运用并用好，一样可以成为神射手。毕将军正是这方面做得最好的。"

"这道理我懂，和我们木匠的手艺一样，只要技法修习好，运用能达极致，再加上称手的弓弩，就有可能具备岳爷爷那样的武力！"袁不彀补充一句，声音高亢激昂，这一刻他找到自己的重要性和自豪感了。

接下来的日子里，袁不彀很快就适应了造器处的活计和规矩。他是个做事认真的人，也是个对长者尊重的人，这是传统手艺人都应该具有的优秀品质。他也非常珍惜留在羽林卫造器处的机会，自己患有畏血症，本可以早些时候说清情况返回原籍的，就因为突然要查清自己灭族的真相，这才设法瞒报留下。如今畏血症暴露，自己还能留在羽林卫造器处，真是万幸。在这里有机会接触到些有见识的将官，从他们那里说不定也能打听到和当年自家惨案有关的信息。

袁不毂本就是个实在能干的孩子，又存着这样的目的，所以让他多干活他一点都不觉得委屈。而羽林卫造器处其实也真没太多活儿可做，很多时候都是他自己为了多学技艺、多长见识主动抢活干。即便这样，他仍是有很多时间可以琢磨各种弓的构造和功能，还能去摆弄那些堆在角落里的奇门器具。

袁不毂的表现和能力很让老弦子满意。为了显示自己的本事争取更多尊重，同时也是为了减少自己的活计，他将所有与弓弩相关的技艺毫不保留地传授给了袁不毂。老弦子在弓弩方面的本事除了实际弓射技法外，都可算得首屈一指，否则也不会让他在造器处熬到须发都花白了。

袁不毂本身就有很好的木匠手艺底子，再加上有灵性、好琢磨，很快就在老弦子毫不藏私的传授下，把所有弓弩器械研究得透彻。他唯一欠缺的，是实际弓射技法，因为除了试射工序最终的全力一射，他再接触不到与实际弓射类似的训练。

弓弩调好之后的试射和一般选用弓弩的试射不一样。选用弓弩只要合手，弓劲自己掌控得住，可以准确射出箭支，从而达到尽量远的射程就可以。修造弓弩的试射却是要用各种不同状况的箭支，在弓弩不同的蓄力状态和不同角度射出，从箭支最终的着落点以及插入深度来评判弓弩状态。

这个说起来颇为复杂的工序对于袁不毂来说不算难事，他很快就掌握了各个状态的试射，并且能准确找出问题并加以调整。这让老弦子看得目瞪口呆，心中反复怀疑袁不毂原来就会修弓造弩，只是在自己面前装傻充愣，消遣自己。

不过，老弦子最终还是找到袁不彀的一个不足之处，由此确定自己并非被消遣了，这个不足之处就是袁不彀的最终全力一射怎么都射不准。

其他状态的试射只是看箭支的飞行和落点，但最终全力一射却是要看准头和劲道。虽然这并不需要像战场上一样要在很远的距离射中，但也总要有十几步的距离才能真正看出弓弩的状态来。袁不彀在这样十几步远的距离都射不准。

弓射之道就是如此，大动作、大道理都是可以打眼看会的，可真正的难度其实就在微妙之处，在箭支速度和准确度的分毫之间。

袁不彀名字里的不彀，就是不开弓射杀的意思。他有畏血症，从小也刻意避免杀伐。因此，他对弓射技法打心底是畏怯和抵触的，最终可以杀人的试射他是本能放弃，所以怎么都射不准。

老弦子很是费解，前面试弓、上弦、校紧等等工序袁不彀可以说是一点即通，甚至无师自通，最后试射时，却不是准头试不准就是劲道不到位，并且怎么教都教不会。后来老弦子也烦了，不再详加纠正，心想差那么点意思也是好的，否则自己也没啥能压得住这小子了。

造器处的日子很安逸，但安逸的日子往往都很难长久。满天艳阳的背后是暴风骤雨在耸动，随时会以不可阻挡的势头到来。到造器处才三个多月，已然完全沉迷于弓弩修造技法的袁不彀，很快就要卷入一场刀风箭雨之中。而这次，依旧像他隐瞒畏血症留在羽林卫一样，他会心甘情愿地陷入麻烦。

第四章 密信风波

轮儿转送来的密信

捉奇司收到了均右县密目孔子的密报。这密报是莫鼎力拟的，由捉奇司的密信道"轮儿转"传递回来。这是比官驿道、军信道更加快速安全的传信途径。

"轮儿转"和江湖传信很相似，也真的借助了驮子帮、骡马掌档，还有依江守河的摸鱼家、背龙帮等一些江湖道。江湖上混饭的那些人，只要做到办好事给足钱、办不好事要他命，他们就会比官家、兵家的人更加卖力可靠。

"轮儿转"的密信道其实是多种传递方式混合运用，除了江湖道，还有很大一部分线路用的是飞信，特别是新建的密目孔子或临时设置的密目孔子，因为这些区域线路的江湖力量还没来得及笼络了为己所用。

飞信携带有专门的秘匣，是鲁班锁式的组装匣。不懂组装规律是打不开的，除非把匣子连带信件一起毁了。一个密目孔子会有几个人一起将信装匣，匣子系在信鸽或信鹞的腿上放飞。这样就有相互的制约，谁都不能私下打开看那密信，更不可能修改内容。飞信到达下一个密目孔子后，就会换信鸽或信鹞，原来的信鸽、信鹞喂饱后重新放回，这样就相当于告诉上一个密目孔子信已收到并中转。如果在计算好的时日里上一个密目孔子没有见到回来的信鸽、信鹞，那么就会认为中途出现意外，马上采取补救措施。

飞信传递消息是最快的，但耗费也极大，必须要有足够多的且训练得极好的信鸽、信鹞。为了保证信鸽、信鹞送达信息的准确可靠，每段可靠的飞行距离都必须安置密目孔子。这样信鸽、信鹞就不用飞行太久，中途遇到意外的可能也会尽量降低。

莫鼎力拟的这份密信走了两者兼有的途径。均右县的密目孔子设置的时间不长，相关联的几个点都用的飞信，到了靠近临安的暗点后，就改用了江湖道传递。因为后面的路程州府村镇变多，人群密集，飞信远不如江湖道专人传递来得安全。

密信到达临安时，铁耙子王赵仲珥正在批阅各路奏报。这些奏报到他手里一般都要经过两堂四关核选，先是酌急堂走一下。确实紧急的可以直接送到铁耙子王手里，剩下的则要通过审事堂。审事堂有四个环节，入门、二拣、三辨、终度，简称四关。四关过后，确定有价值的、需要铁耙子王亲自过目的再送上去，而四关过程中发现什么重要的、紧急的信件，也可以直送到赵仲珥手里。

莫鼎力的密报没有过两堂四关，因为铁耙子王早就吩咐过了，近日均右所有的密报都直接呈送给他。由此可见，赵仲珥对偷入金国、暗启水根穴这件事情的重视程度。

密信展开之后，铁耙子王只看了一眼信背面的貔貅标志，便立刻高声招呼手下，让他们把杜先生和李学士请过来。

杜先生叫杜字甲，江湖人称"足踏阴阳"，擅长风水地理、玄学易数，曾做过一件地府夺魂的传奇事情。他是赵仲珥专门请来的家臣，不属任何官家府衙辖下，只为赵仲珥一人做事。

李学士李诚罡是正三品的宝文阁大学士，这其实是不太务正业的一个人，苦读多年、几经科考终于混到一官半职，但有了官位之后心性一下就淡了。他不再思取更高官职，只喜欢搜野闻、看野书，研究些民间残本杂帖。当他从野闻野书、残本杂帖中发现"捞星渡银船""骆氏宗屋群十一玉柱"，并按线索找到实物后，铁耙子王立马调他进了捉奇司，还让皇上破例连升他七级，从一个从六品的撰事文侍直接升到正三品的宝文阁大学士。

李诚罡进入捉奇司后，不辜负铁耙子王厚爱。他从各种书本碑刻的文字资料中发现多个秘密，为捉奇司寻财克凶找到很多线索。眼下被认为最有价值的，也是他主张再查的。

陶礼净是宋徽宗在位时的国史院编修，主要负责外史的整理记录。所谓外史，就是宋朝皇帝实施的政策战略对外界的影响和结果，包括一些平乱伐强的战争过程，以此标榜皇上的文才武略、丰功伟绩。

宣和二年，方腊起事，迅速拿下江南数州，但时日不长，便被童贯率大军击溃。童贯在帮源洞杀七万起义军并生擒方腊，翌年处死。

陶礼净为了记录这段历史，查看了所有从方腊败军处收缴来的文书和物件，然后发现两个不可知的情况。

一个是方腊举事以信奉摩尼教鼓动人心，对手下亲信和将领却说"已窥宋室命门，破其则天下易主"，并且暗遣高手去办此事。后来方腊兵败，但兵败之后破宋室命门之事还在不在进行就不得而知了。帮源洞被破之后，未见方腊手下最得力干将方七佛。这方七佛会不会就是去执行"破宋室命门"的任务了？或者逃躲他处，寻找时机"破宋室命门"，再图举事？

另一个是方腊短时间内夺取多个州县，所掠官家富户的金银财宝却不知去向。童贯攻破帮源洞后挖地三尺都未找到，而方腊其他几个驻兵之处也都不曾有发现。这笔财富会不会被方七佛带走了？破宋室命门或许需要很大资金支持，这笔财富是否被用在这事上了？

陶礼净将发现的两个不可知情况报送上司，并且强调第一个，说如果此事仍在继续的话，宋室基业恐有危难。

可惜，这个奏报递得很不是时候。那时平乱成功，皇上正开心，没哪个近臣会不识趣地去说此懊恼之事。更何况这事情本就没可靠依据，搞不好还会让徽宗觉得是在诅咒宋室基业。所以此上报搁在一边，不了了之了。

陶礼净并未就此放弃。他觉得自己的上报一直未有回复可能是因为缺少佐证，于是花费大量时间精力查阅书籍、拜访高人，并多次查勘方腊以往的驻据之地，想找出可靠的依据来。在这过程中，陶礼净开始变得神神道道，痴迷于玄学易理，说话做事让人觉得很不正常。国史院见这情形，不敢再让他记史，只让他干些裁纸订册的事情。

这期间，陶礼净将自己的各种发现又撰文奏报了几次，但他的疯癫状态让人更加不相信。所有奏报连国史院都没出，便全数被压了下来。

靖康之乱后，陶礼净自愿随被掳的徽宗、钦宗北去金国。他属低级官员，不能与两个皇帝同行，由金国宗翰部参将萧苏力领兵卒押解。

当时，一行人过黄河后途经大名府地界，在城南郊外的一处荒岭扎营。陶礼净到此处后不久便伏地大哭，哭了整整一夜。

这一夜月无光、风哀号，陶礼净的哭声让整个营寨无人敢睡，无论谁听了那哭声都觉得带着一种人间尽毁的惶恐。第二天一早，一夜未能安睡的萧苏力早早起来吩咐拔营启程。就在此时，周围风云变色、昏天黑地，惨雾滚滚越聚越浓，将营寨层层包裹。这些雾气出现得突然，消失得更突然，消失的同时陶礼净的哭声也戛然而止。

天地又恢复了清明，陶礼净却踪迹不见。他与别人相连的枷具被丢落在地，没有一丝损坏。周围看护的金兵各守其位，营门营墙也未有任何异样，很难想象陶礼净是怎么走掉的。

后来打听了一下，这荒岭叫玉盘坨，原先岭上还有个玄武观，只是后来倒塌不见了。周围根本没有可让陶礼净遁走和藏身的途径。

也有人说，这玉盘坨其实是一座远古大墓，过去这里每年都要举行盛大的祭祀仪式。如果真是这样，那陶礼净只有钻进到了大墓，才说得通他的踪迹全无。

陶礼净当年所查之事后来被流传为"陶礼净玄武星归位"事件。李诚罡听闻后，找了很多人查证。他觉得陶礼净当初记录方腊相关事情时发现的两个不可知非常合理准确，而之后他研究追查的重点应该是在所谓的"宋室命门"上。

不过可以肯定，陶礼净并没能把事情查透，否则就不是三番五次上呈奏报。按照他疯癫的状态，应该会越级直奏甚至宫前举奏。而他在被金兵掳押北上的途中，于玉盘坨痛哭一夜并消失，这应该是他从那地方发现或者得到了什么启示。因为他是自愿随二帝北去，根本没有必要半路再逃。突然消失肯定是出于某个重要原因——比跟随二帝更加重要的原因。至于他如何逃走的并不难解释，一个记录外史并追查奇异事情的人，要想从各种事件记录中学到个脱枷的办法肯定没问题。而他整夜的号哭应该是在迷惑别人，让金兵放松警觉，最后借助玉盘坨定时出现的晨雾逃脱。

只是，陶礼净最终去往了哪里的确是一个谜。金兵看押严密，营寨门墙都无法出去，除非有飞天的本事或者真是遁地进到墓里了。

李诚罡找来了大名府周边地理图，并通过赵仲珥请杜字甲协助破解。杜字甲本就对此事非常感兴趣，自然不惜余力。赵仲珥也觉得此事别有玄妙，不仅给予很多支持，还全程参与其中。

地理图初步分析之后，杜字甲亲自偷入了金国境内，实地查勘。这过程中虽然遇到不少艰难和惊险，但他身份确实为一介布衣，又是惯走天下凭口舌吃饭的江湖油子，总有办法化险为夷。最终，结合多方面的信息和查勘结果，杜字甲获知玉盘坨的位置为民间传说中的玄武水根穴眼，也就是所谓水源根本，可调天下各处水势。

这样一来，玉盘坨里有玄武观一点都不奇怪，经常举行大祭祀也不奇怪，突然出现雾气更不奇怪，但水根穴从外面看确实是一座荒芜土岭，土岭之下有些什么只有掘开了才能知道。

当初陶礼净北上，随身肯定带了他认为重要的东西。在玉盘坨水根穴前，他可能得到了某种启发，发现自己带的东西关联了很多重要秘密，甚至是关乎宋室江山命运。这些秘密应该在玉盘坨下，就算不是直接的秘密，那也是给了陶礼净启发。所以赵仲珥派掀山盖的带符提辖连同天狼十八神射潜入金国境内，挖进玄武水根穴。

捉奇司掀山盖的带符提辖个个都是破穴掘墓高手。十八神射不仅仅要保护带符提辖和带回关键东西，在开启穴道穴眼之时，他们还要运用弓箭远距离破解穴中机关设置。

这批破穴掘墓高手在水根穴眼中到底经历了什么无从知晓，而挖开了玄武水根穴这种传说中的水源根本会带来什么后果，更是无从知晓。

很多的无从知晓，在等待了这么长时间之后，终于摸着了点东西。只是这东西他们并没有亲眼看到，全是莫鼎力密信里的描述。

真正找到的东西已经被别人抢走，莫鼎力手里只有那块金属牌烧热后烙下印记的皮肉。从那皮肉上可以辨出一面文字花纹，为"齐云"二字加水浪飞云纹。钮头呈一顺的凸起状，这一点和玉璇玑相似。每个凸起的钮头形状却并不一致，而且没一个可以辨出。因为烙下印记的是反面，看不到钮头正形。只其中一个钮头可以依稀看出像个伏地的牛或羊，但整体又怪异得很，与牛、羊相差很大。

到底是哪一个齐云

从所获信息上看，只能算抢到了小半块金属牌。不过，即便只有小半块，莫鼎力也没有将它传回捉奇司。如今这块皮肉是最能体现他价值的东西，也是在必要时可以保住他性命的东西。

只要这东西在自己手里，捉奇司就不会轻易放弃自己。莫鼎力了解铁耙子王，任何人都可能成为他丢卒保车的棋子。这块皮肉如果真的送回去了，铁耙子王完全可能将他作为牵制别人注意力的假目标，然后另外派遣高手按皮肉印记上的线索去破解相关秘密。

"莫校尉信里说，十八神射尸身上寻到的物件在均州城被抢。出手的是一批黑衣蒙面人，从各种迹象推断像是我宋军兵将。这就奇怪了，原来我以为掘开玉盘坨的事情惊动了金国人，这才遭遇围追堵截，现在看来关注这件事情的远不止我们捉奇司，还有其他躲在暗处的人。"莫鼎力在密信中把自己的经历和目前处境说得很清楚，这是为了让赵仲珥酌情处置，派出最合适的人手来支援自己。但是赵仲珥似乎对他的状况不关心，反倒对提到的蒙面人更感兴趣。

"印记上有'齐云'二字。这齐云有可能是指的徽州齐云山？那里曾经是方腊的屯兵之处。陶礼净从方腊处发现蹊跷一路追查，留下线索直指齐云山，实属情理之中。"李诚罡说道。

"这倒不一定。徽州有齐云山，桂东也有齐云山，洛阳还有齐云塔。从陶礼净到玉盘坨后才痛哭一夜的情形看，这齐云二字应该与水有关。大宋命门也是与水有些关系的，太祖皇帝打天下用的盘龙棍，龙需水兴。江中洲杀寇，驼踏淮河，挖穿鹳水，长江大战，大宋天下得来，步步都是与水有关。"杜字甲的思路是从风水玄理上走的。

"那你认为这'齐云'所指为何？"赵仲珥脸上笑呵呵的，口气却是有些不耐烦。

杜字甲忙回话："这齐云最有可能是山西洪洞青龙山的齐云瀑。山西洪洞为我朝皇家赵姓的发源地，而那青龙山东临汾河，南望天寿，北连娄山，峰峦秀丽、蜿蜒曲折，道道山脉犹如青龙汇聚。要说真有什么宋室命门，应该就是这里。"

赵仲珥眯了眯眼睛，杜字甲所说听起来似乎更加有道理，但如果牵扯上方腊搜罗江南数州的财富，却是徽州齐云山更加靠谱。

"事情得一步步做，做一步才能看清下一步还做不做，又怎么去做。这样，立刻把最近择训院挑选出的羽林卫新卒集中，从弓射营中挑选些本事过得去的，重组十八神射。另外，按莫鼎力要求，从工部调些擅长挖掘的工匠，再找几个会搭架撑柱的。所有应用器具都备好后,让他们立刻前往均右县寻莫鼎力,由他带领了去把这个'齐云'给弄清了。"

赵仲珥这样的吩咐像是在开玩笑,但了解赵仲珥的人都知道,他是个不会开玩笑的人。或者说,他说出的话再怎么像开玩笑,那都是要付诸实施的。更何况,这些像是开玩笑的部署中,或许隐藏了他真正的用意。

莫鼎力在蒙面人突袭解法寺后的第四天才从均州城里混出来,独自溜到均右县又用了一天。这样几天耽搁下来,他密信走的轮儿转信道速度虽然快,实际并不比其他任何一条途径的信件更早到达临安。

枢密使张浚收到芦威奇的紧急军报就不比莫鼎力的密信晚。这是芦威奇权衡再三,斟词酌句后拟出的军报,如果不是顾虑太多,可能还会更早一些到达张浚手里。

张浚看完军报后紧皱眉头,但他没有表现出任何的想法,而是起身走出阅文堂,穿过直直的墨瓦长廊,来到另一个院子里的编修堂。进去后,他直接将军报放在枢密院编修官范成大的面前。

当一个人对自己的想法充满疑虑时,最好先听听自己信得过的人的想法。整个枢密院里,张浚信得过的人不多,范成大[①]算一个。

范成大,一介文人,性格上却是直率大度。看过均州发来的军报后,他立刻表情纠结,但仍旧坚定地发表了看法:"这军报不实。"

"怎么不实了?"张浚这样问,是想证实自己的推测。

"有贼入城抢寺杀僧,这寺庙中存了何等大的财富会惹来盗贼冒险入城做此大案?州府亲兵在寺中与贼争斗,死伤数十人,能有如此实力的可不是一般的盗贼。且盗贼抢寺,州府亲兵不守护州府衙门,如何会在那里?捕杀盗

---

① 范成大:南宋名臣,中兴四大诗人之一。对内治官抚民,对外不畏强虏。

贼之事自有巡街铁卫、三班衙役和守城兵将去做。"

张浚微微点头，觉得范成大还没有说到他想听的关键点。

"那帮盗贼不仅抢寺，还当街阻击增援官兵，可见是预先知道官兵行动的。他们的人数肯定不少，可之后怎么会一点痕迹都没留就消失了？对仗中官兵死伤许多，贼人活的死的一个都不见？这件事，怎么看都觉得像是演的一出戏。"

张浚终于听到自己想听的了，于是沉声说了四个字："贼喊捉贼。"

"不是，应该是自甘为贼。均州的这潭水可是浑啊，驻守的府营复杂，有京里派的、自己带的、当地自组的，各怀各的心思呢。"

"我正要查查到底谁是家贼！隆兴元年我受命北伐，一路夺城拔寨，偏偏这时军中内部出现乱象，将不出力，军心涣散，每到战事关键时刻，总有人带头退逃，最终导致全线败退。"张浚一拍桌案。

"你是觉得军中有人在替金国做事？不过还有另外一种可能，就是替自己做事。可不管替金国做事还是替自己做事，定是见了大利才会出手，又何苦装扮盗贼去抢个寺庙。"范成大的脑筋在快速转动。

"如此大动干戈，必有大利可图，所以这军报不仅不实，还有瞒报。细琢磨起来，这事从头到尾没有实质理由贯穿，连关键的解法寺也都是含混带过。有那么多人在现场见证的事情，芦威奇还敢有恃无恐地瞒报，牵涉到的肯定是比我们枢密院更有权力的层面，就算我们最终查清了真相，也不一定能治罪于他。"张浚语气有些无奈。

"比枢密院更有权力的，除了皇上、边辅、白虎堂，就是禁军统制了。"

"还有捉奇司！这是个绝不能忽视的皇家官院，几乎所有出人意料的事情都和他们搭边。或许，我们没必要去追问均州发生了什么，只须抓住捉奇司的动向。"

"捉奇司的动向可不好抓，特别是最近。他们暗中遣往北方的掀山盖带符提辖和十八神射全数殒没，这时候各方面的防范和警觉都会提高，一不小心可能会与他们发生误会。"范成大的担心很有道理。

"这个我想到了，所以不能用枢密院的人，更不能用我们自己的人。"

范成大眯眼抿嘴，"唔"了一下："张大人难道想雇人？"

"知我者莫过范兄。'死过卒'都是征战多年的老兵卒，好不容易保住性命服满军役，但是金人侵夺、家乡俱毁，再回不去家乡，只能自己组成帮派讨生计，算是个半江湖半商的组织。我经常照顾他们，把军营里的采办生意给他们去做。这些老兵卒都对金人心存痛恨，能在多年征战中保全性命，本事也都是了得的。我们只需编个对抗金人的理由，再给足需用，他们肯定会卖力为我们做事。"

"呵呵，看来张大人这回是拿定主意，要踩着捉奇司的后背摘果子了，而且早就把鞋子选好了。"

"唉，这也是没有办法的办法。"张浚苦着脸，叹口气。

他心中的无奈，有一部分来自朝廷——主管的军事部门竟然无法从辖下州府驻军那里得到真实信息！

袁不毂走进捉奇司的时候仍是一脑袋浆糊，他不知道自己主动参与捉奇司的活儿到底明不明智。他也担心自己的畏血症会在做活儿过程中再次发作，那样的话，不仅前功尽弃，连小命都难保。

老弦子忐忑不安。他就是个老而不死混吃混喝混日子的，除了修个弓弩，暖个坟都差着热劲儿，完全没想过会被捉奇司点名出暗活。

其实，羽林卫造器处总共点了两个人，一个指定一个未指定。估计，未指定的一个只是为了让老弦子心里平衡而随意加上的。

拿到调用令箭后，老弦子仿佛是见到了自己的灵堂，鬼魂般转来转去却不说一句话。

"弦子师傅，你为何如此焦虑，这调用的活儿很危险吗？"袁不毂问。

"捉奇司的暗活儿只要是在大宋境内，凭他们的牌头，地方官衙、军营都会全力支持和保护。所以危险倒不见得，问题是怕最终落不到个好下场。"

"为什么会这样？"

"暗活行的都是秘事，秘密无法破解，肯定落不到个好。秘事一旦破解，知道了秘密的人更是可能落不到个好下场。"

"你是说替捉奇司做这种暗活可以获知一些秘密？"

"当然了，不仅做活儿过程中可以知道些秘密，那些在捉奇司里立了奇功的，还可以入悟秘阁揣摩领悟各种奇书异帖、古物珍玩，获悉以往破解的秘密，参与还未能破解的秘密，从中悟出宝藏所在和绝世技艺，或者发现秘密事件之外的更多秘密。"

"看来我最初方向就偏差了。"袁不彀低声嘟囔着。

"我听说了，你患有畏血症，还拼了全力往羽林卫里钻。如果你是为了升官发财来的，进了造器处这梦以后就再不要做了。如果你是为了窥什么秘密，寻什么真相，那你应该努力往捉奇司里钻才对。"老弦子对袁不彀很尽心，问的、没问的都尽量告诉袁不彀。

"师傅，你知道'乌金氅，金牛冠'吗？"袁不彀突然想到自己进造器处几个月了，竟然每天沉迷于弓弩修造技法之中，把最该问的给忘记了。

"这话不要乱说，犯忌讳。"

这一趟是做幌子的

袁不彀从话音里听出老弦子是知道这话意思的，心中不由一阵狂喜："这里就我们两个，你告诉我，我又不会乱说的，给我讲讲呗。"

"好吧，大宋太祖皇帝硬手取天下，仁心治天下。但皇上不是神仙，神仙还有三昧真火呢，所以有些时候、有些事情是需要别人替他行雷霆手段的。太祖皇帝选中了自己的亲弟弟赵光义，也就是后来的太宗皇帝，赐乌金氅、金牛冠，让其替自己行雷霆手段，处理一些暗地里的事件，可先杀后奏甚至只杀不奏。后来烛影斧声，太宗登基，乌金氅、金牛冠便成了篡位夺权的代说。而之后大宋每一朝皇帝虽然都设有多个秘密机构，却再也没有赐过类似乌金氅、金牛冠的信物，让其他人暗中拥有与皇帝同等的生杀大权。"

"怪不得没人敢解说给我听，是怕我告发他们有篡位野心啊。可是不知道这和我记忆里的黑影子是不是一回事？"袁不毂心里暗自说道。现在为止他还不敢将自己的目的告诉任何人。

"我倒真是想挣个一官半职，光宗耀祖，可没想到最后关头畏血症发作，被送到这里来了。"袁不毂不敢说真实目的，只能随口说假话，以便套出老弦子知道的更多情况。

老弦子叹了口气："唉，可惜了！你如果真是要解啥谜题、破个秘密，这次调人倒是个机会。捉奇司不仅搜罗天下奇珍异宝，还收集各种奇案异事，以便从中分析推断出自己可利用的信息。再加上悟秘阁中各种奇书异帖，多少世间无解的谜案都能从他们那里找出真相。"

"你的意思是说，可以借着这趟暗活进入捉奇司！"

"造器处调用两个人，除指定我之外还有一个名额，我估计整个造器处只有人推没有人接。谁要做梦不小心说句愿意去的梦话，马上就会有人禀告，有人做证把他给定下。这活儿好接，但要想通过一次暗活就留在捉奇司却是不易。不仅要有些真本事，这趟活大小得做出些彩才行。"

"捉奇司这趟暗活我陪你去了。"袁不毂声音提得很高，屋里屋外应该有不少人听到了。听到的人顿时释然欣喜，袁不毂这句话就像在卖身契上画了个押。

"为什么？"老弦子从语气到表情都极力表现了自己的震惊。

"因为我不想留在造器处，这里死气沉沉像个坟墓，这里的人一个个就像缩头乌龟。"袁不彀声音提得更高，估计前后三进院子的人都听到了。

"疯了疯了！真的疯了！"老弦子知道，从袁不彀说出这句话开始，他留在造器处还不如出去做暗活。

按本事、按资格，袁不彀都是参与不了捉奇司暗活的。不过，在造器处全体人员想方设法的努力下，肯定可以顺理成章把这活儿照顾给他。但这到底是怎样的一趟暗活，自己应该怎样才能避免畏血症发作，怎样才能把活儿做出彩，这些未知还是让袁不彀非常忐忑。

进了捉奇司后，有个惊喜让袁不彀暂时放下了心中的不安。石榴和死鱼竟然在这里，还有大熊和谢天谢地兄弟，一起在羽林卫择训院待过的同伴有十来个都摊上了这次暗活。

"不够，呀！是不够啊，这么长时间你去哪里了？怎么没有和我们一起编入弓射营？"石榴见到袁不彀后很是兴奋。

"肯定是因为不够本事厉害，把他安排到更高级别的卫军营了。"死鱼并非奉承，他真觉得应该是这样。

"不。我身体不好，所以被派去了造器处，专门给你们修造兵器。"袁不彀笑了笑，问道，"你们知道把我们调到这里来做什么吗？"

没有人回答，因为没有人知道他们被调到这里来，具体要干什么。好在很快就有捉奇司的人出面，向所有人说明了情况。弓射营调来的十八个人是要组建新的天狐十八神射，而工部和造器处调来的人是临时替补掀山盖外出做活还未回来的那些带符提辖。所有参与此次暗活的人即刻提正七品云骑尉，饷银按从六品发放。在两日内准备好个人物品和各种需用，启程前往均右县。

十八神射、掀山盖这样的称号袁不彀他们是第一次听说，很是无动于衷。

但是正七品职位、从六品的饷银，却是让人心气猛地一振。谁都没有想到在捉奇司出活，可以享受这么高的待遇。

不过袁不觳很快冷静了下来，他知道自己最先需要考虑的是命而不是钱和官位。自己患有畏血症，这个掀山盖的活儿要是自己不能承担，有多少财富官职到最后也就能做个气派些的牌位。再者，他的目的也不是官职和饷银，而是要把活儿做好，然后留在捉奇司。所以趁着捉奇司出面说事的人还没走，他赶紧凑到近前追问掀山盖的带符提辖都需要做些什么事情。

"十八神射负责保护大家路途之上不受虫兽盗贼侵害，而掀山盖的活儿无非开个路架个桥，最多再刨个坑挖个坟。"对方轻描淡写地说完，随即就走了。

袁不觳对这个说法存疑，所以他在人群中寻找能够真正做出解释的人。人群中有人是欣喜的表情，有人是疑惑的表情。袁不觳知道，这两种表情的人所知情况可能连自己都不如。他要找的是和众人反应完全不同的表情，比如带着痛苦和无奈的哀怨。

人群里只有老弦子是哀怨的，于是袁不觳盯上了他。也是，除了他这个在羽林卫造器处混了许多年的老混子，其他人都是刚刚招入的新卒。这其中要有什么不妥和怪异，除了老弦子估计再没其他人弄得清楚。

"弦子师傅，我看你心情不太好，是不是提的官、给的饷都不值当？"袁不觳悄悄地问老弦子。老话说得没错，好事要喊着说，坏事得掖着问。这话是有道理的，一件坏事的恶劣程度很多时候取决于群体的恐慌程度。

如果是别的什么人问老弦子，按照他谨慎的性格，肯定闭口不言。但袁不觳和他现在的关系不一样，这么些日子以来，每天随时随地接受袁不觳的提问，每天吹毛求疵地寻找指导袁不觳的机会，让回答袁不觳的疑惑几乎成了他一种下意识的反应。

"我之前虽然对捉奇司了解不多，但十八神射我是知道的。捉奇司羿神卫职编上隶属羽林卫弓射营，他们的弓弩有时候会拿到我们造器处来修理维护，所以我和他们有过一些接触。"

袁不毂眨眨眼睛："如果是这样，他们从羽林卫弓射营抽调弓箭手组成天狐十八神射没什么不正常的啊？"

"不不不，绝不正常！"老弦子立刻打断了袁不毂，"捉奇司是专替皇上寻宝藏挖财库搜罗奇珍异宝的，需要时，一些部府、军营没法出面做的秘密事情也是他们去完成。所以羿神卫的人数虽然不多，却都是精挑细选的高手。他们不仅要杀人除兽，很多时候还需要做一些远距离扳机扩、触弦簧、开启坎扣的活儿。十八神射是羿神卫中的佼佼者，羿神卫的人都是从羽林卫弓射营中挑选，能留在弓射营已是不易，能被选中成为羿神卫更是不易。羿神卫的人还要经过更高级别的训练，根据技艺高低分成天地人三个档次，最高的天字档就是十八神射。"

老弦子说的大体上是正确的，羿神卫人数不仅不多，而且编制简单，总共分天、地、人三级，最高就是天字档，神射组合，天射射神神难逃。这种组合要经过最严格的挑选并加以训练，除了个人弓射和单兵技击能力不同一般，还要能实施多种阵形的组合射杀。所以要组成十八神射是很难的一件事情，最多时整个羿神卫中也就三组。近些年来，就只剩天狼十八神射这一组，因为一直都没有合适人选可以搭配更多组合。没想到，剩下的唯一一组在雉尾滩还被人尽数灭了。

神射遭殃不是第一次，只是没有像这一次全军覆没。十八神射每次损失人手都会添加高手重新组合，每次重组都会换名，折损过的名字被视为不吉。十八神射先后有过天鹏、天鹰、天骏等等名称的组合，天狼是第九个名字了。也就是说到现在为止，只组合过九个天字档十八神射。

地字档其次，地字档为鬼射。鬼射组合方式更多，可九人，可五人，可三人，但是这些组合的攻防阵势比十八神射少了很多。也就是说，他们可以组成的攻杀阵势，十八神射都可以组成，而十八神射组成的阵势他们却不行。

人字档无组合，都是个人为射。发现好射手就收录其中，作为天地两档的补充。但其实人字档名册中常在的射手也就一百多名，并不比地字档的多多少，而且其中有一部分还是铁耙子王身边的弓射护卫。

"这就不对了。我那几个择训院的伙伴虽然是择优进入羽林卫弓射营的，但都才去不久。如果其中一两人因天赋异禀被选入羿神卫也算正常，怎么会一下全都被选入！捉奇司似乎也未像你说的再经训练和挑选，而是直接就让他们成为最高级别的十八神射。是你搞错了还是捉奇司的规矩改了？"袁不彀听老弦子一说立刻觉出不对了。

"给他们安个十八神射的号头，然后马上派了出去听遣行事。很明显这一趟就是个打幡走圈的活儿，你要想借着这趟活儿出彩，留在捉奇司应该是不可能的了。"

"什么是打幡走圈的活儿？"

"就是做个幌子吸引别人注意力，让别人忽视掉真正在行事的其他人。你这趟就跟着吃吃喝喝，沿路赏景把自己养肥，等完事了重回造器处接着受罪。"

袁不彀心里咯噔一下："十八神射做幌子，会不会不是为了掩饰其他什么人，而是为了掩饰我们这一队中掀山盖要做的事情。"

"掩饰掀山盖？捉奇司的掀山盖不仅是最好的匠人，而且都是擅长开宝藏挖古墓的高手。所谓带符提辖，那意思是说有皇家军职护身，有灵符法器镇鬼。你是调来替代掀山盖带符提辖的，扪心自问，你能做些值得假十八神射掩饰的事情吗？"

"我们临时抽调过来也是打幡走圈。"袁不彀清楚了自己的处境。

"没错，捉奇司这回做得太过明显了。十八神射、带符提辖竟然选得这么草率。你看那边，那两人虽然穿的男装，其实是女儿之身。没猜错的话，她们应该是圣医馆的医官和御绣坊的绣丞。捉奇司行事，必配技艺高超的医官和绣官。这不是为了行事中的伤病救治和衣物修补，而是因为宝藏古墓中可能会有毒物瘴气需要医术药物来破解，还有一些细致机关的窍要须以刺绣的细致手法才能解开。但是掀山盖以往都配有自己训练好的医官和绣丞，全是男性。这一回直接从圣医馆和御绣坊调用人手，连性别都不加忌讳。可见主事者太不当回事了，做幌子装样子都很不认真。"老弦子越说越气，感觉捉奇司的做法是对他手艺的极大侮辱。

袁不毂定睛看了看老弦子所指的两个人。这两个女子都着男装，戴书生帽，看不出实际年龄来。医官头微垂，看不清面容，身材瘦小，缩在男装袍衣中，像个青涩瘦弱的少年。绣丞面容圆润，体型丰满，凹凸处明显，一眼可以看出是女人形态。

就在袁不毂盯着医官时，那医官悄悄抬头，正好与袁不毂对视一眼。这一眼让两人都愣在那里，就好像突然的碰撞谁都来不及做出反应让开。不过最终还是袁不毂的目光在一阵慌乱和羞涩中远远甩向了一旁，医官澈净的目光未曾有一丝波动，只是嘴角露出一丝笑意。

其实是虚晃实钩的招儿

不论是寻宝探秘还是打幡走圈，皇命不可违，军令也不可违。捉奇司是唯一有资格替皇上下皇命又可替羽林卫下军令的，所以这群临时组合的天狐十八神射和掀山盖带符提辖全都在两日内匆匆准备好一切。好在需用的大器物、大材料可以随时从就近的州府调用，所以准备的大多是自己常用的装备武器和合手工具。这样就简单多了，将日常用的带上就行。即便没有，只要不太挑剔，临安城里总能找到合身合手的。

袁不毂和老弦子没有太多东西要准备，但他二人心中都存着不甘和不忿，反而磨磨蹭蹭拖到最后才准备好。也就在他们准备好后的半个时辰，带队首领出现，吩咐他们立刻上路。随后，十几辆布篷布帘遮掩的大马车拉上所有人和东西出了临安城，一路往北而去。

"这活儿真是越发奇怪了。要说临时调个带队的来倒也正常，可怎么把'蝎尾黄蜂'都调来当幌子？这可是拿着黄金当狗屎，糟蹋能人啊！莫非'蝎尾黄蜂'得罪了上面什么人？"老弦子在自言自语。

袁不觳就挤在老弦子的旁边，清楚听到了他的自言自语，问道："我们带队的首领叫'蝎尾黄蜂'？"

"'蝎尾黄蜂'是外号，他本名叫丁天，是羽林卫最好的近搏教头，最擅长使用短小兵刃。他在羽林卫弓射营教习弓箭手护身杀人的技击术，因为弓箭手带了弓箭后便无法携带其他长大武器，而一旦箭支用光或被敌人逼近，就只能用短小兵刃杀敌保命。丁天平时领羽林卫将虞侯官职，实则为禁军教头兼内卫教头。大部分时间是在弓射营教习，需要时还会参与军役选人和择训院选人。"老弦子毕竟在造器处待了这么多年，对羽林卫中有名的厉害角色有颇多了解。

"军役选人和择训院选人？呵呵，我就是军役时被误选上的，然后择训院发现我有病症又被选下。不会就是这丁教头把我选上又选下的吧，要是的话那倒也真是巧了。"

有时候世事还真就是那么巧，这一回给袁不觳他们带队的"蝎尾黄蜂"丁天正是当初将他选入羽林卫的黄须汉子。

丁天也没想到，这一回被匆忙地选来带队行事，自己误选中的袁不觳也会怀着目的陷入到这趟活儿之中。他只知道，自己带着这群人北上并非一路游玩那么轻松，指不定就会遇到意外凶险，否则就不是铁耙子王赵仲珥亲自和他交代任务了，而越是身份尊贵的人出面就越说明他们要掩饰的虚头很多。

事实上赵仲珥并不刻意掩饰各种虚头，他意味深长的话语总像半扇屏后藏了三分其他东西，而这三分东西应该比意外凶险更加可怕。

丁天本不是捉奇司的人，但捉奇司的一些规矩和要求他知道的。像他这种走过江湖道、舔过刀头血的人想法多、顾忌多，不管什么情况都会先把各种疑问排列在脑海里。赵仲珥为了打消丁天的疑虑，选择了直言相告，不过相告九分真相，掩盖了一分阴谋。

"你也知道最近捉奇司办事不顺，多遭损折。所以我们怀疑临安城内有对手眼线，甚至有些对手就是我们身边的人。这一回你带的天狐十八神射和掀山盖带符提辖是临时凑搭的，从各营各处挑出来的老弱和新人。这回，你们也没有什么实际的事情要做，就是大张旗鼓地出临安一路北上。至于出于什么目的你就不用管了，只管按秘传的指令去做，一切自在掌控之中。"

赵仲珥这话一说，丁天心里沉了下来："王爷是让我们当诱料，牵了一些人鼻子走？不过诱料往往都是最好吃的料，指不定就成了别人口中的食。"

"我们选的是老弱、新人，坠上捉奇司的那些高手盯你们个两三日就会反应过来。所以你们不用当心，当他们发现自己盯的是假目标后，不会轻举妄动，因为他们怕打草惊蛇暴露自己。他们也会因此判定这是圈套，更不会自己往里面钻了。"

赵仲珥说得非常有道理，但这并不能消减丁天心中的担忧，带着这样一队人北上，能惹来坠尾的，就同样能惹来阻截的。坠尾的会慢慢跟盯，阻截的却会迎头猛击，所以凶险依旧存在。这趟暗活，捉奇司没用一个自己的人，是不是已经要把这些人当作替死鬼呢？

袁不彀远远地看到了丁天，却没认出这就是在鸡公山毕军营中伏桌搭牌的那个汉子。就算认出来，他也不知道自己就是丁天选入择训院的，更不知道在发现自己有畏血症后他曾帮着说话，没让他去北三关而是留在羽林卫造器处。因为袁不彀在毕军营晕倒之后就再没当面见过丁天，而丁天则在暗中关注着他。

车队过了午时出发，挑这时辰上路不太顺遂。按卜算命理的说法，这叫盛往暮走、越走越黑。他们一队十几辆辕高马壮的大车过街出城，引来了很多人的驻足观望。很快，"捉奇司出动高手去办大事"的传言在市井间传开，半个时辰工夫，临安城里已经人尽皆知了。

车队出发后的当天夜里，捉奇司再出一路人马。这队人马精骑简行，行进快速灵活。

他们以金批密令叫开城门，迅疾而去。当这队人马离开临安五六里地远时，从道路附近一处树林中转出几骑坠上了他们。而当他们走出十里时，又有第二股人坠了尾儿。只是，从第二股人谨慎小心的做法看，他们和之前那几骑不是一路的。

捉奇司的那队人马趁夜秘行，丝毫未曾觉察到自己已经被两股尾儿坠上。这才刚离开临安，接下来的路上还不知道会有什么情况发生，看来他们反是比袁不彀他们北上的车队危险多了。

也就在这个深夜时刻，捉奇司的辨思轩仍有几根儿臂粗的红烛点着，再有东山岭的春儿茶泡了一壶，百香坊的瓜子点心摆了几盘。坐在茶案边的铁耙子王赵仲珥端着表情不变的菩萨脸，慢条斯理地抿茶嗑瓜子，而坐在他对面的李诚罡却显得有些焦躁不安。

"王爷这招以虚作实，可有把握？"李诚罡实在忍不住问了一句。

"这要看对方怎么选。"赵仲珥嘴里咬着瓜子含糊地回道。

"王爷觉得那些人会放过下晌走的丁天一路，却在夜里盯住地射众骑组成的另一路？"李诚罡又问。

"等，等消息。"赵仲珥简短地回答，明显是对这样的问题感到不耐烦。

就在这个时候，轩外传来轻巧快速的脚步声，来的是个身手矫捷的高手。

"王爷，李大人，已有两根尾子坠上地射的三十六骑。我的人会赶到前面易装设局，查出这两根尾子什么来路。"脚步声在轩外停住，人是站在难以看清脸面的黑暗处说的话。

"嗯。你怎么做不用跟我说，我只管花钱买你的结果。"赵仲珥吐出口中一片瓜子壳说道。

"按值论价，我会让王爷满意的。"

"让我满意也就是让你自己满意。事情做好了，将来遂了你们回归故里的心愿，那才是真正大利。"

"是。对了，我手下兄弟冒险过河摸了一笔货，不知王爷有没有兴趣？"

"哪方面的？"

"玉盘坨下面的。"

"收了。"

"玉盘坨下无墓无穴，却有水流冲道纵横崎岖，就如盘缠的树根。从土质痕迹看，每到水盛之季，此地下水流必然湍急诡异。我的人循着掀山盖挖掘痕迹而入，只找到一具嵌于土石缝中的尸骨。可见，他们掘挖到此处便回头了，如若寻到什么东西，定然是从这尸骨上得到的。"

"你的人进出玉盘坨没有遇到金国兵马？"

"没有，原以为会有此类麻烦，实则和平常一样。"

"好，这笔货儿好，货价加两成，依旧老铺子取款。"铁耙子王显然对这个信息非常满意，主动提高了酬劳。

"是。"轩外的人拱了拱手，化作一溜小风，叶飘草摇般瞬间踪迹不见。

辨思轩中沉静了一会儿，李诚罡这才开口："呵呵，这关于玉盘坨水根穴的信息倒是有些趣味。"

"说说，趣味在哪一处上？"

"那尸骨莫非就是当初失踪的陶礼净？他在地下水道错综诡异的玉盘坨得到某种启示，窥出以往事件的真相，便想逃脱金国的押送队伍。结果钻进地下水道却没能寻道钻出，困死在了里面。"

"还有呢？"赵仲珥又问。

"他身上的确是带了重要的东西，掀山盖带符提辖也找到了，所以金国人马才会追击阻截，将带了东西往回赶的十八神射聚歼雉尾滩。"

"不是金国人马。如若金国知道我们做的这件秘活儿，哪怕事后才知道，他们都应该重兵守住玉盘坨，将那地下再翻找几遍，绝不会还像平时一样，任由别人随意出入。所以到现在金国知不知道这件事情都难说，而截杀十八神射的应该是其他方面的人。比如均州府出现的黑衣蒙面人，再比如今夜坠上地射的两根尾子。"赵仲珥觉得自己今夜最大的收获，至少是把玉盘坨发生的一切弄清楚了。

沉寂了一会儿，李诚罡带着些许犹豫问道："王爷觉得两河忠义社的人靠得住吗？他们真有能力把那些暗手一个个拉出来？"

赵仲珥轻咳了一声："莫鼎力在大青河古坝与两河忠义社接头，所得信息指引他前往均州查找线索，但是东西刚刚到手就被别人抢走了，说明有人一直都在盯着莫鼎力，盯着捉奇司，而且势力非同一般，边关重守均州府的官家、军家都有他们的部署，临安城里也一样不会少了他们的人手。要想揪出这些人来，捉奇司出面肯定不行，刑部、兵部更不妥当，稍一动作就全在别人眼里。边辅虽然隐秘难测，但由皇上亲自掌控，我们不能调用。"

"所以王爷借用朝廷以外的力量。这样，捉奇司在明处，实际被捉奇司遣用的力量却暗藏在江湖各处。此法子绝妙，只不过江湖之上鱼龙混杂，谁可用、谁不可用很难度测。"

"江湖上鱼龙混杂难以度测，但两河忠义社不用度测，他们是最适合使用的江湖力量。两河忠义社一直想'除国贼、驱金虏，回还两河家乡'，当初与岳家军就曾有过很好的合作。他们行事的目的不仅仅是为了得到财富，更有夺回失地、重整山河的愿望。这样一来，我们之间的关系就不是利用或雇佣，而是合作，相比其他的江湖组织要稳妥得多。不过这终归是无奈之举，要是朝堂净、人心诚，又何苦利用外面的力量啊。"

"王爷这一着虚幌实钩倒是可能将一些心怀叵测的暗手揪出，说不定还能挖些个外番收买安插的叛贼。只是莫鼎力那边的事情要耽搁了，抢去东西的人肯定走在了前面。"

"那也不一定，抢到东西并不一定能读懂其中含意。另外，丁天那一路也并非全虚。"赵仲珥脸上的笑带着几分得意。

"调用丁天，我以为王爷是要让虚幌子更像虚幌子。否则全是无名之辈，反会让暗中琢磨的暗手有其他想法。"李诚罡的揣测不无道理。

"他们那群人中有过人本事的可不止丁天一个，只是其他人都不大引人注意，或者是别人根本不知道的。圣医馆的医官舒九儿，人称赎九命。御绣坊的绣丞丰飞燕，会缝创于汉代的绝技'云掩身过'秘法七针，人家给她个外号'穿云肥燕'。"

"下官知道这两人，她们的技艺是出类拔萃的，但终究是女儿身，就算身怀绝技与捉奇司活儿能对上路子，也难保有技无力，力不从心。"李诚罡对这两人只是耳闻，从未亲眼见识过她们的本事。即便亲自见了，也不认为两个弱女子真有什么过人之处。

"万事玄机，不外乎天地人三界。寻辨命门奥秘，难说擅长医道绣技的女子正好就是启门之匙。另外，除了这两人还有一些能人。工部疏理处的成长流，他是江湖上为数不多的兼工兼武的匠人，前年淮河淤塞泛滥，他替代工部巡河使指挥疏通解决了水患。羽林卫造器处的老弦子，这人虽然专注整弓修弩，其实在扎架搭梁的手艺上也有独到之处。"赵仲珥竟然把些角落里无关紧要的小人物都了解得清清楚楚。

"这些都是平常人不知道的，王爷掌丞天子助理万机，怎会有工夫知晓？"

"我也不全知道。这舒九儿曾为郡主看诊，那时说起过丰飞燕。成长流是莫鼎力点名要的，他说既然线索是从玄武水根穴得到的，就需要个懂水脉流势的人。莫鼎力曾经江湖上闯荡过，知道成长流。至于那个老弦子，是羽林卫造器处的人一起推荐的。"

高人知高人，误差只半成，所以丰飞燕、成长流都应该是有真本事的。而共同推荐的却不一定是高人，造器处都是些心思奸猾的主儿，犯难犯险的事情肯定是合伙往最好欺压的人头上推。所以老弦子可能并非赵仲珥想象中的高手，甚至连他自己都不知道自己还会什么独门手艺。

"王爷是把齐云二字所藏秘密的活儿，交给这四个人们不会注意的高手？如果真是这样，我觉得还少一个懂风水堪舆的高手。"

"开始我也这样想的，后来细琢磨下又觉得不需要。方腊曾言，找到大宋命门，而非龙脉，也非运穴。方腊虽借摩尼教起事，但能想到利用信教天命一类说法，必定也是知道龙脉、运穴之说的。而他却偏偏说命门一词，这便可以断定他不是从风水命理上着手，而是寻的其他玄机窍要。再者，莫鼎力信中也丝毫未提风水堪舆之说，他是个周全仔细之人，要有这方面线索肯定会提要求。"

"不知为何，我总觉得莫鼎力没有把线索尽数告知。可能是怕密信不密，也可能是怕我们得到全部线索后另遣他人寻查真相。这样一来他就没了价值，再不会得到重点保护和强援支持，一个弃子的处境会变得非常危险。"

"我自然明白，所以才派丁天这路人给他遣用。莫鼎力是我要用的第五个高手，也是最重要的一个高手。"赵仲珥停了一下，把手里握着的瓜子放在桌上，"其他挑选过来的虽然都是新人，但这些人并不弱，他们都有着自己独特的技能。我只是改变了原来天字神射和掀山盖的组成格局，减弱了武力和挖坟破墓能力，但融入了更多技能在新组合里。说不定其中还有更多适合此次任务的高手。"

有一支红烛的火苗连续晃动了几下，是快烧到尽头了。窗外的天色已经渐渐泛白，一个本该寂静安宁的夜，在虚虚实实、繁杂纠结的思筹中过去了。而一场诡谲多变、风云莫测的缠斗，已然悄悄铺展开来。

辕马未曾觉察狼尿

丁天带领着一队人不急不忙地往均右县走，沿途该吃吃、该喝喝，日出三竿才行，日不下山即宿。每到州县镇驿，还要揩地方官家油水，这和以往捉奇司秘密行事的做法完全不同。

过长江后，他们接到莫鼎力通过"轮儿转"密信道发来的指示，让他们改道往西，但又不说清他自己在哪里，以及和丁天的大队在哪里会合。

丁天接到密信后，带队沿着江淮西道缓缓往西行进。于他而言，不继续往北是好事，他最担心的就是一路往北并潜入金国境内。那样的话，自己这面幌子就成洗脚布了，湿不湿、味不味的人都会来蹭两脚。

往西才两天，在沽酒渡那里，丁天又接到密信，让他们过江回到南岸，并在过江后加速往西。这让人不免觉得有些怪异。

过江之后的路并不好走。这地界虽然遍布良田和富庶村落，但他们行走的道路离大江不远，沿江有不少孤立的石山兀自立在江中和江边。这样的江边一般都会有大量的碎石和沙子，而江岸不远又是淤泥沉积而成的软土，长满了芦苇蒿草。接下来的几天，他们的车辆都在碎石与软土交替的野路上颠簸，丁天也一改之前态度，催促车马急急地往前赶。这将一些很少坐车和很少在这种道路上坐车的人，颠得五荤三素。

袁不彀年轻，身体壮实，除了畏血没有其他毛病，对于这种急速赶路、野路颠簸的行进方式并没有太大反应。老弦子就不行了，他被颠得骨头散架、肠胃吐光，一天到晚无力地哀叫着"吃不消哇、吃不消哇……"

其实吃不消的远不止老弦子一个，绣丞丰飞燕的反应也比较严重。她和医官舒九儿两个人单独坐在一辆装了半车东西的大车上。本来有东西压车尾应该比其他车辆更稳些才是，但丰飞燕平时做的都是身稳眼稳的细活，身体比较丰盈导致气血容易上头，所以晕得不行。最开始，舒九儿还能用些驱晦醒脑的药物替她缓解，后来索性用迷神的药物直接让她处于半昏睡状态。

半昏睡的丰飞燕，缺少自主控制的身体随着车子颠簸摇晃，很容易受伤。舒九儿控制不住她，只好跟丁天商量，从其他车上挑一个心思手脚都干净的男子来车上帮忙。舒九儿只瞟了一眼，就选中了袁不毂。

袁不毂上了舒九儿的车子后，拿些布条布带，轻松地就把昏睡的丰飞燕给固定住了，平稳得就像蛛网中心的蜘蛛。固定好之后，袁不毂准备跳下车回自己车上，舒九儿突然说道："要走？是怕我吗？"

袁不毂没看舒九儿，嘴里说道："我干吗要怕你？"

舒九儿道："怕在我们车子上待长了会带来蜚语或者什么不慎引起的误会。不过我瞧你除此之外应该还有其他怕的，那天在临安城还没动身时你的表情就不好，是担心此行遇险吗？"

袁不毂呆住了，他完全没有想到这个女扮男装的医官会和自己说这些。片刻后，他镇静下来，淡定地道："我是怕这趟活儿根本没啥可做，让我再回到造器处那老坟一样的地方……"

石榴、死鱼、大熊，谢天谢地两兄弟，他们几个在同一辆车上。择训过程中他们是对手，心中一直都有抵触，进了弓射营后依旧话说不到一块去。石榴脸皮厚，时不时地就找些由头搭话，但谢天谢地兄弟俩很少会接他话茬，大熊更是不愿意搭理他。特别是石榴管他叫大熊时，他便眼睛一瞪，扭头看其他地方去了。

"大熊，你原是猎户，看看这周围有啥兽子，打两只，晚上大伙打牙祭。"石榴肿着脸，没话找话。

"这里有狼，你下车撒尿注意点，别草丛里蹿出一只，咬掉你的尿根。"熊达听了石榴的话心里不舒服，狠狠损他一句，然后拉开布帘，探头往外面看去。

"咦，是有兽味。"头才探出，熊达就觉察到异常，"是狼，这里有很强的狼尿味，我们可能走进狼群的地盘了。"熊达说完站了起来，顺手还将搁在车帮上的钩矛拿了起来。

"你这妖风也来得太快了吧？吓唬人都不会。要用狼群吓唬我，你也憋一会儿再装样啊。"石榴撇嘴，很不以为然。他觉得熊达是在吓唬自己。

熊达根本不理会石榴，皱眉皱鼻，用心嗅闻："是狼尿味，而且味道很浓。奇怪，我都闻出了，怎么拉车的马匹一点反应没有？它们应该比我更早觉察到的。"

"是不对，我也闻到了。如此浓重的狼尿味，得是百头以上的狼群，赶紧报丁教头，不能再往前去了。"谢天很肯定地说，谢地在他后面一个劲地点头。

熊达没有多想，篷布帘一掀，纵身跳出车外，往队伍前头一阵狂奔。到了前面，先把头车头马的嚼子一把拉住，让车戛然停住，同时不停地朝后面挥手，示意让车子都停下。等车辆都相继停下后，熊达这才对面露诧异的丁天说明自己发现狼尿气味的情况。

"这里有狼？"丁天看着熊达的脸，很不相信。

"有的，这里虽然不是山林草原，但是沿江会有滩狼。滩狼喜吃漂到江边的浮尸，也会捕食其他小兽子和江鱼江豚。"

"像你说的，滩狼吃浮尸捕小兽江鱼，可江中哪有那么多浮尸，也不用集群围捕吧，所以滩狼都是单个或零星几只一起，一般也不敢袭人。"丁天对滩狼的习性也有所了解。

"教头说得是，可我真的闻到浓重狼尿味，怎么会这样？"

"除非是人为驱赶聚集的狼群，或者人为设置的狼尿。而不管这两个情况中的哪一种，有狼还是没狼，人却一定是有的。"

丁天说这话时，石榴和谢天谢地两兄弟也都赶到了前面，听了丁天的话后,石榴立刻大声道:"那大家赶紧四处查看查看,看这周围是不是有什么人藏着。"石榴话音未落,反应快的人已经下意识地抬头搭手,往周围看去。

"不要看!我们可能正被人盯着。你们这一看,他们便认为我们已经发觉他们的存在。赶紧往后边传话,掉转马头往回走。"丁天果断发出指令。

听到指令后,立刻就有人跑着往后传话,让车辆掉头往回走。

袁不彀还在和舒九儿辩论,车队前面突然一阵轻微的骚乱,随即所有赶车人勒马放轮卡[①],将车停了下来。车子停得有些急,刚刚从车帮上收回脚的袁不彀没能蹲稳,一个趔趄冲到前面,扑倒在舒九儿的身上。

舒九儿当即用力推开压住自己的袁不彀,坐起时又被袁不彀摁住了帽带。稍稍用力一挣,书生帽掉下,发髻散开。发丝甩动中,绽开个百媚生的秀面儿。

舒九儿的长相很惊艳。黑亮的眼睛,小巧的鼻子,艳红的嘴唇,在一肩飘逸黑发的衬托下,整个白皙的脸玲珑剔透,如同美玉雕出来的。

袁不彀有那么一个瞬间看呆了。虽然他早就知道舒九儿是个女的,却没想到卸掉男装的掩饰后会如此美艳。

舒九儿坐起来后,羞怒难当,见袁不彀直眼盯着自己,不由得顺手就给袁不彀一记耳光。

"我……我不是故意的。"袁不彀抚着火辣辣的脸,觉得这一巴掌受得很是冤枉。

"你就是故意的!按照你平时显现的腿劲腰力,这样的状况你应该可以稳住的。"舒九儿果然是个不同一般的医官,她竟然能从一个人日常的举手投足判断出其肢体具备的力量。

"我应该能稳住?不是,是太突然了,我根本没注意到。"袁不彀说的也是真话,虽然有足够的腰腿力量,如果不懂运用,不懂如何贯多力为一气,

---

① 轮卡:马车的刹车。

要想瞬间反应并稳住突然被外力推动的身体，那还是极难做到的。

"你就是故意的，看你样子老实，其实也不老实。"

就在两人一个羞斥一个解释的时候，有人从前面一溜小跑着过来，边跑边紧张地对那些赶车的说："掉头，赶紧掉头，往回走。"

舒九儿和袁不毂同时止声，相互看一眼。

"怎么回事？前面好像出事了。"舒九儿小声说。

袁不毂没有作声，他竖着耳朵在听什么。突然间，他猛地又往前一扑，再次将舒九儿扑倒在车上。

舒九儿本来是要奋力将袁不毂推开的，但近处很清晰的一声惨叫让她停住了。惨叫是他们这辆车的车夫发出的，与惨叫一同发出的还有密集的"笃笃"声。"笃笃"声是箭头射入大车木板的声响，而袁不毂能及时躲开，是因为他提前听到了弓弦的崩弹声和箭支的划空声，这些声音对他来说太熟悉了。

密集的箭射之下，有人当场惨叫着中箭倒地，有马匹受惊后狂奔几步栽入路边沟壑里，还有车辆被狂马拉翻连人带物滚落一地。

第一轮箭支差不多全部落完的时候，没等舒九儿推，袁不毂已经蹦了起来。起来之后，他立刻将车子两边系绳解开，把后面拉的货物拉倒下来。车后那一堆箱子包裹的形状大小袁不毂是在瞬间看清楚的，并且在心里快速成为了各种不同功用的构件。倒下的过程中，他挥洒自如地推撞了其中几个，让它们稍微有一些位置变动。当所有箱子包裹落定后，很巧妙地在下方支撑起一个空穴，不仅没有砸到舒九儿和丰飞燕，还成为袁不毂和她俩避免箭支射中的封闭掩体。

快速做成的掩体可以遮挡下一轮的箭射，但是袁不毂却没有找武器还击，也没有替代车夫赶车逃走。他惧怕见到被射杀车夫留下的血迹，更畏惧亲手拿起武器来杀人，这也是他在造器处试弓时，最后射中目标的一箭始终射不准的原因。

遭遇赶尽杀绝的绞圈

"十八神射还射，封住北边高坡芦丛。其他人下车后退，躲到百步外的崖石背后去。"丁天很镇定，他边喊边用手中尖头短铁棒拨打持续射来的箭支。这种状况在他预料之中，当初赵仲珥交给他任务时，他就觉得坠尾的高手或许会对自己这队幌子进行辨别，而前面拦截的却不会有丝毫踌躇。

十八神射虽然不是真正的神射，但他们毕竟都是择训院多层筛选挑出来的，在弓射营里也训练了好几个月，反应能力要远远好过一般的军营弓射手。刚刚发觉被袭，他们就立刻各自找到合适位置躲藏。而丁天一发令，他们马上就从各个位置探出，朝高坡芦丛开弓回射。

虽然完全看不见芦丛里的目标，虽然还击在整体布局上显得凌乱，但每个人的弓射力道和准确性都还不错，芦丛中第二轮射出的箭支比第一轮稀落了许多。

回射的结果让十八神射有了更多信心，所以他们加快了回射的节奏。在十八神射的快速反击下，对方的攻击更加弱了。开始还坚持射出些稀稀落落的箭支，到后面便出现了时间较长的停顿状态。

丁天勒马打个旋儿，躲到一辆装满用需物品的大车后面，皱着眉狐疑起来："奇怪，开始那轮箭射如此密集，怎么可能被十来个人把势头打压下去？刚才我拨打箭支时分明觉出对方力道强劲，是一群受过极好训练的射手。还有狼尿布圈骇辕马的招数，单是采集狼尿就非常花费工夫，一般人可不会采用。"

"丁教头，他们好像退走了。要不我们冲到坡上去，看下到底什么情况。"熊达这是猎户的习惯，打中猎物后总想赶去看看收获如何。

"看下情况？"丁天黑了脸。若是前去查看，会在北面高坡和车队之间的空旷地上被人一举扑杀。

"不能往前！退，边退边间续着射几箭，让对方认为我们还在这里。"丁天低声吩咐道。

掀山盖带符提辖和车夫哪儿顾得这些，箭阵之时就已经在往后面崖石的方向逃命了。他们大多都是临时拉凑过来的工部匠人，以前哪见过这种阵仗，一出现攻击马上想都不想就下意识地往回逃，没一个还顾得上马车和别人的。但开始逃时是箭雨最密的阶段，一下就死伤了好几个。其他人见一时逃不了，就找隐蔽的地方先藏着不动，或者直接趴在地上，尽量减小被射中的可能。当高坡芦丛中射出的箭渐渐少了，他们便立刻抓紧机会爬起身继续往后奔逃而去。

丁天是个好教头，有一身出神入化的技击本领，也懂许多江湖上的招法伎俩，但他并未经历过沙场征战，对于兵家战法知之甚少。对方刚才密集的箭射只一会儿就暂缓下来，那说明对方已经改换攻击方式。新的攻击方式肯定是针对实际情况调整的，实际情况包括丁天他们的马匹对狼尿没有反应并进入对方预警范围，包括对方误以为丁天他们早就发现他们的存在，包括丁天这些人一旦遭遇攻击肯定会往后面逃命，而他们逃走了的话就会将某些信息带走并传递出去。所以新的攻击方式是将他们赶尽杀绝。

暂缓攻击后，芦苇里的人抽调了部分人手迂回到丁天他们的背后。这样就能将企图逃走的一举扑杀，同时还能将未来得及逃走的全都包围其中。

丁天发现情况不对，是在他自己也准备往后逃走的时候。转身之际，他看到那些快跑到拐弯崖石的人一个个都倒下了，是那种草捆子般的不带生命迹象的摔倒。丁天知道，这种摔倒只有直击要害后瞬间死亡才会出现。

往后面逃的路断了，那里已经有了埋伏。

"退回不去了，往前冲！"丁天当机立断。

退回去，会有埋伏等着。守住原地更不是办法，箭支早晚会用完，然后别人步步逼近，直到自己的人全被夺取性命。眼下只有往前冲这一条路可以试试，至少不会落入另外两种必死的局面。

"拉两辆装东西的马车过来，把车并排系好，车上的东西堆到两边。"石榴说话间已经拉过来一辆马车，死鱼马上也拉来了第二辆。

两辆马车并排，用绳子把车系在一块，东西堆在车子外侧。剩下的人都上了车，包括丁天。谢天谢地兄弟俩拿十八神射配备的快射小弩同时往两辆车的辕马屁股上射一箭，两匹马惊痛之下朝前撒蹄狂奔。

不从自己走过的道路脱逃，反朝着完全不清楚状况的前路冲进，这一做法让芦苇里的人始料不及。有大队的人出现在这偏僻的地方对于他们来说已经非常意外，出现的车马不惧狼尿进入警戒范围更是意外。最让他们想不到的是，这些人竟然具备很强的反击能力，而且审时度势之后竟然会选择继续往前冲进。于是高坡上的弓箭手一起朝两辆马车的辕马集中射来箭支，但这辕马一旦狂奔起来了再想要射中就没那么容易了。

马车一路狂奔着冲了过去，对手却绝不允许这种情况的发生。他们此时一下有了比将所有人赶尽杀绝更重要的任务，就是阻止马车往前去。他们最初设置狼尿圈以及其他准备就是要吓住别人，不让往前面去，那样会发现并影响到他们正在做的秘密事情。现在事态比他们想象的要难以控制，对方竟然突破警戒圈和绞杀圈朝着正在发掘秘密的地方直冲而去。

所以不管是原来埋伏在高坡芦丛里的，还是迂回到崖石退路那里的，全都不顾一切地跳身起来，朝着两辆马车急追过去，持续用密集的箭射阻止马车往前。到这个时候已经可以看出，拦截、袭击捉奇司车队的是黑衣弓箭手。

众人奔向前头后，方才惨烈的杀场只留下一地尸体、几辆马车和一路散落的箱子、包裹。周围变得异常的寂静，偶尔有一声鸟的怪叫，就像在给那些死去的人们鸣不平。

可能是所有的注意力都集中在往前冲去的两辆马车上了，也可能觉得在那种情况下绝不会还有人在原地不动的，仍在车上的人算是暂时躲过了杀劫，只是并未远离危险，需要赶紧抓住机会逃。

袁不觳等了一会儿，觉得外面没有动静了，这才慢慢推开两只箱子，探出身体察看周围情况。舒九儿乱手乱脚地摸索着把绑扎丰飞燕的布条都解开了，再拿出一只小瓷瓶拔掉塞子在丰飞燕的鼻子下晃了两下。

"怎么回事？东西倒了？好在没砸到我，这要破了相，你们担待得了吗？"丰飞燕很快醒了过来，爬起身来就是一连串的问题。她尖脆的嗓子、利索的嘴皮让别人根本来不及接上话头。说话的同时，她顺手一推，虚搭而成的掩体登时塌了，箱子包裹全滚落在大车两边。

丰飞燕的反应谁都没有想到，滚落的箱子发出一阵大响，可把袁不觳和舒九儿都吓得魂飞魄散。两人蹲在车上，就像裸体的人突然暴露在大众眼前，只能不知所措地蜷缩自己的身体。

周围依旧一片寂静，鸟的怪叫声忽然也没了。除了拉车的马偶尔打个喷鼻，好像再没有什么活着的东西。

袁不觳缓缓站起身来，抬头往车前车后看了看。在逐渐西斜的阳光下，眼中的情景有些恍惚。掀翻的车子，散落的物品，横七竖八的尸体。好在那些尸体都离得很远，看不到血迹。不过血腥味还是随风隐隐飘来，他只能用手捂住口鼻。

"怎么会这样？遇劫道的了？官家人让蟊贼给劫了，还死这么多人，真是没用。"丰飞燕边说边跳下了车子，很难想象如此大大咧咧的女子竟然是个绣丞，这性格与她需要耐心和细致的手艺真的不搭。

"快去看看，还有没有活的。"舒九儿推了袁不觳一把，但她自己却抢先跳下车去。这是出于医者的本能，首先想到的是救命。

袁不觳虽然被推了一把，却没有挪地方，依旧呆呆地站在车上。这也难怪，患有畏血症的人面对如此一个到处尸体的杀场，心中的惧意肯定是难免的。更何况袁不彀长这么大真没见过这么多的死人。

"下来呀,你站车上当自己是菩萨,给他们超度呢?"丰飞燕回头见袁不彀还站在车上,尖喝一声,但随即又转头低声嘀咕一句,"这个没用的男人怎么在我们车上的?还和我一块儿压在箱子下面。"

"啊……啊……下去……下……哎呀……啊……"袁不彀像是被丰飞燕给喝醒了,抬脚下车,但是脚尖被车帮绊一下,差点就直接摔下来。亏得手脚还算灵活,跳下车后连续趔趄,总算是把跌势缓减下来,最终在一团草窝前站稳脚步。

他才站稳脚步,便又用被火烫到般的速度往一旁蹿开。就在那草窝里有一具被三支箭穿透胸腹的尸体,尸身上伤口的血虽然不多,却足够让袁不彀感到晕眩。他用自己常年在山林中锻炼出来的腰力脚力,以及在择训院训练出的反应和身手快速躲闪开,只是这躲闪慌乱了些、盲目了些,贯注了全部力道的身形重重撞在旁边一辆侧翻的大车上,连带车上落下的一堆物品一起撞倒。

侧立着的车子和物品轰然倒地,扬起一团灰土。灰土中蓦然冲出一个身影,手持武器一阵乱舞:"不要过来,都不要过来!我有五丁五甲护身,会唤仙家魔道杀人。都离我远一点,不要伤我!伤了我你们也会有报应的!"

那人一阵胡言乱语的威胁恐吓,到最后,话却是越说气势越弱,跟求饶并无太大分别。

袁不彀听声音熟悉,定睛看去果真是老弦子。老弦子眼睛闭着,也不看别人,手里抓一把刀身只铜钱大小的桃形刮刀乱舞。这刮刀是修弓时刮剔弓背、割磨弓弦用的,拿来切块熟肉都费劲,更不要说杀人保命了。

"弦子师傅,是我!是我呀!你快把刀放下。"

老弦子听罢,顿了顿,缓缓睁开了眼睛:"啊呀呀!真是你呀!你没死?没死好,没死好,快扶我一把,我这腿软得有些站不住了。"

"我扶你我扶你，可你得先停下，别再舞那刮刀了。"

老弦子扔掉了手中的刮刀，但手臂却没有停住挥舞。直到搭住袁不彀的手臂，他才停了动作。也就在他搭住袁不彀的刹那，软晃的双腿稳住了，腰背挺直了，眼睛也聚光了。

"你们在干吗？你们这是要干吗？"恢复状态后的老弦子第一句话竟然是声色俱厉的质问。

"我们去查看一下还有没有人活着。"舒九儿淡淡地回一句。

"不可能，刚才那箭雨的劲道和准头，只要不是躲在箭支走线的范围之外，没一个人可以逃脱性命。"

"那可说不定，一支箭可以要人命，但有时候十支箭也不见得杀得了一个人。只要还留得一口气在，我就有可能把人给救回来。"舒九儿语气依旧淡淡的，说话的同时她已经转身朝着那些尸体走去。

"救回命又能怎样？你能把人带走？还不是让他躺在这里等死，或者等那些贼匪回来再补一刀。"

老弦子的话让人很有触动，丰飞燕转回身来，袁不彀微微点头。舒九儿依旧无动于衷，继续朝着那些尸体迈步过去。

"这样不仅救不回命来，还得搭进自己的命。现在贼匪都去追杀逃走的神射了，不是求财而是要命，我们可能误入别人做要紧事情的地方了。但是不管求财还是要命，那些强匪最终都会赶回来。这里的污糟摊子肯定要收拾干净才行。所以我们应该尽快逃离这儿，稍微耽搁一下说不定就走不了了。"

第五章 自入险瓮

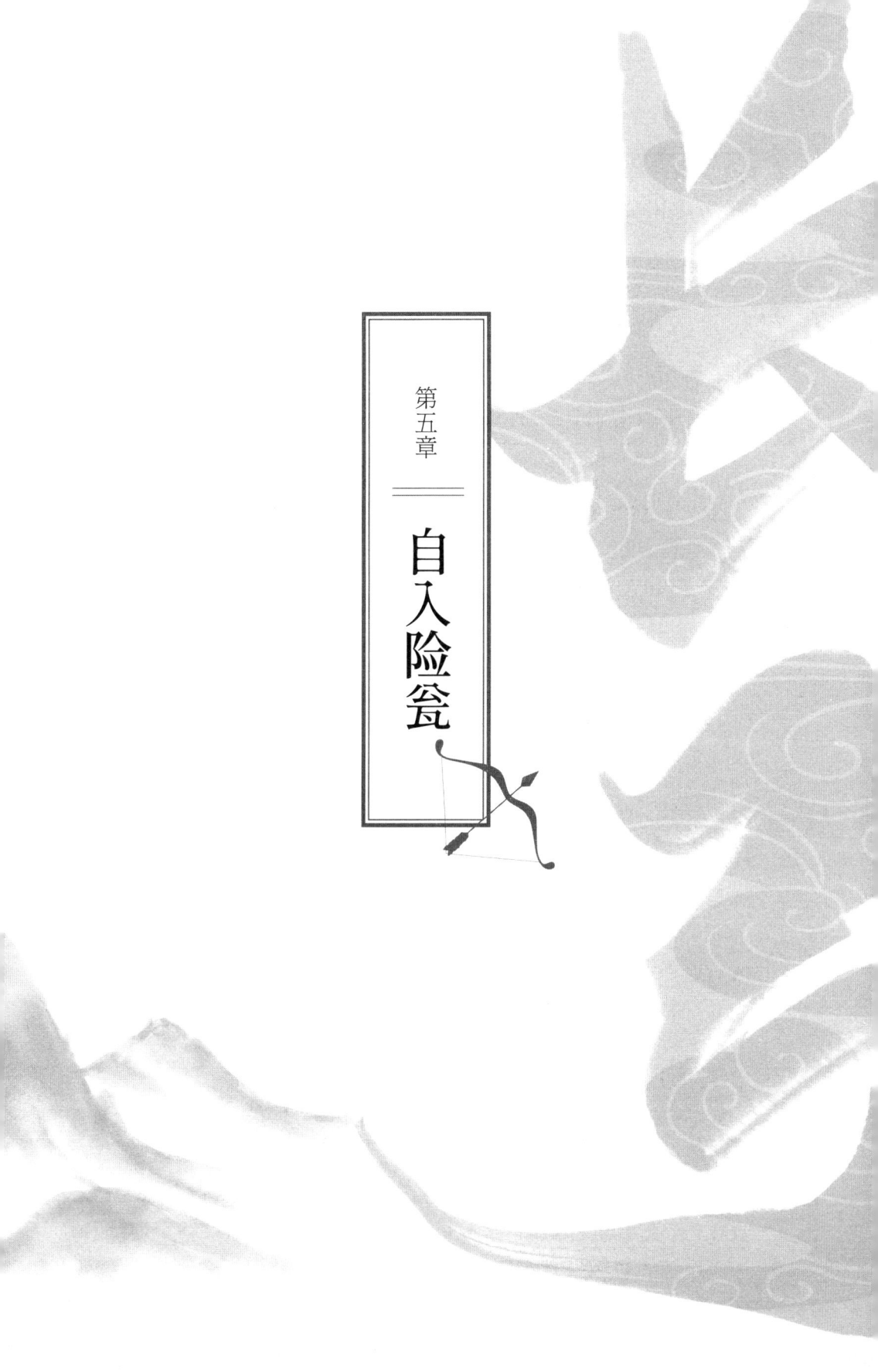

逃命逃进水圈地

老弦子的话首先是把自己吓着了。他刚开始还没意识到这一点，等话说顺了、道理理清了，立刻反应出来处境危险的是他自己。于是再不管许多，断然甩开袁不觳扶他的手，捡起丢掉的小刮刀，在散落的物品里翻找了一下，找到自己的随身包袱背起来就走。

走出几步后，老弦子见袁不觳没动，扭头叫他一声："赶紧，带些需用的东西一起走。"

"什么需用的？"

"关键时能保命的。"老弦子说完四处看看，然后选定西南方向而去。

往北边，有大江阻挡。沿江往西，可能会遇到前面的强匪。往东去，强匪们其他的事情了结后，会回头往来路搜索。他们的速度肯定会被强匪追上。往南是最常规的想法，强匪也能预料到，他们如果朝这个方向追赶，一样是逃不掉的。这样算下来，往西南和东南应该是最合适的。西南方向是继续往前去的大趋势，会出乎强匪预料。一眼之间便确定走西南方向，看来老弦子的思路极为清晰，或是他曾经的江湖经验让他原本就知道该往哪里走。

世事变化太快，袁不觳原先还为这趟暗活儿不能出彩而不忿，没想到转眼间就变成需要千方百计才能活下来。他拉了圈绳子背在身上，再往怀里揣了两块饼子，装水的葫芦就在脚边，思想这附近应当不缺水，他踢了一下并没拿。

就在袁不觳简单收拾完两样东西后，远处传来了尖厉的木哨声。那不是一般的木哨，而是至少可以吹出五种音的木哨。几处木哨声传来，不同哨音此起彼伏，似乎是在相互应答。以哨音为暗语，江湖上并不多见，官家兵家更是少有。

不管这相互应答的哨音是不是针对捉奇司车队的，只要对方还在行动就可能回到这里。回到这里就会发现有人没有死，接下来必定会再次搜索灭杀。

舒九儿善良执着，但她不傻，一听到此起彼伏的木哨声后，立刻转身去自己车上拿了随身的医箱跟在老弦子的背后，反倒把还在犹豫的丰飞燕落在了最后。

好在丰飞燕要带的东西最少最轻，就一个小布袋，袁不觳又故意放缓脚步等她，所以这四个人变成老弦子走在最前面，舒九儿跟在他后面七八步远，而袁不觳和丰飞燕又落后舒九儿十来步。

袁不觳他们四个人走出百十步后掩身在一片蒿草中不见了。就在此时，可怕的事情发生了。杀死一个人是可怕的事情，比杀死一个人更可怕的事情是被杀死的人又活了过来。

留在原地的那片尸体中有一个突然稍稍动了两下。过了一会儿，那尸体弓起身体、手脚并用，就像一只四肢略有缺陷的野狗一样连扑带爬地钻进了旁边的蒿草丛。

随后，那蒿草丛谨慎地划开一道线，这道线方向坚定地朝向西南，跟在袁不觳他们背后。

木哨声低矮了，也变少了，应该是有些相互联络的群体已经见到了、聚拢了。这也说明他们离相约集结的地点已经很近，而且很大可能集结的地点就是拦截捉奇司车队的杀场。

就在这个时候，又一件更可怕的事情发生了。这世上比一个被杀死的人活过来更加可怕的事情是两个被杀死的人活了过来。

这次活过来的是一具车夫的尸体，就在最后面的车辆旁边。这个位置离前面阻击的箭雨以及后面迂回灭杀的弓射都有很大距离，是这前后两轮绞圈之间的一个空当。这个活过来的尸体选择这个安全的地方"死去"，说明他对截杀方式以及环境位置很是熟悉。而他到现在这个时候才活过来，则说明他比老弦子他们以及之前活过来的那具尸体更加镇定。

这个车夫着实不简单，他一直与辕马一道，那么辕马对浓重的狼尿味没有一点反应会不会和他有着什么关系？

这具尸体动了，幅度是最小的，只滚动两下翻入路边的草沟就失去踪影。

那些聚拢回来的强匪很快就会发现此地的异常痕迹，会发现有人没死逃走了，发现有尸体复活逃走了。但这个刚刚活过来的尸体却可以保证这些痕迹不包括他的。然后强匪们肯定会追踪而去，赶尽杀绝才罢休。这正是他所希望的，偷偷坠在这些强匪后边才是他认为最妥当最有收获的行动方式。

复活的尸体刚刚藏好，几股人便从多个方向快速集结到捉奇司车队被灭杀的现场。出现的这些人衣着颜色杂乱，统一挂了杂七杂八的零碎，还统一装饰了树枝杂草兽皮羽毛。这样的装束怪异且难看，但绝对便于隐蔽。一个人穿了，动起来就像融入周围环境的一个影子，而一群人穿了，动起来了就像一块移动的地皮。

这些人的脸色也同样杂乱，有人把脸整个抹黑，有人抹一半黑，有人整个抹蓝，有人抹一半蓝，还有人又黑又蓝，有人又黑又蓝又红……总之各种颜色、各种搭配，看着就像一群地狱中钻出的魔鬼。但不管什么颜色，目的和衣服一样，都是为了便于隐蔽。隐蔽他们的头领，让对手无法找到最重要的针对性目标。

这些人聚到一起后只草草检查了下现场，然后什么东西都没动，马上朝袁不觳他们逃走的方向追过去。从他们的做法、反应以及对现场的好奇度可以看出，他们不是刚才攻击捉奇司车队的那一伙人。

这不明来路的一拨人出现，至少意味了两点。一是丁天和十八神射还未被赶尽杀绝，那些追赶他们的黑衣弓箭手还没能腾出手来料理这边的现场。二是此地的局面变得错综复杂了，真正会影响那些黑衣人办秘密事情的一方已经赶到。

袁不觳根本没有想到自己这几个人正招引着一个野狗般在蒿草丛中钻行的死尸，还招引了一大群恶人。他只是想着，如果前面路途顺畅，那还算吉人天相。

和吉人搭不上边的老弦子差点急成个死人。他选择往西南方向逃走，没想到最终把大家带上了一条死路，而且是袋子口状的死路。

往西南方向逃命看似没错，当过了前面土坡钻出密匝的蒿草丛后却发现，大江在这里拐了个弯。前面是大片布满碎石的江滩，只零星长了几处芦苇。一座不算小的山体突兀地立在江边，远看形状不是很规则，但浑然一体，没有断裂也没有挂连，就像一头背向这边卧伏江边的巨大石牛，只是看不到牛头和四肢。

以江岸为参照，可以看出那山应该一半在岸上一半在水里。山上植被并不丰富，很多地方都直接裸露出褐红色的山石。山上紫黑色的细竹倒长得不少，沾点土的石缝就有得往外冒。这样一来，那山就又有几分像长满刺的怪兽，江风刮过，隐隐有怪声传来。不知是那些竹子造成，还是山上其他什么石缝石窍造成的。

"这路不对！"袁不觳从蒿草丛中钻出后一眼就发现了问题，"江流绕石转个弯，独伸东南围一滩。这是水圈地，死路。"

"那我们赶紧往回走！"舒九儿急了。

"是走错了，但回头也来不及了。水圈地，江水上游泥沙因江中山体阻挡，逐渐在山与江岸间的狭窄水道积聚成滩地。这里整个呈大滩小口形状，前面是大滩，后面是小口。回头的话，后面小口恐怕已经被那帮贼匪杀才给堵住了。"老弦子也意识到自己带错了路，自以为聪明的选择，结果聪明反被聪明误。

"那怎么办？要不还是找个地方躲一躲吧。我可不想落在那些贼匪手里。"

丰飞燕的神情比谁都急。

"可是往哪里躲？这周围好像没有适合藏身的对方。"袁不彀又四处看了下。

老弦子只盯着脚边看了两眼，便坚定地指着前面说道："躲到那个坟里去！"

"咦！躲到坟里？这话说得怪吓人的，再说这哪里有坟？"丰飞燕快人快语直接问老弦子。

"那座山就是坟，猰貐坟。"

"你怎么知道那叫猰貐坟？"丰飞燕又问。

"喏喏喏，你看看，这脚边不是有块石碑刻着猰貐坟吗？"老弦子被一句句逼问烦了，赶紧指着脚边说道。

大家顺着老弦子所指，真就看见沙土里插着一块矮小粗糙的老石碑。

"这碑也太小了吧，怎么都没法和那大坟匹配呀。再说人家墓碑都在坟前的，哪有离着整里地立个墓碑的。你这人说话怎么像藏掖着些什么的？"丰飞燕的发问不仅不屈不挠，而且个个都问在点子上。

"可能是立碑时这片江滩还是水面，只能立在岸边。后来慢慢积聚沙石才成滩地的。"

"传说中后羿射猰貐，猰貐死尸落洪水中。你觉得那座石山里头像是埋着怪兽猰貐的尸体吗？抑或……"

"姑奶奶，我就一个修器物的，你问的这些我怎么知道。"这一回老弦子不等丰飞燕问完，就打断了她，之后再不说话，只管往前面走去。

袁不彀在旁边一句话都没说，他是在暗自惊异。传说猰貐原为天神，被危谋杀后死而复生化作牛身马蹄人面的怪兽，也有一说是马蹄豚首。身长乌金刺，刀枪杀不死。兴风作浪于弱水，后被后羿除掉。这是后羿技成出道后杀死的第一个怪兽，而且是斗得最为艰苦才最终除掉的一只怪兽。但是这怪兽死后真的埋葬在这座石山里吗？还是真像老弦子说的，死后化作一座石山。别说，这石山形状倒也真有些卧牛的样子，另外山上那些紫黑色的竹子也有些像乌金刺。

"也可能这石碑只是块路牌，是指那座石山叫獥貐坟，或者这整块地界叫獥貐坟。"袁不彀终于开口，说了句自己的想法。

"管他是坟碑还是路牌，我们赶紧躲过去，后面好像有人追来了。"舒九儿听到后面蒿草荡里有异常响动。

"对，先过去找地方躲起来。有命就是路牌，没命的话不是坟也是坟了。老头，我说得对不对？"丰飞燕好像是和老弦子杠上了一样。

老弦子不和她搭话，只管走自己的。

袁不彀走几步后又往四周看看，然后低声嘀咕道："奇怪，十八神射的两辆车跑到哪里去了？大江在此处拐弯，沿江道路也是转向西南方向的，他们最终也该跑到这一片才对。"

"或许没到这里就连车带人全数给灭了。"老弦子听到了袁不彀的低声嘀咕，随口回答了一个很残忍的结果，而这很大可能就是事实。

袁不彀他们的速度不够快，毕竟有两个女人和一个老人在。所以还没等他们躲进獥貐坟，后面的追兵就已经从蒿草丛里冒了出来。这股追兵颜色杂乱，行动迅速，就像蒿草中湍急流过的浑水，流过之后在沙石滩上快速蔓延开来。

"快追，他们要进暗盒子了。"有人用江湖暗语在喊。所谓的暗盒子一般是秘密场所或正在进行秘密事情的场所。

"分两队截住东西侧，就算他们从暗盒子捞了点什么，也不要让他们遁了风[①]。"又有人在喊。

---

① 遁了风：指逃走无踪影的意思。

逃命的是袁不觳他们四个，但不知道为什么，后面追杀的那些人似乎比他们更加焦急紧张。似乎是怕袁不觳这四个人抢在他们之前得到些什么。

袁不觳他们跑出的距离已经听不清后面人说的话，但是听得到声音，看得见人，所以加快速度更加拼命往前跑。前面的獶貁坟已经是他们唯一的生路，要想活命只能寄希望在那里找到一处可以躲过追杀的地方。

一边是害怕他们抢先到达獶貁坟得到什么东西而全力追赶阻止，一边是认为前面的獶貁坟是他们唯一的活路而拼命往前奔逃，目的不同，努力的方向却完全相同，而误会对方意图下的共同努力往往会出现意外结果。

听故事得来的玄机

金国南察都院是一个针对南宋设置的机构，掌管这个机构的最高官员是一个汉人，叫严素允。这个严素允祖辈、父辈都是贩卖药材的富商，与北方女真、契丹各部族有着很深厚的交往，与渤海几大族也关系密切。渤海李氏大族出面保媒，让金世宗招严素允为六驸马。这李氏大族有如此面子是因为金世宗的母亲李洪愿就是李氏大族的人，李氏相当于金世宗的外祖。

金世宗完颜雍是个智勇兼备的皇帝，从海陵王完颜亮手中夺取皇位后采取防守南宋平定契丹策略。等契丹乱势平息之后，再专心对付南宋，击退隆兴北伐。之后虽然与南宋定下和议，心中却时刻提防着南宋。时不时地会唆使所辖一些小部族对南宋进行小范围的侵扰，提醒南宋不要轻举妄动的同时，也鼓动着自己所辖部族的杀心和野性。

但不管过去还是现在，发生的所有事情都注定了南宋和金国之间，和议只是暂时的，血拼却是早晚的。所以金国一直想要掌握南宋暗地里在做什么，以防被南宋打个措手不及。要了解并掌握南宋，就需要使用对他们更为了解的汉人。设置南察都院之时，金世宗权衡后挑中了六驸马严素允，任都院留守使兼淮西道巡监。

严素允是商人的后代，而且是药商的后代，极其懂得把控斤两，更懂抓准疗效。但他知道自己被派驻于南察都院，最重要的事情不是把控斤两和抓准疗效，而是要找药引子。一服药不管是用在金国还是南宋，要是没了药引子那就是一碗苦水汤而已。而要是能把这药引子捏住了、用好了，那这碗药是良药还是毒药，是喂给金国还是喂给南宋，都是可以凭人力调整的。

金国南察都院是个公开的衙门，做的事情却是明暗都有。严素允上任后第一件事就是悬赏招募讲故事的人，故事必须是和南宋有关的，而且要那种怪异的、很少有人知道的故事。故事不分新旧，但如果是新近发生的故事，获得奖赏的数额会比旧故事高出很多。

严素允最近听了两个非常有意思的故事。

第一个故事是有那么几十个人跑到大名府附近的荒郊野外找寻什么。这些人的样子都像结队同行的商帮，逗留期间也和附近人做了几笔小买卖，但是每笔买卖都是吃亏的，好像并不了解价格行情。更有意思的是，他们中间有人偶然流露的口音是江南的，也就是说是南宋的人。就因为确定其中有南宋的人，这个故事值了大钱。

第二个故事发生在南宋境内，临近均右县的雉尾滩有人截杀难民。一百多难民，老老小小没留一个活口，全部被弓箭射杀。后来均右县县衙收殓时，未将其中十八具尸体掩埋，而是运送到了均州府。这是个奇怪的故事，现今虽然贼寇盗匪猖獗，但他们还不至于对逃难的难民下手。均右县更是奇怪，怎么会单单留下十八具尸体？

严素允还发现，这两个故事发生的时间相距很近，这其中会不会有着某种联系？于是，他马上派人去了大名府附近的玉盘坨，在那里果然发现挖掘痕迹，而且是两种挖掘痕迹。一种是挖开并回填的痕迹，这说明人家已经找到重要的东西，想不露痕迹悄然带着所获离开，且希望后续无人知道。另一种是很无序的挖掘，而且未将痕迹再加掩盖，这应该是前来确认第一拨人挖掘结果的，或者是想从第一拨人可能存在的疏忽中再寻到点有价值的东西。两种痕迹不仅说明南察都院发现这件事情太晚，而且连补救的机会都让别人抢了先。

大名府玉盘坨现在是在金国境内，他们在此到底拿到了什么东西？如果只是值钱的宝物也就算了，但如果是对金国不利的什么东西却是绝不能放过的。

此时再要想做些补救就只能派人按这些人离开的痕迹沿路追踪了，当追查到黄河边的契祥镇时彻底失去了踪迹。负责追踪的金国高手阿速合想到第二个故事里在均右县被截杀的难民，如果他们是从金国过黄河逃往南宋的，去均右县最近的两个渡口是陶窑渡和桐阳渡。契祥镇的位置差不多就在这两个渡口中间。

从桐阳渡走，都是平坦道路，好走但目标也太明显。从玉盘坨过来的人如果装作难民或者混入难民之中，他们肯定不会走桐阳渡，而会走陶窑渡。因为契祥镇往陶窑渡的道路有山有沟有林，沿途不易被发现，也容易掩去走过的痕迹。所以阿速合也不细查了，直接带人从陶窑渡过了黄河，直奔均右县。

到了均右县之后，他从雉尾滩截杀现场的各种遗留痕迹中看出，那是两股弓射本领极强的箭手进行的对抗。但即便都是极强的，其中一股却是轻易就被全歼了。这说明另外一股的弓射本领不仅要高明许多，而且有着不可思议的攻击布局。阿速合自己也是极厉害的弓射高手，在看了现场状况后估算了下，确定要是自己陷入当时的绞圈也同样没有逃脱可能。

他花了些钱，从县衙打杂的人那里打听出，被截杀的是大宋捉奇司的天狼十八神射。这十八神射正常官家兵将或许知道得不多，但金国南察都院的人却知道，否则他们这个情报机构也就白瞎了。以十八神射的本领，从金国一路逃奔到南宋，他们可能真的拿到了什么重要的东西。

会是什么东西呢？这东西现在又在哪里？阿速合首先想到的是东西已经被截杀的弓射高手们搜走。但是再想想，此处被杀的是十八神射，那么挖掘玉盘坨的应该还有掀山盖的带符提辖。那些带符提辖又去哪里了？东西会不会让他们带走了？

按常理说应该不会，十八神射不仅行动快，一路上如果遇到阻碍也能快速解决，东西由他们带着是最合适的。但也不排除非常理的情况，截杀的人离开得很快，要么是拿到了东西，要么就是发现东西不在十八神射身上，转而再去追踪带符提辖了。

阿速合最终还是更相信符合常理的判断，十八神射如果没有带东西走，他们干吗要混入难民往南宋境内奔逃？而带符提辖在挖出东西之后其实就不再有什么实际作用了，最多就是作为诱饵吸引别人注意。所以这些带符提辖应该是走的桐阳渡那条路，甚至很大可能根本就不曾从桐阳渡过河。

如果十八神射身上没有找到东西，带符提辖又是诱饵，那么东西会在哪里？阿速合脑筋一转，立刻想到了那些被就地掩埋的难民。于是在阿速合的操控下，均右县出现了鬼拉人事件。

阿速合操控鬼拉人的同时，将事情前后都急报给了严素允。严素允拿到急报后细看了三遍，眉头紧皱、满面疑色，心中反复自问："截杀十八神射的是些什么人？他们如何提前掌握十八神射的行踪？从事情前后的各种细节看，这些人不仅了解南宋还了解金国。他们的截杀是早有预谋，选择做绞圈的地方是大宋境内无宋兵驻扎之处。"

一番思索分析之后，严素允圈定了两个名称"蒙古、契丹"。

蒙古部族现在正日益壮大，盘踞于金国西北部，如狼候食，时刻都有蹿出扑咬的可能。契丹族原来是金国境内最为彪悍善战的一个部族，多次动乱都被金国大军镇压，族人也都分散到其他部族中了，但不排除还有小股的群体在暗中行事，力图推翻金国政权，获取部族的自主权力。

就在脑子里锁定蒙古和契丹后，严素允传令，让南察都院部署的所有隼巢展开行动。

隼巢是南察都院属下的秘密组织，关键时刻才会启用。各种伪装的隼巢遍布大宋与金国交界的重要州县，隼巢中的人则渗透到大宋的各个阶层。运用好这个组织，就连大宋三关指挥使夜里撒了几泡尿都能了解得清清楚楚。

严素允已经算定了，阿速合在均右县的做法不会有结果。那是捉奇司蓄谋已久要获取的重要东西，这样的东西即便是携带者死了，临死之前都是会采取最为妥善的途径传递回去。如今最好的方法不是查找那东西，而是盯住南宋边关的各大重要枢纽。如此重要的东西入宋之后必定要由地方最高官员用最高等级保护送去临安。只要知道了东西的所在，再高等级的保护也是有办法攻破夺取的。

严素允了解大宋官家兵家办事程序，对现象的分析也极具洞察力，但他终究疏忽了一点，捉奇司的东西一般不会让地方官衙和军营押送，更多时候是会自己派人来取的。

严素允的疏忽并不意味着别人也会疏忽，特别是一些比严素允更加了解南宋各个机构的人。所以莫鼎力从行动开始就被一些人锁定，直到他乔装逃出均州府，躲进均右县的密目孔子。

南察都院的隼巢启动后，大宋边关发生的事情几乎没有逃过他们耳目的。均州府里那样的大乱，那些黑衣蒙面人逃过了芦威奇的搜索，却不一定逃得过隼巢的追踪。

莫鼎力躲进均右县密目孔子后，想通过密目孔子坠上黑衣蒙面人，可惜黑衣人并没有想象中那么好盯。不管隼巢还是捉奇司的密目孔子，最后都掉了面子、走了眼，没能在均州周边再发现他们。

最终反倒是捉奇司设在江北沽酒埠的一个暗点发现了黑衣人的踪迹。那些人没有乔装打扮，依旧是着黑衣行动，只不过全是昼伏夜出。他们不走官道大路也不走山野小道，更不走舟筏水道，而走了一种常人不知的运兵道。这种道路是为了秘密而快速运转兵力而设，大部分路段路口都是有掩盖的，有的路口甚至直接建房盖庙堵住，房门庙门便是路口，必须开锁吊闸才能打开。

莫鼎力当然知道运兵道，当他得到黑衣人已出现在长江边的信息后，立刻就想到了运兵道。于是，他除了加快速度追赶那些黑衣人，还马上给均州府尹芦威奇发了一份密信，让他协助查证一件事情。

莫鼎力盯上了那些黑衣人，却绝不会犯险采取任何行动。丁天带了捉奇司东拼西凑的一队人来给莫鼎力调用，怎么用莫鼎力却是有着自己想法的。具体点说，就是要"明烛招暗鬼"。明烛，就是捉奇司这支队伍，招摇地过州过县。他要让那些黑衣人知道，他们的后面跟上了官家的人。当黑衣人搞清楚跟上自己的是捉奇司的人后，肯定会采取必要的手段，比如设伏截杀。而为了尽量不打草惊蛇把附近州府官兵招引来，设伏截杀的地点不会太前，以在他们最终目标的附近为妥。这样，麻烦解决的同时也能继续快速地寻查秘密。即便最终惊动了官府，他们也已经办完事情，撤走了。

黑衣人的这一做法正合了莫鼎力的心意，他可以躲在一旁等截杀结束，然后尾随黑衣人，不费力气地找到他们的秘场子。照目前情形判断，那地方凭自己掌握的线索是无法寻到的。

因为这样的目的，莫鼎力始终未曾露面。但作为一个指挥者和跟踪者，他都不应该离捉奇司队伍和黑衣人太远，这样才能及时按自己心意控制并调动人手。于是，在捉奇司车队经过廉江县时，他留暗信要丁天他们再增加几车的需用品，然后他就顺理成章地成了临时增加的一个车夫。为了能够尽量接近黑衣人要找的秘场子，他暗中给捉奇司的拉车马匹都下了麻药，这样那些马就闻不出包括狼尿在内的所有凶兽味道。

冒险下江逃避恶人追赶

袁不觳他们几个跌跌撞撞地跑到了猰貐坟那里，却发现这座石山不仅找不到可以藏身的地方，就连往山上攀爬的路径都没有。石山的下部遭受江水日久天长的冲击，已经呈内凹的形态，几乎不可能爬上去。

抬头看看头顶的崖壁，再回头看看快速逼近的追兵，袁不觳果断地做出决定："去江边，看那边有没有路。"

大江上肯定没有好走的路，而这个地方、这种状况也基本不可能有船。袁不觳绕到江边，是奢望在石山的另一面找到一条上山的路。

当他们绕过石山的西侧到达江边后，却发现这边非但没有可上山的路，连石山朝江的另一面山脚也看不到。另一面的山形和朝岸的一面完全不同，很不规整。山体东西两头往江中蜿蜒伸出，在朝江的一面抱出个水湾。此刻，他们走到的地方除了可以看到滔滔江浪在水湾中涌进涌出，就是眺望对岸了。

不过，让所有人都意想不到的是，在这绝不可能有船的江边上竟然停着两条小船。

"快！上船。"老弦子急赶几步，把两条小船的缆绳解开。

"怎么要两条，我们几个人分开坐？"丰飞燕讶异地问。

"你不会想着留下一条船给背后追杀我们的人吧？"老弦子说话间，已经将手中的一条缆绳给放掉了。那条小船随水而动，在岸边浅水上一阵摇摆颠簸，随即顺畅地滑入主流道中，冲高趋低，很快消失在滚滚江流里。

袁不毂看着那只消失的小船怔怔发愣，就仿佛看到铜钱湖上漂浮的门板。那种绝境里能够逃出是幸运，没有谁敢保证重来一回依旧能够脱出。

"快上船拿桨，你不想死在这里吧？"老弦子推了袁不毂一把。

袁不毂当然不想死在这里，但是上船也不见得就不死："我不大会操弄船只。看方才那只被放走的空船，可知此处水流湍急多变，就算是操船的高手也不一定能够掌控。"

"上船随流而漂，还有一半活的机会。站在这里等后面的那些杀胚赶来，那是必死无疑！"舒九儿有些急了，她宁愿赌一把生死，也不想落在背后那些妖魔一样的强匪手里。

江水真的很急，小船已经被江水带着慢慢离开岸边，老弦子手中的缆绳吃足力绷得紧紧的。

见袁不毂还是不动，舒九儿突然一挥手，指着袁不毂的鼻子："你是害怕了！怕江水急流，怕死，更怕承担。没有足够勇气把我们的性命担在自己身上！"

袁不毂头微微一抬，直视舒九儿，自己的心理竟然再次被她说中。

"就算要死了，我们不也是死一块儿吗。"丰飞燕冷声道。

是呀，一个老头两个女人，有命没命真就指着自己了。想到这里，袁不毂迈步上了船，双手稳稳地握住了桨把。

这时候，老弦子的手脚已经被船带着在石滩上滑动，见袁不毂终于上了船，急慌慌踩两步水，顺势扑趴上了船尾。

袁不毂他们这条船和刚才那条被放走的空船一样，在一番摇晃颠簸后一下冲入主流道，那是一种滑入深渊般的感觉。不过他们的船上多了四个人，有重量压着船，所以摇晃颠簸得不像空船那么剧烈，冲入主流道的速度也没有空船那么快。

可能正是因为摇晃颠簸得没有那么剧烈，也可能是因为冲入主流道的速度没有那么快，袁不毂他们的船只在主流道中急冲了百十步远，就又被更快地抛出了主流道，朝着伸入江中的山体撞去。

"快往前划！往前划！""不要动！千万不要乱动！"舒九儿和丰飞燕一阵乱喊。老弦子则趴在船尾，面如土色、声不敢出。

袁不毂没有往前划，反倒是准备把一支桨插入水中减缓速度，避免船在山体上撞得支离破碎。但这只桨刚往水里一伸，一股遒劲的力道裹缠而来，顿时就将这支桨给夺走，然后在远远的水面上冒一下就再也不见了。

小船因为卷走那支桨的力道改变了方向，横着往前急漂。这让整个船倾斜过来，随时都会扣覆。船上的两个女人吓得只剩尖声嘶叫，老弦子到这时候也终于憋出了两声带哭腔的干号。

只剩下了一支桨，袁不毂仍在尽全力调整小船重心。他经历过铜钱湖的惊险，又有极好的腰背力量，及时抬起身体，压住了翘起的一侧船帮。终于，小船改变了漂行方向，倾斜的状态也很大程度地恢复过来。

可是，改变方向后的小船被一股浪头托着直线往前，径直冲入了两边蜿蜒山体对抱的水湾，朝着猰貐坟正对大江的山体快速冲撞过去。

袁不毂他们终于看到猰貐坟另外一面的山脚了，并且越来越近，越来越清楚。但这种看清并不意味找到了路，而是意味着可能到达了生命的终点。

船上三人见此情形，齐声号叫，袁不毂忙颤巍巍地站起来，把剩下的那支桨用力地握在手中。他要在小船撞击山体之前用这桨去撑推一下，尽量减缓撞击力。虽然这样做用处并不大，结果也可能只是提前将自己撞飞出去，但眼下的情形里他必须尽力做最后一番挣扎。

见袁不毂持桨站了起来，舒九儿停止了尖叫，她知道他想干什么了。不过这个时候根本无暇表达感激感动，更无法爬过去给袁不毂帮些什么忙，唯一能做的就是大声地告诉袁不毂该怎么运气和用力："肩背松，手臂活，腰拧转，腿扎根。气绷小腹，再由胸到喉、由喉到口，轻嘘缓吐。"

舒九儿是个绝好的医官，她了解人体骨骼、筋脉、穴位。知道如何调整状态才能运用最为合适的力道，也知道怎样的气力相合才能发挥最大体能。她教给袁不毂的方法虽然是在急切之间，却非常有针对性。不仅能减缓撞击力，针对袁不毂的身体体质特征，运用得当的话还可以刚柔并济、韧容并存，用力、受力、卸力一气呵成。

袁不毂听到舒九儿的喊声后，几乎是在下意识中就将自己调整到她所说的状态。这个时候小船已经冲到距离山体两步远了，袁不毂手中的桨毫不犹豫地往外撑去。

桨落空了，竟然没有撑到山体。幸好舒九儿教的运力方式是留了两分虚缓劲道的，也幸好袁不毂从小练就了很好的腰腿力量。他顺势摆肩拧腰弓腿，硬生生将身形收住，没有跌进船和山体的夹缝里。

"这船转向了！自己转向了！有暗流！水面下有暗流！"刚刚的落空让袁不毂心惊胆战，但这种状态下的他也没有放过任何细节。

没人知道袁不毂的发现有什么意义，也不知道怎么应对。

"瞄出水线纹路，找对暗流，就可以借势控船，然后脱出险境。但是……"袁不毂只说一句，就已经意识到不对，这里是大江不是铜钱湖。铜钱湖水面如镜，水下暗流带起的水线纹路可从水面看到。大江中惊涛拍岸浪花如雪，根本无法瞄到水线纹路。

"船是往死胡同里去的，只要能够减速，我们就可以下船爬到山上去。"老弦子不知道什么时候也停止了号叫，还跪爬起来把船漂行前方的情形看清楚了。

这个时候小船肯定是出不了山体对抱的口子的，那口子里有大江主流道的水流不断冲涌进来。在这种推力下小船没有直接撞上山体已经非常幸运，很大可能是正好合上了前面一轮浪头冲击山体后上下翻转的明暗反力，在即将撞击的瞬间又给推了回来。

当反力再撞上后面浪头的冲劲，两股合力就会很自然地分向，冲往两边。所以小船转向不奇怪，小船以更快的速度冲向两边的狭窄水道也不奇怪。而不管往左还是往右，都是由宽到窄的水道，就像两条死胡同，一直到伸出山体与主山体的夹角里。

"不好，这下没得躲了，要挤死在里面了。"

老弦子这话是对的。刚才是大水面，旁边、后面都有迂回翻转的水流冲力。水势复杂，各种可能都会出现。一旦进入狭窄水道，那就像进了捣米的石臼，再难有逃脱可能。不仅如此，小船被江浪推入狭窄水道后，想减缓冲击力也不可能了。不管用桨在哪一边使力，船肯定会撞向另一边，还会因为力道和方向的改变撞击得更加厉害。

"瞄准机会跳上岸去，否则铁定没命！"

老弦子这话没错，可没人能做到。四个人里还能站立起来的就只有衰不毂一个，船速极快、惯性极大，两边岸石又高又陡又滑，要想找一个不远不近又恰好可以落脚抓牢的位置跳上岸，那是难上加难。

小船速度很快，一侧船帮开始摩擦山体石块了。船上所有人没一点办法，只能紧紧抓住船身，伴随着摩擦声不停发出尖叫，等待最终撞击的来临。

就在此时，船很奇怪地跳动了一下，像疾速奔跑的人被绊了个趔趄。这种跳动难说是好事还是坏事，它让船速减缓了一些，但船体有可能已经触碰到水底的礁石，一次碾磨、挤压、砸撞的毁灭或许很快就开始了。

跳动在继续，而且越加频繁。又连续几次跳动后，他们发现船底碰触的声响不像是撞到礁石。船速真的减缓了许多，只是左右的摇晃越发厉害，原来是一侧船帮摩擦到山石，现在变成碰了这边再碰那边，小船成了个壶里摇动的骰子。

碰撞声、木碎声、激浪声连续传来，就像有只无形的大手在把船体一块块地掰碎。

小船竟然还能保持完好！船速在很短距离里快速减缓，小船在狭窄的水道中左磨右蹭地晃荡，就像一匹狂躁的小马终于被赶进狭窄的马栏。

碰撞声、碎木声都是真实的，只不过破碎的不是小船，而是小船撞在了碎木上。就在狭窄水道的尽头，水面上挤满了碎木块。袁不彀一眼就从那些木块形状看出，这些全是船只撞毁后的碎片。

袁不彀再回头看，船尾的水面上除了碎木，还有一些黑团。刚才小船一路跳动且左右摇晃，应该就是撞到这些黑团。袁不彀拿船桨拨动了一个离得最近的黑团，那黑团随着水浪一下翻转过来。

"啊！浮尸，是浮尸！"老弦子趴在船尾，离那浮尸最近。浮尸翻转过来后的惨白脸随着波浪晃荡着，就像个泡涨的馒头。

幸好这浮尸无一点血渍，否则袁不彀会因畏血晕倒，跌进江水里。

看来，之前山体拥抱的水湾中发生过不止一次的撞船。船碎了，人死了，碎片和浮尸在水浪力道的推动下，全聚集堆浮到狭窄水道最里面的水面上。也正因为这些浮尸和碎木，减缓了袁不彀他们小船的速度，化解了本该有的冲撞，并最终让小船在与山石亲密接触之前停了下来。

"啊！死……死人！"船头又传来一声尖叫，是丰飞燕。按理说她也刚刚从被截杀的杀场跑出来，见过满地的尸体，不该被一个死人吓到。她这样，是那尸体太过怪异了。而丰飞燕不仅看到了，还摸到了。

整座山是个倒毙的兽子

那是一具让人恶心的尸体，丰飞燕是因为船头晃荡到那边岸壁上，才碰触到这具尸体的。尸体四肢躯干全是好的，手指用力勾爬在水道一侧的石壁上。可这个挂住岸壁的尸体没有脑袋。脑袋并非被利器砍去，而是像被什么东西彻底砸烂了。让丰飞燕感到恶心，并发出尖叫的正是这不知所踪的脑袋。

脑袋彻底碎了，又经过江水拍岸的不断冲刷，带走了所有血迹，袁不觳这才能仔细地查看尸体。

"这是我们的人，是跟着丁教头驾车前冲的十八神射之一。"第一个判断，袁不觳是从那尸体背后背的箭壶看出的。

"他应该是想在船只撞击山体之前跳上岸的，结果反被船身撞碎了脑袋。"第二个判断，袁不觳是根据实际情形得出的推论。

"我们和十八神射才分开不久，如果他们被追逼到无路可去，也只能乘船下江。不过他们要是船撞碎了，现在应该都还沉在下面。吊住石壁的这个肯定是想在撞山之前跳上岸去，只可惜抓住了岸壁，却没来得及爬上去。"这是老弦子给出的推断。

"不会的！十八神射当中有死鱼，死鱼最擅长操弄舟船，他肯定会把大家带上岸！他们的船应该是在大家上岸后无人控制才撞碎的。我们不是因为有浮尸和碎木缓冲才没有撞上吗，他们在我们之前不久，情形相差应该也不会太大。"袁不觳不愿承认老弦子的推断。

"我们的船小，通过有碎木浮尸的水面距离长，所以能够缓停下来。他们十八神射加上丁教头，那么多人肯定不会坐我们这样的小船。船宽水道窄，来不及经过缓冲水面可能就已经撞上了。"老弦子坚持认为十八神射全死了。

"都别说了，赶紧找地方上岸。你们不想一直待在船上，陪着那些浮尸吧？"舒九儿紧张的状态一直没能舒缓过来，她边说边紧张地看着周围。

"死鱼！石榴！你们在哪里？"袁不觳忽然站起身来，拢手在嘴边高声呼喊。

"不要喊不要喊！会把坏人招来的。"舒九儿立时惊弓之鸟般，紧张地发声制止，还站起身来朝袁不觳扑过去，试图掩住他的嘴。

袁不彀不知道发生了什么事，见舒九儿扑过来便用手一格。这时正好又有一浪过来，船身一阵大的起伏。袁不彀赶紧握住舒九儿的手，竭力稳住身形。舒九儿身体如风中柳枝摇摆不定，脚下却是丝毫未动，这是巧妙运用身体的动作卸去外加的力道。会这种方法的一般只有两种人，熟悉肌体构造的人和真正的技击高手。

两个人都站稳在船上，两只手握在一起，竟然那么自然。不过握住的时间短了一些，袁不彀才刚刚有点柔荑温玉在握的感觉，舒九儿就已经急切地抽回了手，埋头藏下一脸的羞红。

"有坏人，你是指后面追我们的人吗？可他们没船可乘了呀。"丰飞燕大声问道。

"我也不知道。但这个人不是被船撞碎脑袋的，而是被人用沉重而坚硬的器物砸碎脑袋的。"舒九儿的回答有些含糊。

众人一愣，都不说话了。一个用器物砸碎别人脑袋的人，这也太过凶残可怕了。当他们停止了说话，其他的声音一下变得清晰。江水拍打岸石的声音，碎木碰撞挤压小船的声音，小船在山石上磨蹭的声音，山上竹子被江风吹动的声音，这些声音夹杂在一起，再看着一具具浮尸和那具没头尸，显得格外的诡异瘆人。

"对对对，不要喊，上岸上岸。等江水上潮或落潮，这小船肯定受不住两边石壁碰撞磨挤的。"老弦子拿起船桨，寻个合适的位置把船撑稳在一侧壁岸上。

"快点，快点上去。"老弦子知道这样的支撑坚持不了多久。两三轮大浪之后，说不定连支撑的船桨都会断掉。

虽然小船已经紧靠住山体了，但要上去还真不太容易。袁不彀硬把舒九儿顶了上去，丰飞燕是袁不彀和舒九儿连顶带拉弄上去的。然后丰飞燕和舒九儿在上面借力，袁不彀才爬了上去。袁不彀上去后，下面小船就撑不住了，人少了船就没了重量压住，开始剧烈震动。这个时候袁不彀带的绳子起了作用，放下去让老弦子系好，三人合力把他拉了上去。

老弦子刚刚才上去，支撑的船桨就别断了。小船一个大甩头，撞裂一侧船帮，江水开始慢慢漏入船里。再一个大甩头，对面岸壁上的无头尸体被刮带下来，掉入水中。

袁不彀探头往下面看看，不知道看的是已经破裂的船还是掉入水中的无头尸，但从他眉眼间的细微变化可以知道，有疑问涌上了他的心头。破裂的船和无头尸让他有了一个发现，无头尸不是船撞碎脑袋的，而是被人砸碎脑袋的。但是无头尸已经趴在了石壁上，这个砸碎别人脑袋的大力高手无论用的什么武器，他都必须是站在船上才能把无头尸的脑袋砸碎。也就是说，这一个神射可能是被同船的其他人把脑袋砸碎的，这到底是怎么回事？

当袁不彀转过身时，舒九儿和丰飞燕已经往上爬了十几步，老弦子也不远不近地跟着前面两个女子。

舒九儿他们差不多往上走了百十来步，这才在一个比较光秃的位置上停住。停住并非是为了等落在后面的袁不彀，而是为了察看一下周围情况和安全路径。比较奇怪的是，看出地形特征的竟然是舒九儿。

"呀！这真的是一具尸体！"

袁不彀赶上来后，刚好听到四处眺望的舒九儿发出一声感慨。心里不由得一愣，暗自嘀咕道："怎么又是尸体？在哪里呢？"

"九儿姐姐，你说清楚些，这尸体是水形、山形、山影形，还是对面岸形、远景形？"丰飞燕的年龄比舒九儿要大，但叫别人姐姐是她的习惯。

"是山形，一个倒毙的兽子尸体。背朝南，头西尾东，四肢北抱，整座山真就像是死后的猰貐。难怪这里会被叫作猰貐坟。"

"能找到什么出入窍要吗？"丰飞燕又问。

"这位置看不到，估计爬到山顶能看到更多。或者直接往猰貐的要害部位走,那里出现窍要的可能性会更大些。"舒九儿回道。

舒九儿和丰飞燕的对话声音不高,但也没有刻意避讳老弦子和袁不彀。或许,她们觉得自己所说,这两个造器处调来的人根本听不懂。

袁不彀始终没有说话,从这两个人的对话中可以听出,她们比自己和老弦子知道的要多。至少有些目的她们是清楚的,或者从临安出来之前,她们单独接受了什么任务。

老弦子说出了自己的看法:"要害部位不一定有窍要,猰貐是怪兽,与一般兽子不同。一般兽子的要害和软弱处可能正是怪兽的最强悍处。而猰貐的无所谓处,反倒可能是它的要害。"

"你的意思还是先到山顶?"舒九儿并没有因为老弦子的插话而表现出惊讶。她和丰飞燕有铁耙子王当面授意,那整个捉奇司车队里的其他人也都可能会有铁耙子王的当面授意。

"哪里好走就先往哪里去。我们这趟活儿也是怪了,不绣花不扎针,偏偏要我们绣花扎针的人跟着出来找地理窍要。不过王爷都成能掐会算的半仙了,他说我们这回幸运的话就是吃着玩着逛一圈,若是倒霉只会是半路遭遇意外,而遇到意外的附近必有奇异之地或奇异之物。"丰飞燕听完老弦子刚才那番话,觉得既然大家都是铁耙子王亲自交代过的,索性把想说的话都说了。

袁不彀没有作声,也没有继续听那三个人的对话。他发现附近有些奇怪的声音,这可比三个人的对话更需要重视。

"看来这回我们撞上网了,那离这真真假假的窍要就不会远。我们这回做了探杆,但最终还是要做鉴别窍要真假的签子。"舒九儿淡定地道。

"对了,你叫什么名字?也说说你的想法。"丰飞燕到这个时候才意识到自己还不知道袁不彀的名字。

"他叫袁不彀,叫他吃不够睡不够的'不够'就行。"老弦子主动替袁不彀回答,并且故意想把气氛搞轻松些。

"不够，你说话呀，问你话呢。"丰飞燕见袁不彀没有反应，又唤一声。

"赶紧走！这地方不安全。"袁不彀像在自言自语，又像是在发出警告。

就在这时，背后传来一声竹枝被踩断的脆响，袁不彀猛然回头，发出声音的方向出现了一个黑衣蒙面人。那人手中开弓搭箭，正对准着他。

袁不彀一动都不敢动。他看出那人手中拿的是厚胎背、捻藤弦的硬弓，弓劲在二石三以上。箭是双锋头磨杆菱羽箭，箭头轻、箭锋利、箭速快。那人和自己只有十多步的距离，自己又处于上位，目标面积大，这种情况下凭自己的身手根本无法躲开这支箭。

其他人也一样不敢动，因为周围的岩石背后、草沟之中、竹丛下面接二连三地有黑衣蒙面人出现。就像于无声中浮现的影子，很快就形成了一个圈形，将袁不彀他们四个人围在中间。

几乎与此同时，山下之前追赶袁不彀他们的那些人重又从江边转回到獀猶坟的南侧。他们连续用大弩射上几只带了绳索的锚钩，然后开始从几乎不可能攀爬而上的山体一侧向上攀爬。很快，绳索上陆续挂了许多个颜色杂乱的人。

一场金页子换旧纸的交易

临安城最近的天气很是湿闷，让人不由自主地就会有心烦难舒的感觉。这样的天气很多生意都会受影响，而影响最大的是青楼花巷。

青楼花巷生意不好，反落得人少清净，这时候正好可以借来谈谈别的生意。

今天"红簪院"里就有一场大生意。"红簪院"是个街末的小花院，总共也就三四个姑娘，平时生意本就清淡，再加上天气原因，最近更难得见到什么主顾。

谈生意的两个客人坐在冷蕊阁里，要了满桌子的酒菜瓜果却都没动。两个姿色一般的姑娘在旁边伺候着，看样子这两个客人应该也没有动她们的意思。其中一个客人此来只求事成不便乱动，另外一个客人是宫中内侍副总管方德庆，这位大太监即便想动也动不了。

在冷蕊阁的外面还摆了一张椅子，椅上端坐一人稳如石雕铁铸。这端坐之人正是"煞面判官"孟和。

这种青楼花巷孟和以往是从不会来的，更何况今天的心情很不好，见到那些庸脂俗粉就更不适了。他一早去了趟羽林卫造器处，想见见自己安排到这里来的袁不彀。其实也没什么事情，就是想聊聊还魂地里的一些情形。虽然另外还有两个人也进出了还魂地，但他们现在已经是羽林卫的人。和他们聊还魂地，传到羽林卫其他官员耳朵里，很容易被怀疑自己有所企图。这次来找袁不彀，他也是很谨慎地拖了一段时间才来的。

孟和在造器处没有找到袁不彀。闯过捉奇司还魂地的人被捉奇司招去做活儿了，这让孟和心中很是懊丧。估计自己再也见不到袁不彀了，他最初的意图也就落了空。

心情虽然不好，红簪院没奈何还是要来的。孟和是里面那桩生意的介绍人，他要不出现，那两个人谁都不认识谁，谁也信不过谁。

生意中的一方是大内副总管，生意的介绍人是上轻骑都尉、御前亲卫。那这笔生意肯定小不了，生意的另外一方也绝不会是普通人。

生意的另一方还真不是普通人，今天谈的生意却是要收些旧书废纸。

"樊先生，孟都尉介绍你乃荆湘大商，富甲一方。可谈点生意又何必约到此处，只要是诚意足的，门房、茶室一样可以把生意谈成。"方德庆尖着嗓子说道，神情气势明显是他在宫中习惯的做派。

樊先生名叫樊惠丙，光溜溜一张长方脸比方德庆更像太监。他的确是荆州辖下湘阴县的一个富商，但为富不仁，鱼肉乡里，臭名远扬。众人背后都管他叫"秽殡房"，意思是专做污秽殡葬事情的房子。也不知道这地方恶商怎么就七拐八绕地和孟和搭上了关系，然后再通过孟和见到了方德庆。

"嘎嘎嘎，总管大人见笑见笑。"樊先生的笑声有些像老鸹叫，"这临安城天子脚下，锦绣天、流油地，到此谁敢论富？孟都尉可能是没有把我介绍透彻，其实我还擅长诗词之作，这在荆湘一带的名气应该更胜我略有薄产的名气。"

"哦，原来樊先生还是诗词大家，若有机会，一定要聆听一下先生词曲的妙处。"

"我这就有一首今早刚填的词，可让这里的姑娘弹唱一番。"樊先生说着从袖中拿出一块素绢摊开，上面墨迹团浑，显得很是污糟。字虽是差了，倒果真是一首《鹧鸪天》。

方总管虽然是个太监，但能做到总管肯定是识文断字的。他久在宫中，诗词歌赋没少见识，对诗词的好坏还是能够判断的。他探头在那块素绢上瞄了一眼，看到前面两句狗屁不通的"跑去房中煮酒喝。烫得舌头难亲哥。"便立刻抬手制止了准备去拿琴笛的姑娘。

"今日樊先生来此可不是为唱词听曲的，我们还是说正事吧。"

"对对对，说正事。这不是为了说正事才扯到诗词的吗。总管大人你是知道的，像我这样懂得诗词的人对典籍字画是特别感兴趣的，近些年专心收藏了一些，却总难满足。"说到这里樊先生挥挥手，让屋里伺候的姑娘都出去，才接着说，"我知道总管大人管着废折库，那里不仅有当代为官的名士大家文墨，还有皇上御笔。这些废折最终都烧毁了不免可惜，总管大人可偶尔将其中一些私压下来，我当奉重金求收藏。"

方总管眉头皱了一下，他知道这樊先生绝不是为了收藏这么简单。虽说自己处理的那些奏折都是废折，其中不会窥到什么国家机密。而从樊先生的德行来看，他也不像个要窥探国家机密的人。真要窥求秘密的人平时肯定韬光养晦不留痕迹，绝不会像他这样已经臭名远扬还偏偏招摇过市。同样地，从樊先生的德行来看，他不是个懂字懂文懂收藏的，所以最大可能是拿着那些废折牟利。

那些废折很多都是当朝最高品级的文人所书，其中还有一些有着皇上的御批。这个要是拿到民间，附庸风雅的、炫耀实力的、扮虎装样的，都会愿意出大价钱谋得一份甚至许多份。而这样的生财之道也就樊先生这种人敢想敢做。

皇上要废的折子岂是他们敢做就能拿到的。折子一旦流出宫去，被发现，不管有用无用、有害无害，至少也是泄露朝廷机密的罪行，一个都别想活了。

"樊先生可能不太懂宫里的规矩，废折所以为废，就是必须毁掉的。废折库环节有序，各司其职，要废的折子片纸都拿不出来。一旦失了什么折子，那就是泄露了大臣意图、皇上心意。皇上龙颜一怒，会要了全库人的命。所以即便我管着废折库，别人为了保命也都同样盯住我，不会给我半分特权。"

"方总管的意思是说这废折库的折子一份都拿不出来？"

"半份都拿不出来。"

"那就可惜了，我本觉得拿金页子换书页子，一页换一页，不行的话两页三页换一页，总能做成这笔生意的。唉，现在看来我带的那箱金页子还得带回去了。可惜啊，方总管每天都是在烧金页子。"樊先生是真的惋惜。

听到"金页子"，方总管的心狠狠晃荡了一下。再听樊先生说自己每天都在烧金页子，方总管的心又猛然一阵持续的灼痛，就仿佛随着金页子一起在火中渐渐化去。

"金页子虽好，也要有命去花。我这宫里的废人，命都是皇上的，要了金页子有何用。"方总管的话里带着痛楚。

樊先生听出了方总管的痛楚，更听出了自己的机会。废人才更看重金钱，除了这个他们再没有其他依仗。宫里的废人更看重金钱，只有有了钱才能在宫中打通各种关系，拉拢各种体己人，达到自己的目的。所以方德庆是需要钱的，而自己的出现是他获取额外资产的难得途径。到这个时候可以转入真正正题了。

"总管大人，既然废折是环环相扣无法拿出的，那废折库有没有其他什么无用的陈年烂纸可以任凭你处置的。只要与皇家搭些边际，好坏不计较，谁写的不计较，我都要的。比如前朝未呈未批的折子，再比如更早时候压积的奏文。这些都未经过皇上的手，根本没有决断是留是废。就算有些是批了留或废的，也都是很久之前的事情，与当今皇上、当朝大事都没有牵扯。"樊先生是故意在提醒方总管，将他往某个方面引。

方德庆是宫中总管，在宫中宫人面前端的了不得，外人面前更是放得下架子摆得出威仪。宫外市井间的生意他却是外行，樊先生的金页子和隐晦的提点，终是把他给勾住了。他也确实想到了一些东西。

靖康之乱时，所有有价值的文册报折都被夺走或焚毁。反倒是各部和国史院压扣重拟的文册和奏折留存下来一些，后来全部搜集了让人偷偷从骡马道运送到临安。虽然都是有疑问有残缺的东西，但多少可以作为靖康之乱前后的记录和佐证，可那些东西送到临安之后便一直存放在废折库，之前高宗皇帝没说如何处置，现在的孝宗皇帝，知不知道这些文册和奏折的存在都难说。

"废折库的'陈年间'里有一批宋都南迁时抢运过来的文册奏折。当时路上仓皇，遗失许多，如今留在库里的大概也就二三十箱，其中以国史院文册折书最多。高宗皇帝在时，未曾理会过这批文册折书，如今孝宗皇帝即位，更是不会觉得有用。只是两位皇帝都未指示如何处置，这才一直保留至今。"

"那太好了，这其中名士大家的文墨肯定更多，而且大都已不在人世，得其文墨便是得遗墨绝笔。对了，说不定其中还能找到徽宗皇帝的墨宝。方总管，这些带出来肯定不会有人盯着你的，你只管带，带多少我都用金页子和你换。如果方总管依旧忌讳，怕其中的折书奏报会出事，那你可以单把国史院的文册先送几箱出来。那都是陈年记事的文册，没人在意，我一样的价钱换。靖康元年的最好，那年大事多，文墨更有价值。"樊先生显得很是体贴，万事都替方总管着想。最后的那个要求看似合情合理，其实细想却不简单。靖康元年，国史院记录的各种事宜，其价值恐怕不仅仅在文墨。

"国史院文册，那应该没问题。这些都未曾登记，即便全部拿出都没有问题。这和奏折公文不一样，奏折公文在民间出现，官家觉察后肯定会追查。国史院文册却是记录文章一样，除了当事人和记录人，一般不会知道真假，就算官家发现了也难以判断。"方总管眼睛亮起来，就像映衬了金页子的光泽。

三个人离开红簪院时夜并不深，但是天很黑，黑暗里发情的猫叫声很怪很响。

袁不毂他们几个人被带到一个洞口时天已经黑了，大半个月亮不知什么时候已经挂在了中天。袁不毂想扭头再看一眼天上那一片清亮都未能如愿，他是猛然间被推入黑暗的，不知道有没有机会再看到外面世界的光亮。

黑暗里很难行走，押着他们的黑衣人却似乎很是熟悉里面的状况，不借助任何照明依旧能走得顺顺畅畅。老弦子他们三个也还好，虽然看不见，但还能按黑衣人发出的吆喝伸着手臂摸索着往前。惨的是袁不毂，走得跌跌撞撞，脑袋撞在石头上好多次。因为四个人中只有他是被绑起来的，只能用脑袋摸索。谁让他是个年轻的汉子呢，这样的人肯定会被定为重点防范对象。

洞道里没有走太长的距离，拐过两三个弯之后见到了昏黄的烛光。进到洞里这个位置才使用照明是最基本的防范手段，拐过几道弯后光亮就不会从洞口传出，也就不会被人发现。

黑暗是可怕的，但有了光亮后看到的那些情形比黑暗更加可怕。他们来到的是洞里一处比较宽敞的地方，这个地方足够站下几十个人。但是现在能站在这里的黑衣人也就十多个，更多的是尸体，而且都是黑衣人的尸体。

那些尸体的死法有很多种，压死、砸死、扎死……最惨的那个身体整个断为两截。那人是被并不锋利的器物斩断，或是被生生扯断的。

这些尸体应该都是从前方的洞道里拖出来的。有两个人正用力扯动绳子，把又一具黑衣人的尸体从前面的洞里拖回来。这具尸体看着还算完整，但从他软塌塌的状态看，应该是周身骨头尽碎而死。

随意绺卦线设置的门户

前面的洞道口原先应该有一个对合门，现在有半边石门仍旧竖立在那里，上面凿砸的痕迹无数，却未能将其砸坏。另外半边石门已经断作两截，移到了一边。好在这半边石门背后是通道，一个人侧着身体就能进去，而砸不坏的那半边背后可能仍是山体。

"还是不行，怎么办？如果追杀硬点子的头把刀回来之前我们还没找通路子，他会把我们全填到洞里去的。"拉绳子的人看了下脚边的尸体，问另一个黑衣蒙面人。

黑衣人装束完全一样，如果不说话还真发现不了其中谁是做主的、谁是做事的。

"这四个人能闯到这里肯定不是偶然，看样子应该和冲入绞圈的车队有关系。从他们中间选个人往里走，死不死就看他们的运气了。"主事的人发了话。

"别这样啊,别让我们死呀,我还没嫁人呢。听你口音也是余姚一带的,我们算得上老乡的……"丰飞燕一通哀求,其实是硬把自己往死路上推。试想人家就怕露了身份痕迹才蒙的面,你连人家说话口音都报出来了,最终不管成不成事都不会再放你生路了。

"哟呵,是个女的呀!看她肥肥壮壮,我还以为是个男人!"有个黑衣人这时候才从丰飞燕的声音里听出她是女人。

"你……"丰飞燕听完,很是气愤,却不敢多说话了。

"那就把这个胖女人先推进去,做活估子①。"做主的黑衣人发了话。

"等等,让我来。"有人高声喊一句。

众人循声看去,发声的是袁不觳。他眼睛死死地闭着,抿紧了嘴,也皱紧了眉。快走到洞里这个位置时,弥漫的血腥味就已经让他作呕。他知道前面肯定有更浓重的血色,为了不至于见血晕倒,他只能现在就把眼睛紧紧闭上。

"呵呵,这小子虽然害怕得连眼睛都不敢睁,怜香惜玉的心倒是一点不减。本来倒是想把他留最后的,既然他愿意抢前面做活估子,那就成全他好了。"

袁不觳被推到了通道口,然后有人把他身上背的那圈绳子取下,从两腋下横胸绑住。逃命时袁不觳随手带的绳子,没想到现在又派了这么个用场。而他随身带的两个饼子,早就被黑衣人搜出,不知扔到哪里去了。

"拿好。"绳子系好后,有人往袁不觳手里塞了一支火把和一根木杆。木杆是齐眉高的白蜡杆,极具韧性,过去常用作兵器的杆和柄,也可直接制作成齐眉棍、哨棒等防身武器。不管怎么样,黑衣人还是希望袁不觳能进到里

---

① 活估子:活的试探物。

面解开机括①，打通通道的。而要想打开通道，照明的火把和试探的杆棒是最基本的器具。

拿住了火把和木杆，袁不觳依旧没有睁眼。这个时候，他就站在血洼之中，只要一睁眼，肯定会就此晕倒。他一旦晕倒，两个女人和老头子就得往满是杀戮机关的通道里去了。

"袁不觳，你是好人，你替我冒险赴死，我欠你一命。你记着，只要你能活着回来，我就把自己嫁给你。"袁不觳的举动让丰飞燕变得分外感动。这也难怪，一个平时根本没有男人愿意接近的女人，突然见到一个愿意替自己赴死的男人，定然会动心的。

袁不觳没有说话，他根本就没有把丰飞燕的话听清楚。下一步就将迈向死亡之道，他一直在想自己会是怎样一种死法。

见袁不觳不理会自己，丰飞燕一下挣脱按住自己的黑衣人，跑过去一把抱住袁不觳的胳膊："你听见我说的吗？你睁眼再看看我呀，从现在开始我就是你的人了。"

袁不觳眼皮子跳动几下，眼珠在紧闭的眼皮下面乱转，很明显受惊了。

"赶紧进去。"有人拉开丰飞燕，推了一把袁不觳。

"等等！"丰飞燕又高叫一声，尖利的声音把整个洞里的人都吓到了，"等等！等等！这门上有线，皱石流挂线。"

"什么皱石流挂线？"做主的黑衣人往前紧走两步问道，边问边朝未曾砸坏的半边门看去，但他什么都没看出来。

"皱石流挂线也叫随意绺卦线。所谓随意，是指按照实际物体纹路走线，此石门面为皱石面，便以皱石石纹走线。所谓绺卦，卜算中的意思是以绺丝随风之形为卦，运用在实物上则是指实物表面附着物的走形，而这石门上用

---

① 机括：机关或机械传动的集合处，解开这里才能将整个设置全部释放。

的是水珠流挂的走形。"

两三个黑衣人立即趴在了那个石门上，想找出丰飞燕所说的线和形，却什么都没看出来。

丰飞燕的一番话，主事的黑衣人没能听懂，于是希望得到最为简单直接的解释："你说的这些有什么用？"

"你们可能找错路了，这半边门也是可以打开的，只是要按门上线纹设定的方向角度运力。设计如此精巧的门，它后面要是也有一个通道，那里面藏存物的价值应该远远超过可以随便砸破石门的通道。"

"你能把门打开？嘿嘿，你要能打开，那我就不让这小子当活估子去蹚死道，那你就可以嫁给他了。"主事的黑衣人有些欣喜，淡淡地笑道。

"我开不了。"丰飞燕没有丝毫犹豫地回道。

"要是开不了，你们就都得死！"

"别别别！我不是那意思。我一个人开不了，但我可以告诉你们怎么开。"

那黑衣人听这话，犹疑起来。这石门开启时会不会有什么危险？这女子会不会是故意装傻充愣让自己手下再搭进几条命去？

"我们开？这门上万一有什么机关暗器，我可做的就是亏本买卖。这样，你说怎么开，我让这小子和那老头子来开。要是力气还不够，你和那个丫头也一道帮忙。"

竟然这么谨慎！丰飞燕觉得只要方法对了，开个门不会有太大危险，也就没有和他再多分辩什么。而其实她再多言也没用。

丰飞燕用袖子拂扫了一下石门的皱石面，用小指指甲顺着一个石面皱纹慢慢移动。到一个小小的转折点处停一下，顺着转折之前的方向划一条线。然后继续顺着石面皱纹再往前移动，到下一个转折处再划一条线，如此重复。

主事的黑衣人拿盏烛灯凑近石面瞪眼细看，顺着丰飞燕小指指甲移动的位置看，竟然真的有一条曲折的线。但这线形状很像石头的自然裂纹，细密得连蚂蚁都不可能爬进去。刚才丰飞燕竟然能借着扑朔的火把光亮，在几步之外就发现这样一根线，真的让人有些匪夷所思。

丰飞燕的小指指甲在石面皱纹上划了十几个方向，这十几个方向全在她心里交叉成形。一个石门的开启不可能朝十几个方向，所以必须用这十几个方向指定的角度，综合算出几个最合理的合力方向出来，这也正是随意绺卦的窍要。懂得这种综合方向选择卦法的人，除了极少的即时境卦象师，就是更少见的懂得云掩七针的针绣高手。

"这半扇石门竟然是双开的，看来这才是真正的正道门径。"说着话，丰飞燕已经牵着袁不毂的手，将他的手按在门上一个位置，然后自己双手按在门上的另一个位置。

"不够，你往左侧斜上六五角运力。"丰飞燕对袁不毂说完，自己双手横向直往右运力。

袁不毂依旧是闭着双眼的，他通过自己身形四肢位置确定了角度，按丰飞燕的指示运力。

石门"嘎嘣"响了一下，竟然裂开一条不规则的约莫一指宽的缝隙。

"再往上直提三分，左旋至不能再旋的位置。"丰飞燕指示袁不毂的同时，自己双手往下用力，这是在配合袁不毂的动作。两个人只要有一点配合不上，那石门也是会卡在一半不动的。但只要配合到位，石门便会轻巧滑开，不需要用太大力量。

石门开了，中间整个横着分开一尺半宽的笔直空隙。此时已经可以看出这是一个对插榫合结构，刚才不规则的缝隙只是外侧面板的边缘线，或者说是实际榫接卡合的指示线，本身没有榫合作用。但这样一条线能做得如此细密，且合了皱石流挂线，可见工艺的精细。

"右上三三角运力。"丰飞燕继续吩咐袁不毂，同时自己双手往左下大角度推一下。

石门变成了四个石杠相互榫合的石框，显出一个虽然不是很大却方方正正的洞口。这整个开启过程流畅顺滑，轻松到位。单从这一点来讲，袁不榖和丰飞燕配合得很好，算得心有灵犀。

主事的黑衣人挥手示意了下，立刻有人躲在石框旁边往洞里连扔几块石头，见洞里没有任何反应，才又用木杆在洞口里扫拨一番。

"你们此前确实找错路了，这个才是正道门径。"丰飞燕道。

"把那小子塞洞里去，让他先走一趟。"主事的黑衣人吩咐道。

"不是说好的，我启开门你们就不让他蹚死道的，让他活着我才能嫁给他，你们怎么说话不算数的？"丰飞燕正准备给袁不榖解开系在腋下的绳子，一听这话，马上尖着嗓子争辩。

"我们没有让他继续蹚死道，而是蹚这条新启开的道。你自己不也说，这是正道，那就是活道。"

在这样一群连自己人都可以拉去当活估子探道的恶人面前，丰飞燕的分辩毫无作用。袁不榖很快就被连推带踹，塞进了新开启的洞口。系着的绳子、火把和木杆也都是原来的。

被推进洞道的袁不榖闻到一股清新湿润的味道，这种感觉非常好，于是他把眼睛慢慢睁开了。火把下可以大概看清洞里的情况，那石门造型奇特，开启原理玄妙，真到了里面却没有什么人为改造的迹象。袁不榖猜想，这里都是原有的自然构造。

既然里面是自然构造，通过气味判断也没有什么毒晦之物。袁不榖的胆子就放大了，他举着火把提着杆棒慢慢迈步往前，一路上小心跨过脚下凹凸石块和青苔面，让开洞顶上挂下的石柱石笋。

走进去大概三四十步，系在身上的绳子就快放完了。石门那边传来喊声，让他慢一些，估计是要再接上一根绳子。也可能拉绳子的人确认前面这一段没有危险，可以直接跟进通道。

借着这个机会，袁不殼正好稍微调整了下身体状态。从闻到血腥味闭眼开始，到现在他浑身的肌肉都是拧成结的。周围随时可能出现机关暗器，每一步都可能踏入阎王殿中，这样的环境中心里肯定是放松不了的。这个通道里暂时没有什么机关设置，如果继续往里会有，自己应该让身体状态能在最快速度中做出反应逃过劫数。而要想找机会逃出黑衣人的掌控，也需要把身体调整到位。

洞道有些地方特别低矮，袁不殼想调整肌肉筋骨，就需要找个能把自己身体完全舒展开的位置。前面三步远就有这样一个位置，袁不殼便走了过去。

那一处的洞体确实高大许多，但地面却不太好立足，中间有一个笔直的半菱背[①]。用木杆慢慢探着走过去，落脚时应该可以避开半菱背，但袁不殼匆忙地直迈过去时，脚在半菱角上崴了一下，身体顿时朝右侧跌出去，重重地撞在洞体石壁上。

袁不殼没有感受到跌撞的疼痛，反是心里有瞬间失去重力的虚慌。他的跌势没有在石壁上停止，而是继续往前、往下，滚落、下坠，再滚落、再下坠。

[①] 半菱背：截面是半菱形的长石，尖角在上。

第六章 绝处熬炼

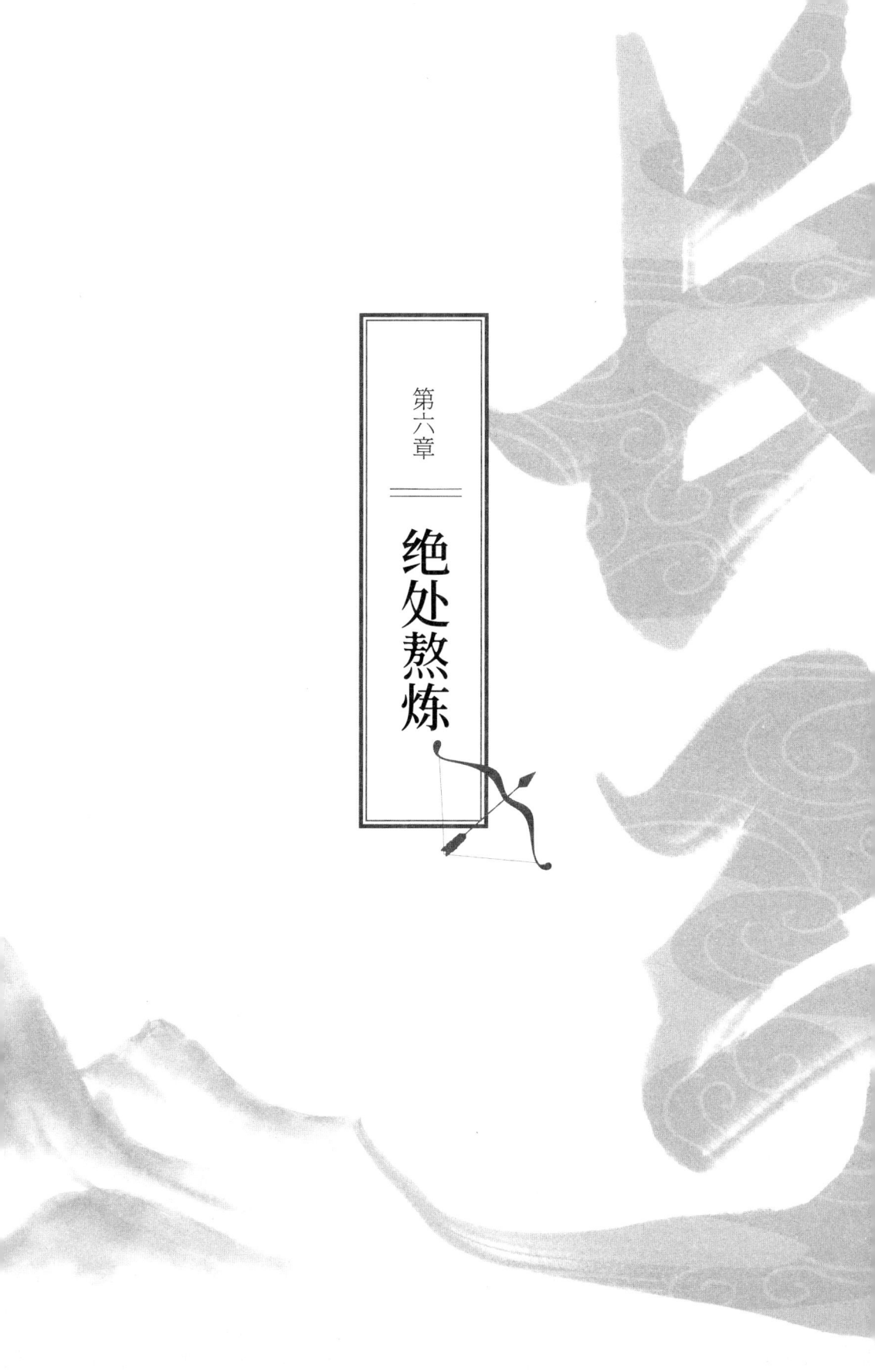

跌入剑鞘般的深洞

那石壁竟然是活的，比进来时的石门活泛得多，只轻轻一撞就被推开。而此刻后面的人可能正在续接绳子，那绳子没有人用力去拉，所以前面突然地一跌，绳子便抽着响，一下就不见了。

经常翻山越岭的袁不觳应对瞬间坠落有一定经验。首先他知道自己不是直接坠下的，这里面有坡度。其次他能觉出自己是和石壁上撞落的石块一起滚落的，这就必须保证自己最后不会落在石头的下面，否则没有摔死也会被砸死。

突然间坠下的人，一般急切间抓住什么都会死死不放。袁不觳也一样，他抓住的是和自己一起跌入石壁内的那根木杆。而当他快速觉察到自己的处境后，他立刻把木杆横了过来。横过来的木杆两头不时地和石壁摩擦，但始终没能两头同时卡住石壁将袁不觳吊住。不过这些摩擦将下坠的速度减缓了，让他远离了一同坠下的石头。

终于，下坠的洞口口径变小，木杆最终卡在两块支出的石头上，发出剧烈的震颤。就在木杆卡住的瞬间，袁不觳放开木杆扑向石壁乱抓一番。快速滑落过程中突然止住的木棒上会产生很大力量，袁不觳知道自己肯定无法继续抓住木杆，就算抓得住，也不能保证这根腊木杆可以承受自己下坠的体重而不折断。所以他必须利用那个停止的瞬间，看自己能不能在旁边斜度较大的石壁上抓到些什么，摆脱下坠的状态。

他竟然够到了卡住木杆的石头，并且爬了上去。命保住了，也没有直接落到最底下。不过他现在完全不知道自己处于怎样一种状态的位置上，因为周围一片漆黑，伸手不见五指。

那石块有些像个小平台，像是有往旁边去的空间。袁不觳便往另一边摸过去，希望在那边石壁上找到可行的洞道，或者是可以往上爬的阶梯。虽然上面有凶狠的黑衣人在，落到他们手里同样死活难料，但此刻往上爬，脱离这个没有一点可知性的洞穴是袁不毂心中最强烈的愿望。

不过袁不毂没想到，刚刚他撞破石壁并随石块坠滑下来之后，破损的石壁摇动几下，两边同时塌下，将撞开的洞口重新死死堵住。这在专搞机关暗器的坎子行中叫绝后扣，而江湖上常用的切口管这叫破眼儿锁，意思是只动作一次，之后就彻底锁死，并不预留重新开启和二次动作的装置。陷入其中的人就算一时之间没死，也无法逃出去。

袁不毂撞开的那块石壁在机关设置上是非常粗糙的，是直接利用了天然的破损石壁。在其即破状态下巧妙地设置了个支撑，一旦打破支撑，整个石壁顶就会塌下。这不仅属于最原始的绝后扣，而且利用天然状态设置的机关都带偶然性。必须正好遇到具备条件的地点或物体，才能顺手做成机关。

利用天然条件做成的绝后扣有一个特点，就是动作之后别人很难发现，只以为是发生的自然坍塌。而其实就算有人发现袁不毂陷入机关中了，那些黑衣人也绝不会多费力气来救他。

让袁不毂绝望的不是绝后扣，而是石台另一边并没有往上爬的阶梯。非但没有阶梯，反是有一个像剑鞘一样的深坑。就在他迫切地想摸到石壁的瞬间，脚下一空，他直直坠下。

好在那坑不是很深，形状又像剑鞘，最底下一段有些斜滑的缓冲。所以袁不毂只是摔得皮开肉绽、眼旋头晕，没有直接摔死。

袁不毂在坑底咬牙扭动，把坠落带来的疼痛给熬了过去，然后慢慢坐起身，摸索了一下周围。他很快发现一个问题，坑里的石壁很平滑，丝毫没有可以手脚着力的地方来借助着往上攀爬，于是他只能靠在坑壁上抬头呼叫："我在这儿，上面有人吗？我在旁边的坑里。"

然而，没人会听到袁不毂的呼救。

顶上的口子被坍塌石壁封死，估计没人能发现这个情况。就算有人发现了，也不会费力挖开，救袁不毂出来。而袁不毂现在是在破壁深洞之外的又一个无法爬出的深坑里，这样看来老天没一下把他摔死并非厚爱他，而是想更加彻底地捉弄他，让他死得更加挣扎和绝望。

气息越喊越弱，身上的伤再次往疼痛的最高点推进。袁不毂只能停止无力且无用的呼救，蜷缩身体，昏昏地睡过去。这个时候进入昏睡至少可以减轻疼痛，至少可以暂时忘记自己的处境，至少可以梦到一场初夏清凉的夜雨。

洞外在下雨，一场初夏的夜雨。天上的月亮早已不见，就像被铺天盖地的细密雨丝给冲走的。没有了月亮，江也看不清了，只能大概看到一条暗淡的清灰色带子从獬貐坟边绕过。

天黑，有雨，这些都是不利的野外条件。但对于一群被别人逼入死境的人来说，却是可以借此得到暂时的喘息。

丁天他们怎么都没想到会被逼到这样一个地方来，这应该是半山腰的西北端，差不多在獬貐前臂与挂下肩头的交汇处。往前再没有路了，往上往下都是陡峭崖壁。一些怪异的巨型石块在这里纠缠成一个杂乱的石堆群，就像平整的山体上长出一个疥疮，又像是一个箭头穿透身体后皮肉翻绽的伤口。

石堆里的环境比较复杂，出入却只有一条路径。路口不算窄，但从口子往外一段，上下都是陡峭山壁。所以只要守住口子，有多少敌人都很难杀进来。

但优劣总是相对的。如果是被别人逼进这样一个地方，那么对方只要堵住口子，被逼的人也同样很难突出。只能苦苦挨着，捱到援手出现，或者捱到所有口粮和体力都耗尽。

丁天本来的打算没错。用两辆马车强闯，可以在速度上抢过那些埋伏的黑衣人，在他们强攻之前抢先跑出绞圈的攻击范围。实际情况却打破了这个计划，往前全是沙土夹杂乱石的地面，马难走、车难过，根本跑不快，所以很快就被对方一阵密集的弓箭将辕马射倒，他们也只能用车上箱包等物品作防护一路步行冲到獉貐坟下。之后的经历和袁不彀他们几乎完全一样，转到江边，试图用江边的船只顺江而下逃脱出生天。

丁天一行驾船下江的状况也和袁不彀他们一样。袁不彀之前的推断没错，死鱼淋漓尽致地发挥了自己所长，独自控制住一条颇大的船只冲过怪流激浪，险险地在狭窄水道里靠岸。只是，其中一个同伴被江浪颠簸得吓破胆了，急急地跳上岸去，石榴想拉都没来得及，那同伴就被船头撞碎了脑袋。其他人依次安全上岸后，船失去控制。很快就在激流怪浪的拍打下，在水道石壁间碰撞成碎片。

设绞圈的黑衣人并没有放弃追杀，他们似乎已经熟知了此处的江水潮性，很快也驾船追上岸来。上了獉貐坟后，他们对丁天这些人的逼迫更加急切。獉貐坟上出现了更多的黑衣人，从岸边到山上对丁天他们再次形成夹击。这时的攻击更加凶狠密集，丁天他们连还击的机会都没有，只能一路急逃，最终被逼入到乱石堆的绝境。

好在乱石堆地形复杂，进去几步就有折转。箭无法直接射入，既可以隐蔽又可以据守还击。但他们仓皇间逃到的这个地方，传不出信儿也招不来后援。暂时的据守只是拖延时间而已，死，很可能是这里所有人必然的结果。

丁天也试着拼了几次，想改守为攻，突围出去。但这个地方易守也易堵，只一个用朴刀的高手就生生将丁天逼住。这倒也不是丁天技击本事在对方之下，而是因为地方太过狭窄。

丁天外号蝎尾黄蜂，不仅有出手狠辣的意思，还有快速移位、换位攻击的意思。小巧武器、近搏功夫就是在不断移动中找到对方破绽出招制敌，地方狭窄局限了丁天招数的发挥，而对方大开大阖的招数又不是他长刃双槽芒这种短兵刃能够硬碰的。

除此之外，丁天还发现一个更厉害的杀机是自己无法突破的。有两次，他使计诱招，本可以将那使朴刀的高手拿下，关键时刻暗处竟有强弓利箭射来，阻止了丁天的杀招，连续箭射替那使朴刀的高手弥补破绽。

丁天判断，躲在暗处运用弓射的人本事还在使朴刀的之上，瞄招瞄得准，出箭出得狠，否则不会看出自己诱招并及时出箭替使朴刀的阻挡。从箭射方向和前后箭的间歇来看，躲在暗处的弓射高手至少有两个。他感到恐怖的是，对方两次阻止他的箭，他都没有发现是从哪里射来的。也就是说，对方的弓射高手可以准确地抓住他的一招一式，而他却无法找到对方的掩身之处，更无法知道对手在一次弓射之后位置是否变化过。

到这个时候丁天已经可以确定，这一趟真正能将自己这些人尽数杀死的会是这擅长遁形杀的弓射高手。这擅长遁形杀的弓射高手不仅仅是弓射技艺和遁形本事过人，更重要的是他们的配合经过无数次训练和实战，已经到了心意相通毫无破绽的程度。这样遁形而杀、双线封杀的组合叫"阴府门神"，意思是进了阴曹地府的鬼再别想从他们眼前溜出来。

就在丁天带人苦守挨命的时候，后来出现的那一群衣着怪异颜色杂乱的人也攀上了猰貐坟。这些人很快发现了山上的对局，搞清了双方状况，并立刻隐蔽了起来。

黑衣人里有丁天都没能发现位置所在的遁形杀高手，而遁形杀高手却没有发现自己背后另有人盯着。出乎意料是一方面，但那些人掩藏巧妙、移动隐蔽是更重要的原因。

不过那些人似乎没有黄雀在后，突袭黑衣人的意图。这倒不奇怪，在这荒江孤山之上，同时出现的人应该怀有相同的或相似的目的。当其中两个怀有相同目的的对手发生争斗，就给了第三方完成任务的最好机会。所以他们肯定会尽可能让这种胶着局面保持住，为自己争取更多时间。

颜色杂乱的那些人出现在黑衣人外围不曾有任何人觉察到，他们悄然离开同样没有人觉察到。就像天上落下的雨水在枝叶山石上流动着、渗透着，很快消失不见。不知去到哪里，却又无处不在。

往返生死间的煎熬

黑暗会让狭窄的空间变得更加压抑。周围摸不到一点可以带来好奇感的东西，会让人感到无尽的孤独。扯破嗓子的嘶喊得不到一丝回应，会让人变得焦躁绝望。

但最为残酷的折磨还不是这些，而是沉寂后听到自己越来越清晰的呼吸声、心跳声乃至血流声。这会让人的思维完全缩缚于自己的身体，只能感知自己的身体。于是接下来所有的注意力不由自主地都会集中在这些身体现象上，而且在这种状态中时间会无限延长。实际上明明很短的时间，意识中却会觉得过了很久很久。陷入到这样的境地中，如果没有极为强大的心理承受力，人不仅很快会放弃求生本能，就连身体的机能也会随着意识逐渐丧失功用。

袁不彀眼下就在这样的一个境地里，也进入了意识控制身体的状态。他心中已经确认没有人知道自己在这里，自己也没有任何能力从这里逃出。黑暗就像沉重的石头压着他，让他身体的每一个微小动作都觉得艰难。孤独、无助、绝望充斥了他所有的思维，让他觉得时间无比漫长，让他觉得自己只能等待体内精气神慢慢耗尽而死，让他觉得自己早点死去、早点解脱是眼下最好的事情。

"过去多久了？四天？五天？我怎么还没死？"袁不彀处于一种迷离状态，干涸的嘴唇在不断嚅动着，但他并不知道自己是确实说了话，还是意识中的自问。

　　人处于各种压力和极度绝望中时，意识中会希望自己赶紧死去。因为在那种情况下，死是一种舒服的状态，可以把一切难以承受的不快和不适都屏蔽掉。但其实都用不着完全死去，只要陷入迷离的意识状态，就已经可以将痛苦降到很低。

　　袁不彀大张着嘴，机械地呼吸着，身体也机械地起伏着。这已经是走了魂魄的迷离状态，或许不久之后就会进入弥留状态，这个剑鞘形的洞内之洞从此将成为他尸身的棺椁。

　　一种已经形成的状态如果没有任何意外打扰，就会渐渐固定并成为结果，而袁不彀想要的结果就是死。

　　就在这个时候，一个小小的意外打破了袁不彀的状态。这个意外只是一滴雨水，一滴渗入石缝，并沿着缝隙一路流下的雨水。

　　陷入迷离状态的袁不彀又看到了那个长着牛角的影子，刻有飞星图案的剑上有血滴一滴滴掉入他的眼睛。突然，那剑带着血滴往他眼中戳去。袁不彀猛然一惊，意识顿时清醒许多。是石缝里那滴凉凉的雨水滴下，落在袁不彀的眼皮上。

　　天上的雨水不会只有一滴，有一滴可以顺着石缝钻进剑鞘形深洞，就肯定会有第二滴、第三滴。当第十一滴雨水落在袁不彀身上时，他已经完全活了过来。十一滴雨水滴落的过程并不漫长，他只是在这过程中找到了活过来的理由。

　　洞里依旧黑暗，什么都看不到。顶上始终有水滴滴下，这水滴带给袁不彀的希望并不只是不会渴死，而是彻底脱出洞穴。如果水滴成挂，如果水挂成流，如果水流在洞中积存，如果洞中积存的水足够多，那他就可以借助积水浮到顶上，逃出这个无人知道的黑暗洞穴。

　　等待比孤独、绝望更加折磨人。这是抱着祈盼、带着忐忑、充满未知、需要时间的事，会从全方位给人的内心带来灼烈煎熬，而且一旦等不到自己想要的结果，那就会是彻底的崩溃。

外面的雨越下越大，洞里的水越滴越快。已经有两挂水滴流成连线，并且不断加粗。等待着的袁不毂还是觉得太慢，这样的水流要想在洞里积聚到可以将自己浮出洞口，没有个把月时间恐怕是不成的。但这已经是唯一的希望，除了耐心等待，他没办法让水流得更多更快。

等待需要耐心，等待需要冷静，这就像木匠制作一件精密的榫卯结构器物一样，需要一个点一个点、一个件一个件地来。好在袁不毂是学木匠的出身，他有这样的耐心和冷静，他能细致地发觉水滴流挂的变化。

或许真的等了很久很久，也或许只是感觉中过了很久很久。顶上落下的水量已经变得很大了，几挂水流加在一起已经不亚于一个小小的泉口。看来山体的缝隙应该是有一个朝着这里的趋势，这才能将这么多的雨水聚集过来。或许剑鞘形的深洞就是水流天长日久冲击出来的，否则石壁不会像刀削斧劈般的平滑。

水量变大了，袁不毂脸色却瞬间变青了，他长叹一声，瘫靠在石壁上一动不动。是的，水量变大了，但是袁不毂的脚下始终只有没过脚踝的几碗水。剑鞘一样的深洞不是真的剑鞘，即便是真的剑鞘也不能保证像水桶一样蓄住水。上头的水流越来越大，落下后却又从下面的石缝流走，唯一的作用就是给袁不毂来了一场持久的淋浴，让他最后死去时尸身能够干净一些。

这一回他似乎要彻底崩溃了。

绝望，等死，发现希望，等待希望，最后等来的还是绝望，还是必死。如此截然相反的情形转换，如此断然颠倒的巨大反差，已经不仅仅是让人安静等死、求死，而是要让人在死之前先行变得疯狂。

瘫靠在石壁上的袁不毂猛然间挺直了身体，站在深洞的中央。他仿佛又看到刻在记忆里的那个影子，影子拿着滴血的剑，剑上滴着自己亲人的血。

"不能死,我不能死!我还没有看清这个影子的脸,我还没有用那把剑刺进影子的身体!"

上面的水流持续冲落下来,袁不毂发出持续的嘶喊,同时双臂挥舞,双拳连续砸向落下的水流。这一刻他清楚知道自己痛恨什么,知道自己因何而愤怒。对打破自己宁静死去的状态而愤怒,对让自己充满期望的长久等候而愤怒,对给予自己希望却又泯灭得更加彻底而愤怒。

是老天爷在愚弄他,但他对老天爷无可奈何,那么击打同样愚弄了他的水流就是唯一的选择,但这样的击打又有什么用?只能是作为一个疯狂状态的开启而已。

就在这愤怒却无用的嘶喊和击打中,有东西绕上了袁不毂的脖子,湿湿的、凉凉的。这感觉又一次将袁不毂从即将进入疯狂的状态中吓醒,下意识地停止了所有动作。任凭黑暗中的水流不停地浇落在头上、脸上,而他却连眼睛都不敢乱眨一下。

黑暗中,完全不知道绕在脖子上的是什么,只能用肌肤的感觉去体会。在确定到底是什么东西之前,袁不毂一动都不敢动。而他不动,绕在脖子上的东西也同样不动。

这是一种无法用言语描述的恐惧。在一个洞中之洞,在一个隐蔽于洞壁之外的深坑里,人肯定不会抵达这里,兽子也很难出现这里,那绕上脖子的很可能是怪异虫蛇。

又是一轮等待的煎熬,不,应该说是一轮对峙的煎熬。恐惧往往会让人麻痹了意识,忽略了初衷,袁不毂也一样。他之前已经情愿去死、接近于死了,但是当心中被恐惧充满后,他却不愿意以自己害怕的方式去死,所以只能继续坚持着,即便冲下的水流让体温越来越低,即便挺立不动的身躯越来越僵硬。

时间又过去了很久,袁不毂已经怀疑自己被水流冲得变形。他坚持不动,绕在脖子上的东西终于先动了。那东西应该是被逐渐加大的水流冲下来的，毕竟它的体积重量都不大，而高处落下的水流冲劲还是不小的。

也就在那东西动过之后，袁不觳长松一口气跌坐在地。跌下的瞬间，他身体僵硬得连手都没能扶撑一下。恐惧感瞬间消失了，他现在体会到的只有累，只有冷，只有急需全然放松的僵硬。

恐惧感消失得很快很突然，就像恐惧感到来时那样快那样突然。那东西动了，是顺着袁不觳身体整个滑下。他的身体虽然已经僵硬，但所有注意力都在与那东西接触的感觉上。于是，他发现那东西只是一根绳子而已，是黑衣人绑在自己腋下的那根绳子。刚才在绝望中疯狂地击打流水，无意间将那绳子甩晃起来绕上了脖子。没想到，一场惊心动魄是自己吓唬自己。

跌坐在地的袁不觳并没有等僵硬的身体完全活泛，就再次蹦了起来。惊吓并非毫无作用，他找到了一个逃出深坑的可能。

摸到了绳子，也就想到了上面的白蜡杆子。要想从这个深坑里出去，有这两样东西应该够了，但是要想拿到那白蜡杆子却不容易。虽然手里有一根足够长的绳子，但绳子无法抓拿下来那杆子。所以，要想拿到上面的白蜡杆子，可能还需要一些其他的东西。

袁不觳脱下自己的衣服，外衣内衣都已经湿透，拿在手里沉甸甸的。他把内衣拧了一下，绳子挽个双搭扣，把一角衣襟牢牢地系在绳子上。

单薄的棉质贴身内衣，湿过水后会变得很有裹缠性、黏附性，即便一面光墙，湿水的内衣都可以甩贴在上面不掉下来。

不过内衣也不能湿得太厉害，那样分量会很重。甩不上去不说，反而会没那么容易黏附裹缠。袁不觳将衣服拧到合适的湿度，并很有条理地拢好成团。这样内衣甩出后可以像渔网一样展开，增大成功裹住目标的概率。

深坑里什么都看不见，但跌落下来的方向位置袁不觳是清楚的。现在需要摸索的是高度，袁不觳估计不会太高，否则自己跌下来不死也得伤筋动骨。

湿水的内衣带着绳子扔了上去，然后直接掉落下来。这是高度不对，撞在坑内石壁上了。于是再来第二次，力度稍微加大点。内衣似乎停滞了一下，但仍是掉落下来……如此反复，不断试探，经历了之前的无助、绝望、等待，袁不觳的耐心有极大的提升。他丝毫不急躁，控制好手里每一次动作的力度，注意每一次扔出后的声响变化。湿水内衣就算甩在石壁上，与洞口距离不同的位置，发出的声响也会不同，越靠近洞口空音越大。

大概试到第二十几次时，湿水的内衣没有再发出碰撞石壁的声响，而是发出一种旗帜挂风般的声音，这应该是湿内衣展开发出的。而且那内衣也没有再掉下来，这说明就算没有扔进上面的坑口边，也应该是挂住了什么东西。

袁不觳小心翼翼地慢慢回拉绳子，就像用线锯①去制作一块图案繁杂的花板。上面有土石在往下落，即便在很大的下落水流中依旧可以清楚感觉到。不知道湿内衣有没有挂住什么东西，但基本可以肯定这一次位置是找准了。

湿内衣整个掉落下来，打痛了袁不觳的头。袁不觳的心一阵狂跳，他感觉打痛自己的像是根木杆。自己的运气不会这么好吧？找准位置后一下就将木杆裹住并带了下来？

否极泰来，人倒霉到极点总会有反转。袁不觳这次的运气真就这么好，湿内衣不仅甩出了洞口，展开的衣襟衣袖一下就把搭在两边突出石头上的白蜡木杆裹得结结实实。随着土石一起被拉下来的正是那根白蜡木杆。

这个时候袁不觳根本没有心情和闲暇庆幸一番，他赶紧将绳子上的内衣取下，重新把绳子绑定在白蜡木杆的中间。由于之前扔湿内衣时非常专注地注意了高度，所以白蜡杆只竖着扔了两次就扔出了洞口。再往回拉时木杆已经横了过来，牢牢地卡在了坑口两边。

---

① 线锯：一种线一般细的锯子，可以直接按描样锯出镂空图案。

拉住绳子，手脚并用，袁不欶很快就爬上了剑鞘深坑的坑口。出来后他再不敢到处乱摸乱走，而是回到原来坠下的洞里。

像是往地底钻的活路

回到这边洞里之后，他站在石台上又高声呼叫了一阵，但上边没有任何反应。已经经历了多少回生死反复的袁不欶再不像之前那样快速进入绝望，反倒是感到了强烈的饥饿。从捉奇司车队入绞圈被袭，到下江逃上猰貐坟，再到被黑衣人抓住入洞做活估子，就已经是大半天的时间。坠入深坑之后始终是在黑暗之中，无法知道过去了多长时间，但肯定不会短。算下来至少也有四五顿没吃了，不饿才怪。现在上面没人听到他在这里，或者认为他已经死了，那么下一步就还得靠自己想办法出去。否则这样等下去，就算没有其他危险也得饿死。

从上面出去的可能性不大。自己坠下来时虽然有些坡度，但是不曾有什么刮带碰撞。也就是说上面至少有一段很是光滑，徒手无法攀爬。这个洞的洞径越往下越小，下方的洞壁是有凹凸起伏的，否则白蜡杆也不会卡停在这个位置。所以应该试着继续往下，说不定就能找到出路。

另外，此处叫猰貐坟，后羿杀死的第一个怪兽就是猰貐。还记得那个故事里，最初与猰貐斗杀时后羿没有足够经验，神箭连射猰貐七穿十四孔，都无法将猰貐射死，最后寻到猰貐要害这才将它一箭致命。如果此处山体真是死去猰貐化成，或者与猰貐尸身相似，那应该也有七穿十四孔。

最初自己被押入的洞道，还有自己坠下的洞道，以及旁边陷入的深坑，会不会就是七穿十四孔交叉形成的。如果真是这样，那只要选定一个方向走，就一定会有出去的口子。

想到这里，袁不毂拿起绳子和木杆，选择既可挂搭又能轻易甩脱的位置固定好，然后拉住绳子慢慢往下。他现在的确应该早点找到出路出去，黑暗中无法知道时间，实际他陷在此处已经有两天三夜了。要是没有雨水渗流进深坑，单是干渴就会让他再没体力爬出深坑。

下到绳子差不多要没的时候，袁不毂找到一处可以立足的地方，然后抖甩绳子，让上面的白蜡木杆掉落下来。再重新找点卡住，继续吊住绳子往下慢行。

如此重复三次，就再用不上绳子和木杆了。那洞道不再垂直，而是渐渐转弯，变成可以正常行走的斜道。另外还有一件让袁不毂心中欣喜的现象出现，就是洞里似乎有了些许光亮。虽然不知道是哪里透进的光，但在某些位置袁不毂的确可以借此模糊地看到些洞里的情况。

但是有一件事情袁不毂疏忽了，这洞道不管怎么走，都是往下的。猰貐坟往下会是哪里？那里真有可以脱出的活口子吗？

老弦子也在洞里，但是他却不知道该往哪里走。前面有五个洞道，加上自己走过来的这条洞道，看样子应该是有三条洞道在这里交叉了。

"怎么了？又不知道怎么走了？"后面有恶狠狠的声音在问。

"对，这次岔出的洞口比上次还多。"老弦子怯懦地回一句。

后面的黑衣人牵着老弦子身上的绳子，看到前面那么多的洞道也是眼前一晕。之前他们已经遇到过一个岔口，结果磕磕碰碰转了两天。没有找到与自己目的有关的任何东西不说，也没有找到与目的有关的正确路径。而现在竟然又遇到一个更多洞道的岔口。

"后羿斗猰貐，七穿十四孔未能将其杀死，最后才寻到要害一箭将其毙命。此地为猰貐坟，也有说是猰貐死后尸身所化。如果真是这样，那么我们走的洞道可能正是这七穿十四孔。这十四孔有单独穿透、有交叉射穿，再加上猰貐身体内本有的内腑腔道，肯定是错综复杂、难明其向。此处三洞交叉，应该是猰貐胸口的位置。三箭穿体虽然角度和射入部位不同，目的都是要射其心的，所以我们可以根据这个位置来确定下一步的前行方向。"舒九儿弯腰靠在石壁上，很疲惫地说出自己的见解。

"你这说法不对，三箭穿心，这心在哪里？"主事的黑衣人沉吟下，提出疑问。

"猰貐的心脏不在胸口，否则怎么可能七箭十四孔都射不死呢。后羿也是三箭之后才知道射胸口不能杀，这才另寻真正要害处，用了第八支箭才杀死猰貐。"舒九儿说道。

"那要害处到底在哪里？"旁边丰飞燕焦急地问。

舒九儿摇头："不知道，传说中没有说明。"

"唉，怎么偏偏这个不知道。第八箭射中的要害说不定就是关键，这些老爷们想找到的地方应该就在那里。"丰飞燕口气无限惋惜，却似乎并非替那些黑衣人惋惜。

"还有一点也不对，箭射之孔应该是直进直出，但我们走的洞道却都是曲折蜿蜒的。"主事的黑衣人有着细致的分辨力。

舒九儿想了想，道："这个我倒是可以很肯定地告诉你原因。穿体伤口的确都该是直的，但是穿过之后，身体内部的肌肉脏器是会有相应反应的，或收缩、或舒张、或移动、或扭曲。这样一来，伤口会有许多变形，只在大体上是直的，局部段落已经有很大变化。再有，当出现收缩强压等情况后，伤口血流会借道脏器腔道，这就相当于原来直穿的伤口孔道被堵，改换了其他洞道路径。更何况猰貐是远古怪物，身体更是奇特，所以穿透身体的箭孔走向出现曲折蜿蜒一点都不奇怪。"

主事的黑衣人又沉吟了一会儿，才阴沉沉地说道："对了，你是医官，懂肌体脏器的道道。所以要想更早地找对路，得靠你带路。来人，把那个老梆子的绳子解了，给这丫头系上，让她在前面做活估子。"

在这样一群凶恶的人面前，挣扎拒绝都是没有用的。舒九儿这个弱女子只能无可奈何地系上绳子，拿着根木杆走在最前面。她在这个岔路口没有太多犹豫，径直走过那个没有心脏的胸腔，选择一条洞道继续走下去，而且根本不用手上的木杆做任何试探。能够如此决断是因为她了解兽子的身体内部结构，可以根据普通兽子的身体构造选定走向兽子头部的方向，而不是乱转乱试。这种方法她其实也是经过两天的摸索才找到的，只要猰貐的身体和普通兽子大同小异，她选择的路就不会错。

刚刚踏入新的洞道，舒九儿觉得前面有黑影一闪，然后隐入洞道的暗处再也不见。看来这洞道中已经有人抢在前面进来，这情况让舒九儿有了许多担忧和一丝信心。有人，不知什么人，就意味着有危险，担忧在所难免。有人，不管是什么人，至少说明前面的路是可以走的，这又让舒九儿有了走对道路的信心。

舒九儿走得比老弦子要快，这样后面跟着的人也显得比较匆忙。就在那十多个黑衣人都进入洞道之后，从岔口的另外一个洞道里也闪出一个人来。这人正是捉奇司车队中第二个活过来的死人，那个滚入路边草沟中的车夫。

车夫的身形很是轻巧敏捷，比身形更快捷的是眼神。配合脚步正常的移动，他已经将岔口其他洞道全部观察清楚，特别是黑衣人们刚刚过来的那个洞道。在确定没有什么不利因素后，他侧身贴壁闪入舒九儿带着黑衣人刚刚进入的那个洞道。然后在谁都没有觉察到的情况下，队伍最后面的一个黑衣人无声地躺下了，躺在洞道转角的暗影里。

当最后面的第三个黑衣人趴在洞里的一块圆石上再不能醒来时，前面主事的黑衣人才感觉到后脖颈刮过了一丝凉意。他扭头往身后看了看，洞道里火把扑朔、人影晃动，看不出有什么异常。这里是江边孤山，山体中的洞道，除了他们按已获线索跑到这里寻踪觅迹找秘密，其他又有谁会在这里出现？

主事的黑衣人显然是错了，他自己押着两个女子和一个老头本就是意外。这样的三人能够出现在这里，那么其他人更是有可能出现在这里。

袁不觳的面前也出现了岔道，但他根本没有费什么心思就做出了选择。出现的那个岔道太狭小了，需要屈身爬行才能出入。而他原来走的那条洞道越来越宽敞、越来越平坦，前面的光线也越来越亮，视觉越来越清晰，这是很明显的接近出口的迹象。

又往前急匆匆走了一段距离，洞道确实越来越宽、越来越亮，但是洞里也开始出现了很多积水。也不知道这里是山中水流汇聚的地方，还是与外面水道有连通的暗河。

当走到积水差不多漫到膝盖时，他在水里撞到了一个东西。那东西晃悠悠地漂浮着，袁不觳弯下腰凑近了去看。当看清那是一个已经泡涨得非常圆鼓的尸体时，吓得他连退两步跌坐在水里。

不过，已经经历多次生死考验的袁不觳很快就冷静了下来，这具尸体提醒他好像有什么不对。此时洞里的能见度其实已经很不错，基本可以看清周围的情形。只是光线依旧恍惚，让看到的情形不那么真实。

不够真实，有可能因为光线是透过水面传入的。而江水不停激荡起伏，再加上折射的原因，透入的光就会一直显得恍恍惚惚。

袁不觳想到自己刚才一直都是往下走的趋势，最后已经是在积水中蹚行，所以猜想自己很大可能已经走到了山体的最底下。这底下出现积水属于正常，但积水不应该有恍惚的透光，除非此处已经深入到江面之下。如果是这样的话，那这条洞道应该是直接通到了大江里，那尸体应该就是没涨浮之前从洞道中冲进来的。

所以要想从这里出去，需要在水里潜游一段距离，然后从江里冒出来，但需要潜游多远他并不不知道，潜游的通道情况如何他也不知道。如果长度太长或有什么异物缠堵，他会直接被淹死的。另外出去后在什么位置也不知道，如果是在激浪急流中，也是没有可能再游到岸上的。

袁不彀心中不住地懊恼，自己走错路了，面前是一条充满未知和危险的道路。而另外那条看着不像人能走的洞道，说不定才是可以脱出生天的活路，是偷逃出地府鬼狱的捷径。

想到这里，袁不彀果断转身，但走出几步之后又返转回来，翻弄了一下那具尸体。这回他看清了，那是一个黑衣人的尸体，从泡涨的程度上判断已经死去很长时间了，应该是在他们最初设法登上獩貐坟时掉江里淹死的。

袁不彀在那尸体上搜找了一番，收获还挺大，竟然找到些装在布袋里的煎饼。虽然已经被江水泡烂了，但是对于几日未进食的袁不彀来说，简直就是世上最顺心顺口的美食。

狼吞虎咽地吃完半袋泡烂的煎饼，袁不彀的体力恢复了许多。除了吃的，袁不彀还找到一个"百步明匣"。这是一种取火器具，用硝石、火油、刨木卷装入铜匣做成。外包猪尿泡，密封性极好，就算扔在水里几天，捞出来依旧可以打着火。这器具主要是用来点燃灯盏火把的，自身也可以燃烧照明。只是自身燃烧时间很短，百步左右就会燃烧殆尽，所以才会起个"百步明匣"的名字。洞道中找不到可点燃照明的东西做火把，只能直接使用百步明匣。袁不彀知道这东西这时候对于自己来说就是个宝，不到关键时候不会用的，便依旧一路摸索着走。

袁不彀还在尸体上找到一把解腕尖刀，他把刀子也带在了身上。在不明状况的洞道里冒险而行，这刀子说不定什么时候就能派上用场。

重新回到刚才经过的岔道口，选择那条不像人走的洞口钻进去。进去后，袁不彀才知道，走这个洞道完全不需要百步明匣照明。因为洞道太小，能弯腰挤进去已经不错。人始终是贴着洞壁的，不需要辨别方向，也没有必要观察洞里情形，只管顺着洞壁往前就是了。而那探路的白蜡杆更是用不到了，洞小拐弯多，连续拐弯的局促位置连人都要扭拧着身子才能钻过去。长木杆在这种位置直着嫌长、竖着嫌高，根本没法往里带。

袁不骰丢掉了木杆，丢掉了绳子，就连外衣也丢掉了。他要尽量保证自己身无累赘，才有可能顺利钻过洞道。在这狭挤的洞道里万一被绊住或卡住了摆脱不开，是不会有人来帮自己的。那样的话和活埋没什么两样，甚至比活埋更加痛苦。

丢掉了那些累赘，袁不骰小心地进入了洞道。狭小的洞道刚开始侧转扭拧着身子还能往里走，到后面越来越窄、越来越矮，弯着腰已经通不过，只能跪行。再后来跪行也不成了，要匍匐着一点点往里爬。即便这样，袁不骰也不愿放弃，因为再没有其他路可走了，是死是活都要硬着头皮往前闯。

最终，袁不骰还是后悔了，很多时候求生比等死更痛苦。那洞道到后面就算匍匐着往前爬也走不通了，洞里的湿泥裹住身体，每一次移动都要使出浑身的力气。这情形完全不像是一条可以走通的洞道，倒像是在往地底的深处钻。

但是到这里，后悔也没有用。这时连退回去都已不可能了，倒着往回爬需要付出更多的力气，而且脚在后面无法摸索走向情况，不累死也会卡死。

边上菜边记阴文的伙计

袁不骰大口地喘着粗气，他的呼吸变得很困难。不仅仅是因为太累了，还因为洞里空间太小，洞壁压挤，狭窄空间的心理压抑让人感到呼吸困难。

好在洞道虽然愈发窄小，但到这位置已经不全是石壁，开始出现了土层、土块。有的是石壁上附着的厚土，有的完全就是石头之间的土质。袁不觳在那个黑衣人尸体上找到的解腕尖刀派到了用场，借助这把刀挖开些泥土，可以把洞径尽量扩大些，以便自己能够钻挤过去。

洞道出现泥土，一般来说这意味着已经接近山体的表层。但是如果洞道前面完全被泥土堵住了，那就意味着进入的有可能是一条死路。袁不觳最终在前面摸到了一堆泥，再没有一丝可往前爬行的缝隙。

为了证实自己摸索到的感觉，袁不觳毫不吝啬地使用了百步明匣。

百步明匣点亮后能看到的东西很少，除了周围将他挤压得紧紧的石头和泥土，就是他前面堵得死死的石头和泥土。这里就像一个天然的墓穴，而袁不觳很努力地把自己塞了进来。

这一回不得不放弃了。袁不觳的眼泪不由自主地流了出来。之前在洞壁外的鞘形深坑里，他已经放弃所有希望，平静地等待死去。滴挂下来的水流唤起了他活下来的希望和勇气，让他重新振奋起来，不屈不挠地找寻存活下来的路子。但是他找到的路子一次次地被截断，所有的努力只是让他陷入更加痛苦、更加煎熬的死境。

百步明匣的火光在晃动，里面的燃料快烧完了。被黑衣人押进洞中时袁不觳想回头看一眼天上的月亮，因为他感觉那可能是他人生中最后一次见到月光。而眼前晃动的百步明匣，也有可能是他最后一次见到的人间光明。

眼前黑了一下，不是百步明匣灭了，而是有东西落在袁不觳的脸上。袁不觳用手抹了抹脸，先是抹掉眼泪，又去抹落在脸上的东西。

落在脸上的只是一团黑乎乎的泥水，和袁不觳之前一路爬过的泥水差不多，唯一不同的是这泥水是从上面落下的。匍匐在狭窄洞道里没法抬头，袁不觳只能翻眼皮尽量往上看。

又一团泥水落下，还带了些碎石和泥块。这一次没有落在袁不觳的脸上，而是落在跳跃着最后一点火光的百步明匣旁边。

袁不毂眼睛定定地看着那一小堆碎石泥土，呼吸再次急促起来。

是因为这碎石泥土会成为他坟墓的最后覆土，还是因为这是他在最后一丝光亮下看清的最后东西？不是！都不是！随着碎石泥土落下，随着百步明匣的火光渐渐逝去，袁不毂心中的光芒却是快速升腾起来。

就在百步明匣彻底熄灭的瞬间，袁不毂用力伸出他的手，拿着刀狠狠地刺入前面的碎石泥土之中。他要刺开坟墓、刺开地狱！

天色阴沉，是雨欲来。这雨憋熬得有好几天了，一旦下来便线扯丝拉地，不下个透彻肯定是停不住的。

桃荷棋院在临安城西，来这里的人大多是精通棋艺的文人雅士，也有不少官家人。官场如棋局，观棋听辨，从棋局变化、棋手妙着，有时候是可以让这些人有所顿悟和借鉴的。

范成大也是官家人，但不管他的职位还是他的心性，都还没有到需要从棋局中领悟如何做官做事的程度。所以他虽然也偶尔到桃荷棋院来，但来的目的都纯粹是为了切磋棋艺。

不过今天却有些不同，他是收到一副对联后才到桃荷棋院来的，对联是枢密使张浚让手下人给他的。这有些奇怪，因为枢密院里张浚的文室离他没几步路，平时有什么事情，要么直接来找他，要么唤他过去。传递文字还是头一回，而且传来的还是一副对联。

那对联并非张浚的字迹，应是他从其他地方得来的。对联的内容是"四月桃挂碰牛尾，更有荷开面亭席。"大意像是写了一处村落景色，但对仗上不太工整，文采也没有过人之处。范成大是精通诗词对联的大家，自然对联之中能见联外之意。从上下联一三五七字中，他得出一句话来："四更桃荷碰面尾席。"

这是一副邀约见面的暗语联，这个暗语联是张浚收到的，也就是说有人暗中邀他见面。张浚转给范成大，应该是已经知道联中意思，但是并不清楚对方来路，或者觉得自己出面不妥，所以要范成大替他前来。

如果的确是重要、隐秘的事情，为何张浚不过来当面商议，而是让人把这对联送过来且没有任何交代呢？

范成大眼珠转动几下，猛然间倒吸一口冷气。张浚不直接来找自己是不是因为他的一举一动已经被什么人盯上了？他和自己都在枢密院之中，离了没几步路，什么交代都没有只是送来副暗语联，说明盯住他的人也在枢密院中，在他的身边或者在自己的身边。

张浚身为枢密使，做事从来都缜密谨慎，人家会因为什么事情盯上他呢？隆兴元年北伐惨败有些奇怪，这是个可以给人闹事儿的把柄。再有之前为了查清均州芦威奇那份谎报的军报私下雇用"死过卒"，这也是可以被人做成把柄的。如果是针对的这两件事，那盯住张浚的人应该是边辅或白虎堂的。也只有这两个地方可以悄无声息地安插些人进枢密院，或者启用早就安插在枢密院里的某个钉子。

对了，除了这两处，还有捉奇司。雇用"死过卒"就是去盯捉奇司行动的，如果他们在过程中有什么不慎，露出的马脚让捉奇司抓到，按铁耙子王的心性，肯定会回过来头盯住张浚的。所以张浚现在是动不得的，有事情只能自己替他去做。

当天四更时分，范成大坐在了桃荷棋院论棋厅廊外最靠边的尾席上。没人问他是否定了此席，也没人询问他要些什么。他往那儿一坐，便有一个伙计在管事的指派下，给他上了瓜果点心，另外还有一壶富春绿片茶。就好像这早就安排好了。

范成大面对这情形一点没有显出什么不自在，有吃便吃、有喝就喝。他知道，只有表现得自然，别人才不会觉得他有什么异常。就这样过了差不多半个时辰，这尾席上始终没其他什么人过来，就连棋院里也没什么人进出。这倒不奇怪，每天到这个时候，该来的人都来了，不来的人也就不来了。

茶凉果残之后，伙计开始往范成大面前上酒菜。桃荷棋院平时虽然只准备一些常见小菜，其中倒也不乏独有特色。就比如一道桃荷醋鱼，专做美食菜肴的大菜馆、大酒楼都无法做出这样的味道来。

夹一块醋鱼放入口中，范成大微微皱了下眉头。不是不好吃，而是太好吃了。以往他也吃过这里的桃荷醋鱼，好像都没有今天的这么美味。如果说有什么不足，那就是这道菜没那么热，不像刚刚出锅的。

范成大是个细致的人，否则张浚也不会让他替自己来这里与人见面，所以鱼吃到嘴里后，些许的不安立刻显露出来。

这鱼是特别制作的，所以比平时更加美味。这鱼是提前制作好的，只等给范成大上菜，所以少了些热度。从这些情况分析，别人安排这个尾席时，就只定了一个人。也就是说要么没人来和范成大见面，要么就是别人只会抓住合适的时机与他稍作交流。另外订下尾席的人应该是有身份有面子的，否则棋院不会在一道菜上如此下功夫，生怕有一点点怠慢。

不过范成大只是略微闪过一丝不安，就很快就恢复了正常，继续自己其实很索然无味的吃喝。他必须以这种状态来等待，等待约请张浚的人出现，哪怕就是匆匆一面、草草一句。

"这上一位的黑子动得蹊跷，补救之下只能填了中五位，但这中五位的形势牵出后偏偏又被旁七位挂住。如今抽得回、抽不回，都成了一个破处。"棋台上一局棋正在进行着，有人在棋厅中间的大盘上复盘论棋。

范成大没有看中间大盘上的对弈，眼睛的余光一直在有意无意地观察着棋院中的人，但他却听到了这棋局的评语。这评语让他快速联想到一些事情，不由得心中一惊、手中一抖，端起的杯子泼洒出些酒水来。

棋盘上的上一位对正北，是指均州吗？均州芦威奇发枢密院的军报虽然有谎报成分，但有蹊跷是肯定的。中五位对正中，是指临安？临安动子补救，是说捉奇司再遣十八神射和带符提辖之事吗？旁七位对正西，被旁七位挂住又是什么意思？据"死过卒"发回消息，捉奇司后遣的人手是往西南转正西而行的，而且好像一直未曾找准什么确切目标，这又怎么谈得上被挂住？

范成大稳住心思，也稳住手臂。酒杯在嘴边沾了一下便缓缓放下，就在快要放到桌面上时，他突然又想到了什么。心中一沉，手中也一沉，酒杯重重顿落在桌面上。

捉奇司所发天狐十八神射和带符提辖是往北去了，之后从沿途州府军报上可以看出，他们又改往了正西。难道被挂住的是指他们？如果是指他们，那么张浚指使的"死过卒"就跟错了对象、追错了方向。

但对方约张浚过来就是为了这样一段似是而非的评语吗？而以这评语告知张浚行动错误又是出于什么目的？能够告知这样的错误有一个前提，就是已经知道是张浚指使了"死过卒"去跟踪捉奇司的人。

范成大站了起来，他觉得自己弄清了对方约请张浚到这里来的目的。这其中肯定有个误会，或者说张浚采取的行动被利用了。而不管误会还是利用，今天对方让张浚来这里都是为了证实"误会并非误会，利用并非利用"。

站起来后的范成大在整个棋院中扫视。他在找人，找一个可以从别人神情动作上来判断是否有误会、有利用的人。这个人是个厉害角色，他应该就在棋院中，而且应该正在暗中关注自己。自己刚刚的判断错误了，吃喝安排得步步到位，菜品也做得特别美味，并不仅仅因为安排的人身份特别，更重要的是那人就在这里。

但范成大只是个文人，就算再缜密细致，看人的本事都与刑案高手、江湖探子查辨人色的一套有很大差距。所以他什么都找不到，棋院中的每个人似乎都是正常的。既然看不出结果，赶紧离开才是正确的，现在要做的就是把自己此行得出的结论及时告知张浚。

其实范成大得出的结论并不复杂，就是有人已经发现张浚指使"死过卒"暗中跟踪捉奇司的行动了，并由此怀疑均州的蹊跷争斗与他有关。均州那些黑衣人很大可能是军中兵将，那么作为枢密使的张浚是绝对有权力调动他们的人之一。所以发现的人故意用暗语联约张浚出来，然后在桃荷棋院故意点出相关信息看他反应，从而进一步判断他是否是整个事件的幕后操纵者。

再简单点说，"死过卒"跟踪捉奇司的行动很有可能被真正的幕后操纵者利用了，转而把均州事件扣在了张浚头上。

"这是一个套儿，剥皮去肉的套儿。虽然只是一顿饭几句话，不仅能够剥皮去肉，而且连骨头都是可以敲开，并且见到骨髓的。"范成大的想法没有错，他确实是钻进了一个布好的套子，只不过这套子原本是给张浚准备的。

范成大甩袖子走过棋厅，走出棋院大门。经过其他座席时，人们都抬头看他，棋局一半酒席也一半的时间离开棋院的人不多，除非是遇到了紧急的事情。

"好在今晚是自己替张大人来，还可周旋……还可周旋。"范成大边走，边在心中对自己说，但其实这真的不值得庆幸。如果对方这套儿是辨妖识鬼的金钢圈儿，那张浚自己来反倒更能证明他的清白。如果对方这套儿早就收了口儿，认定张浚就是幕后主使，就算他自己没来，也肯定会有各种说辞证明他是主谋，连他不敢露面找人替代的做法都可以成为心中有鬼的佐证。

另外范成大在此的表现也不是太好。这也难怪，一介文人极少参与这种争斗，像这种多为江湖人才用的放套情形更是从未经历，所以现在哪怕只是从范成大这个替代者的反应进行推断，那张浚也至少要被套上一只脚。合身被套可剥皮去肉敲骨见髓，套一只脚也一样可以见到骨髓，只是位置不同而已。合身套了会没命，套了一只脚走不掉，过后还是会没命，结果也是一样的。

范成大走出棋院时，那个给他送茶端菜的伙计用指墨套在托盘底写下了最后一个字。指墨套写字，也叫"记阴文"，是江湖上的本事。不用眼看，且写的全是反字。

这本事一般人练不出来，不仅手上要有足够的稳劲和巧劲，还必须心有灵窍、聪明过人。当然，有足够的学问也是必须的，否则就算会写也不一定能用合适的语句来表达。能够练到做着其他事情还把字写下来，道行就更高了。在所有人眼皮子底下把要记录的细节和要传递的信息全部写清楚，这个伙计能做到这程度，更是高手。他手中的托盘底面，就记录了范成大的全部反应以及对范成大各种反应的推断。

伙计转过棋厅左廊，掀门帘布掩住半边身体，然后右手轻甩，那托盘便飞过墙头落到墙外。听不到托盘落地的声音，是外面早就有人候着接住。而之前毫无预兆地甩出托盘却能不落地，也说明外面候着的人身手是极快的。里外两个人根本不用相互招呼的配合，只有捉奇司才有这样的训练。

黑袍内不知多少杀器

桃荷棋院，出入的都是名流雅士，这些人平常的议论就有高人一筹的见识见解。再有一些官员也经常出入，捉奇司理所当然会把这里定为收集信息的重要点位。对于这样重要的点位，他们不会派人装作客人进出，而是直接把人安插在棋院之中。

棋院里的那个伙计端茶上菜的同时，观察了范成大从表情到动作的所有细节，并在托盘底下尽数记录。有这种本事的人当然不会是一般的人，他叫李踪，外号"十足神鼋"，出身江湖上最擅长打探消息的门派搜神堂。得这样一个外号是因为水鼋有六足，浮行于水面，水面稍有波动就能觉察。而李踪这只水鼋还要多出四足，不仅在人间市井浮行稳妥，感知也更灵敏。就算不是刻意寻查什么，只要周围有些风吹草动、蛛丝马迹，都逃不过他敏锐的观察力。

铁耙子王赵仲珥设虚实互换的两路人马，到目前为止最大的收获是查出尾随第二路人马的都是些什么人。两河忠义社这方面的能力真的超乎想象，根本没有与那些人近距离接触，就从各种特征确认了"死过卒""祭幺堂"这两路江湖组织，并且很快追踪线索发现"死过卒"的行动与枢密使张浚有关。

这个信息返回之后，赵仲珥再综合其他各方面信息，推断均州府的黑衣人可能也与张浚有关，于是决定设套试探。而在临安城里试探一个高级官员，选在桃荷棋院应该是最合适也最合理的。

李踪对范成大的观察以及推论很是客观："平静，疑惑，受惊，担忧，始终未有恐惧。说明来人并不知真实内情，或内情不符。"

的确，范成大从头到尾有各种情绪变化，疑惑设套人的身份目的，担忧张浚做法被别人利用后的处境，却始终没有险恶目的被窥透后的恐惧。用搜神堂的术语来说就是"形正行规无惊乍，心念无恶不觉险"。

范成大走出棋院的时候，天已经开始下雨。雨不大，但很密，细密的雨丝仿佛在天地间拉起一道永远都掀不开的纱幕。

棋院往东过了丹鹤桥和五斗街就是范成大的居所，但他过了丹鹤桥之后却转进了清河坊，从这里可以抄近路去到张浚的府上。范成大有些迫不及待地想把今天棋院的情况告诉他，另外也是觉得枢密院中有人在盯着张浚，自己直接去他府上相告更加稳妥。

范成大没有带伞，只能抬手用大袖子遮盖着头，这样难免会遮住些视线。当他匆忙走出清河坊时，差点撞上了人。那八九个打着大油布伞从他面前走过的人，脚步比他更加匆忙。

雨夜中没法看清那些人的面容，但看装束这些人像是宫里的。其中大部分人是宫里侍卫的衣着，背着颇为沉重的东西，并用披风加以掩盖。有两人的模样是公公，这两人走在最前面，其中一个给另外一个打着伞。

范成大脚步跄跄地退后几步，让这些人先过去。他视线却一直追着那些人的背影："奇怪，宫里的人这么晚出来干什么？这个时候宫门应该打夜封了，没有特殊的事情是不准进出的。"

范成大也就是心里嘀咕一下，随即便匆忙赶往张府。现在不是自己管闲事的时候，更何况对宫里的事情还是尽量少些好奇心的好。

范成大没有看错，那几个人真就是宫里出来的。这个时候宫门也的确是打夜封了，但是对于有些人来说，找个旁门小道出来并不是什么难事，比如副总管方德庆。

方德庆做事一向方方面面都抹得溜滑，有好处谁都能分上一杯羹，所以不管太监还是侍卫都很乐意替他出力办事。这回从废折库里搬出些东西，他都不用指派自己手下的太监，召唤一些宫里的侍卫就能办成。

当然，很多时候不让自己手下太监跟着做事情是有用意的，身边的人知道自己太多的事情并非好事，特别是一些有重利的事情。一旦他们知道这重利来得轻松，肯定会眼红心贪，嫌自己分得少。而侍卫们并不知道其中内情，即便见到重利，也都认为是方总管用了大权势、冒了大风险得来的。再加上分他们些不菲的钱财，一个个只会心满意足称谢方德庆。

再有，使唤一大堆太监出宫肯定会很招眼，不像侍卫那样本就常在外面行走。而最为重要的一点是宫里的旁门小道是由侍卫看守的，方德庆用正当手段出来不是不可以，但免不得把动静搞大。但如果直接把这些侍卫拉上一块儿去做挣钱的事，不仅畅通无阻，有这些大内高手在旁，交易时安全也有保障。

与樊惠丙约定交易的地方在华舫埠。华舫埠在西湖边上，平常专停富家游船和娼家花船，是一处热闹的地方。选择这样的地方交易看似乱了些，其实遮掩、后路更多，有什么意外旱路水路都可以退走。

今晚的华舫埠却冷清得有些奇怪，只有一艘大船和几艘小船停在岸边。这除了因为阴雨天气无人夜游，应该还有其他什么人为的因素，将本该停靠此处的船只给赶走了。平时能停在此处的都不是一般的富家和娼家，要么是临安最有钱的人，要么就是临安城最美、最具才艺的姑娘。能将这些人的大船赶走，不靠在华舫埠，不是有钱就是有硬手。

宫里的侍卫果然不同，到了埠头后把东西放到方公公的脚边，不用分派便自动分散开，各占有利位置。其中两个侍卫撑着伞，站立方公公旁边，这是为了保护方公公，也是为了给拿来的那些东西遮雨。其他侍卫放下了伞，以免雨伞遮住自己观察周围状况的视线。从他们占据的有利位置看，隐隐间是在埠头上组成了一个可攻可收的阵式。

樊惠丙自己打着伞从大船上走下来，后面跟着几个随从。他没让随从们给自己打伞，那些随从自己也没打伞。可能是上下船走跳板不方便，也可能是那些随从要捧着分量很重的金页子。不过宫里的侍卫们却能看出，这些随从都是有着厉害身手的。他们不打伞应该是为了可以快速反应，随时提防交易中出现什么意外。

一个双方嘴上都说得轻松不带忌讳的交易，实际进行时竟然兴师动众，各种防范的手段都用到极致。

孟和也在船上，披着雨布站在船头没有下来，但双目一直都盯住埠上交易的双方。他今天很早就赶到了这里，等了足有一个多时辰。方德庆和樊惠丙是他介绍认识的，他们之间做什么生意孟和可以把自己撇在一边不管，但是两个人既然谈成交易了，那么交易的过程他却是要盯着的。生意成不成和他没有关系，生意中谁把谁亏了，作为介绍人是会对不起被亏的一方的。

本来孟和是极不赞成在夜间交易的，凭他的能力和关系，要在白天找一处隐秘安全的地方根本没有问题。倒是方德庆坚持要在夜里进行，或许是到夜间才能把东西带出宫来，也或许是夜里的黑暗可以让他对自己做的事情心安一些。

老话说过，夜路走多了，难免会碰到不干净的东西，所以方德庆的这个习惯很不好。天黑时分，夜雨濛濛，又带着许多宫里散发了霉秽味的陈年老东西，这些都是招魂惹鬼的。

埠头上出现了个鬼一样的黑影，是孟和最早发现的。

"什么人？"发出如此厉声喝问是因为他自己被吓到了。那个黑影从何而来，又是如何出现的，他竟然全然没有觉察，只能瞬间做出个推断，这黑影可能是从旁边几艘小船中的哪一条上出现的。

樊惠丙之前很谨慎地将其他大船赶走，却没有在意那些小船。这也难怪，几条舴艋小舟上藏不了几个人，而几个人也绝对无法对他们造成什么威胁。事实证明樊先生错了，意外出现的只有一个黑影，带来的却是所有人的灭顶之灾。

孟和的喝问惊动了埠头上的人，樊先生带的几个随从扭头确定黑影位置后，立时卷起几股风朝那边扑了过去。方总管带的护卫，一部分马上往交易的中心靠拢，他们要护住交易的双方主家，也要护住双方已经放在一起的金子和货，还有一部分则是瞬间组成错落有致、攻守兼备的阵形，紧随樊先生的随从朝意外出现的黑影靠近。

不同的反应可看出江湖高手和大内侍卫的差异。江湖高手对敌经验丰富，反应迅疾勇猛，但缺少相互间的配合，目的雷同单一。大内侍卫们经过组合训练，遇情况后分工有致，对目标的逼近也是不急不躁、步步为营。

但不论冲过去的江湖高手还是逐渐逼近的大内侍卫，他们几乎不分先后地全部倒下了。

是的，这么多高手，不仅都倒下了，而且几乎看不出先后。可见，对手攻击的快速和凶猛。

余下的侍卫见此情景马上护住方总管和樊先生急退，连金子和货都不要了。但只退了三四步，挥舞格挡的刀剑都没听到什么声响，剩下的所有人也都倒下了，包括方总管和樊先生。

两轮攻击给了孟和一点时间，借助这点时间他看清黑影是个穿了宽大黑色长袍的人。攻击全是从长袍里面发出的，攻击过程中袍衣只是很难觉察地微微掀动了两下。根本无法看清长袍内有什么武器，有几种武器。唯一可知的是那里面的武器快速、密集、准确。

孟和没有时间了解更多，穿长袍的人已经朝他过来。蒙蒙夜雨中，黑影长袍再次掀动，孟和连转动一下念头都来不及，只能下意识地扯下披在身上的雨布在身前快速旋转挥舞。

凭着手中的感觉，孟和知道自己至少拨打掉五支短箭和两枚镖形杀器。第六支箭他其实也挡住了，只不过不是用的雨布，而是用的手臂。对手这一支箭其实也瞄的正是他的手臂，是为了让他放弃雨布的拨打。

雨布脱手扔出，孟和的另一只手顺势拉过旁边一支船桨。这船桨拿得很及时，正好挡住一支连波头的弩箭。连波头的弩箭是以弩劲强、箭头重为特点，孟和未曾料到长袍中竟然还有这样的劲弩重箭。船桨本身分量比较重，他急切间拿住的部位也不好，最后箭虽然挡住了，但这一箭竟然把孟和拿到的船桨给震脱了手。

手中再没阻挡的东西，那黑影也就稍微放慢了点攻击节奏。袍衣再动时不曾有武器急速射出，而是慢慢隆展起来。

孟和看出了隆起的厉害，袍衣最终隆成一个张弓造型。黑影就像变戏法的，宽大的黑袍下不仅有密集的小型箭镖和劲弩重箭，还有长大的强弓。强弓比其他武器更加力大速快，难挡难躲。而最为可怕的是，有袍衣覆盖时，孟和根本无法看出弓箭状态和瞄向。看不出状态和瞄向也就无法正确闪躲和格挡，对方射出的有可能就是孟和正在闪躲过去的位置。

那黑影可能看出孟和是一个值得自己较量的对手，也可能因为再没有其他需要解决的威胁，便改用强弓大箭和孟和认真地对决一把，印证一下自己真正的实力。

黑色袍衣又微微掀动一下，浑然一体的黑色袍衣上出现了一道缝隙，一道无法看清的缝隙。这其中射出的箭就更加无法看清了。

面对攻击，孟和只能快速后退，后退可以让箭射的伤害减弱，后退还有可能让自己跌下船掉进湖里借机逃命。所有想法都是最佳最合理的，但是想法并不意味着都能实现。箭最终还是射入了孟和的身体，后退的身形顺势被强劲的箭射力道带飞起来。整个人在空中划一道弧线落入湖中，之前所有的想法只有掉进湖里这一个实现了。

湖水荡开带有血色的层层涟漪，很快就又在密匝的细雨中化于无形。

长袍黑影站在原地没有动，他那一双能够穿透夜色和雨幕的鹰眼像涟漪一样波及周围的每一处，不让一丝细节漏过。今晚他不仅要夺走交易的东西，还要不留一个活口。范成大没有好奇跟过来真是万幸，否则他从此再也没有和张浚见面的机会了。

黑影站着不动，小船上的几个人跳上埠头。很快，他们想要的东西全扔上了小船。樊先生的金页子他们碰都没碰，方总管带来的东西他们倒是一个都没漏。

东西到手，黑影也闪回小船，所有小船快速地四散开。

刺开堵住活路的泥石

被堵在狭窄小洞里已近崩溃的袁不毂疯了，他拿着解腕尖刀狠狠地向前刺去，刺向泥土，刺向碎石。一刺、两刺……不停地刺，就像在刺一个自己最为痛恨的仇人。

刀子越刺越深，握刀的手扎进了泥里，小臂扎进了泥里，整个手臂扎进了泥里。但他仍没有停止的意思，继续往前用力刺出，同时用肩膀和脸颊去推撞泥土和碎石。

终于，袁不毂停止了动作，他在大口地喘气，带着颤抖的喘气。但喘气不是颤抖的根源，让他颤抖的是他的手，那只握着解腕尖刀的手。

那只手在刚刚的一刺之后有了空空的感觉，是挣脱了碎石和泥土裹缠的感觉。袁不毂松开手，扔掉刀，把手指张开，慢慢转动手腕，想确定手的周围没有了泥土碎石，更希望获取到更多其他的感觉。

最为压抑和绝望的时候，袁不毂借助百步明匣熄灭前的微弱火光看清了落在脸上的泥水。这让他认定自己并非钻入了一个死洞，前面堵住的碎石泥土是洞顶随泥水掉落下来的。

这样的碎石泥土应该很松散，堵塞的距离也不会太长。毕竟獀貐坟是一座石头山而不是泥山，否则早就被江流冲刷得没有了。而石头山的泥土大都积聚在表层，如果能钻过这些掉落的碎石和泥土，那离着出口就应该不远了。

张开的手突然停止了转动，凝固了一样。被碎石泥土摩擦得滚烫的手背皮肤上出现了一丝丝的清凉，那是潮湿的风才会有的清凉。

凝固只维持了一小会儿，随即就变成疯狂地抓挖。洞径太小了，把人都挤得紧紧的，所以堵住的碎石泥土只能用身体尽量往前推。

好在这个洞最狭窄的地方就被堵了一小段，过去之后洞径一下就变得很大。用力挤过那一段后，袁不毂的身体一下松弛开来。这地方就像排放泥水的管子连接着一个水池，高度已经足够一个成年人扶着石壁站立起来。

袁不毂费了很大力气让自己站了起来，不过站立起来的身躯并不稳当。他的双腿在颤抖，手臂也在颤抖，但他仍是坚持站着，这姿势要比匍匐在狭窄的洞里舒服多了、自由多了。站立着可以更多感受到湿润的风，风就在前面。看不见，但可以用手、用脸、用舒展的身体去摸。

可以摸着是真的，看不见也是真的，袁不觳其实只要再往前走几步就能完全走出洞口。但他是从黑暗中出来的，还是在外面最黑暗的时候出来的。此时正值午夜时分，又有夜雨遮掩天地，外面的世界甚至比洞里更加黑暗。

袁不觳什么都看不见，只能沿着洞壁往外摸索。当他听到外面隆隆的水声，并且感觉有雨滴打到他脸上时，他便再不敢乱动了。所有一切似乎都证明他已经逃到了洞口，但洞外是哪里，周围又是什么情形他并不清楚。在这样一个地方，什么样的危险都可能存在。自己几天几夜都挣扎过来了，没有必要急在一时，在最后走出生天的这一刻再出岔子。

几回生死往复，被压抑、绝望、崩溃、疯狂多重折磨，这就仿佛在太上老君的丹炉中炼过了一回。此时的袁不觳整个心性已经脱胎换骨了一般，锻造的最大收获就是等待与坚忍，所以他往后退一步，沿洞壁坐下。时间会过去，一切会看清。最艰难的事情自己已经熬过了，现在只不过等一下而已。

疲累和放松让靠在石壁上的袁不觳昏昏沉沉地睡了过去，直到被别人的惊呼声吵醒。

"就是这里！就是这里！看这水势，多么壮观，排山倒海一般。"说话的人声音很夸张，像是故意的。此刻洞外隆隆的水声更大了，却没能掩盖那人夸张的声音。

醒过来的袁不觳往外探头看了一眼，天色已经蒙蒙亮，雨也更加大了。他往外探了下头，就被大片硕大雨珠打在脸上。这时候外面的能见度并不比夜间好，只是从黑暗变成了浓厚的灰暗。

他虽然没有看到什么，却摸到了洞口的边缘，也听清了水声和说话声的方向，由此判断自己所在的洞口应该是在位置挺高的崖壁上。夜间如果贸然往外多迈出一步，肯定会像跌入剑鞘坑一样直落下去。不同的是，那是难以爬上的深坑，而这里却有可能直接跌入大江。袁不毂心中不由得又是称幸又是后怕，亏了之前几番生死一线的经历，才让自己避免差点摔死的莽撞。

"你是捉奇司派来的人，这里是你此番任务的目标吗？"另外一个人的声音不高，却带着一种钢刺般的穿透力。

"这个……嗯……这个真不知道。"

"不知道？那他们派你出来要做的是什么事情？"

"着实不知。捉奇司只是从各部各司调了我们这些人出来做活儿，做什么还是找什么却没说。"

"说谎！如果没有目标，那你刚才为何要脱口说出就是这里？如果没有目标，你又如何懂得那么复杂的洞道是怎么走的？"那人的语气就像是一下子把锋利钢刺抵在别人的咽喉上。

"其实我并不知道怎么走，要不然怎么会在里面转那么长时间。而我说就是这里，是指前面那么多洞道，还有各种杀人机关，最终目的就是要阻止别人来到这里。"说话之人语气诚恳，不像假话。但如果能用不是假话的假话掩盖自己想掩盖的真相，那这个人也真是绝对聪慧。

"你知道洞道走法但其实也是第一次来，所以在里面费了不少周折。另外你是要设法甩掉跟在你后面的那个人，但却没想到除了那人还有我，更想不到我早就在洞里，是在你进来之后才坠上你的。"可以听出，说话钢刺一般的人心智聪慧并不在另外那个人之下。

袁不毂再次探出头去，外面明明什么都看不清，这完全是出于好奇的下意识举动。刚才听到下面两人的对话，可以判定有一人是捉奇司的，那会不会是这次和自己一起出来的哪位呢？就在袁不毂再次探出头的刹那，天边闪过一道微弱闪电。这闪电不足以看清周围情景和说话的人，却足以借此看到一些锋利物的反光。锋利物是袁不毂最为熟悉的箭头，只凭刹那间反射的一点亮闪，他便确定其中一个人是被另一个人用弓箭逼着在说话，锋利的箭头就抵在喉咙上。

被弓箭逼着说的话大抵不是假话，而故意把声音提得很高很夸张，其目的应该是想引起附近什么人的注意，然后出手救他。

手持弓箭的人似乎懒得阻止这种小聪明，现在在獙貐坟上的人虽不少，但能穿过交叉纵横的洞道，破解开重重机关到达这里的，应该不会再有第三个人。

"各种机关暗器阻止别人来到这里，为什么？这里有着什么秘密？"

"秘密倒不一定，但这里倒像是一处自然形成的奇观，而且可能具有一些实际作用。只是现在还看不出来，需要天再亮些、雨再小些才行。"这话说得很像是实情，这个时候周围情景的确无法看清，但也不排除这是在拖延时间。

天渐渐亮了，雨渐渐小了，天地间渐渐清晰起来。袁不彀最先看到的是一条变得狂怒的大江，翻腾的浪头无休无止地急冲而来。这比大海的海潮更加狂疾，因为它的冲击不需要往复蓄势。

"这里应该是在獙貐坟的最西面。"袁不彀暗自说道，"原来我在獙貐坟里钻来钻去的这段时间里，外面连续的降雨已经让江水水位升高，这才形成如此排山倒海之势的江流从上游直冲而下。"

也就在这个时候，下面又有说话声传来："那上面有字，摩崖石刻，不过枝叶挡着，看不清。"应该是被逼迫的人观察了周围情景，并且从枝叶遮掩中发现了刻在石壁上的字。

袁不彀往声音发出的地方看去，那是他左下方一段伸出的石坡。看样子差不多是獙貐坟西端山脚处，石坡衔接了正在上涨的水面。不过坡上现在已经看不到人了，只见石壁上的枝叶在乱动。

下面的两个人已经更换了位置。持弓箭的人为防止对方找机会反击或逃脱，让对方上去查看石壁上到底刻的什么字，而他自己则占住一个更加安全妥当的位置，监视对方的一举一动。

袁不觳爬出了洞口，他看不到下面的人意味着别人也看不到他。于是想借着机会再往左下方接近一些，想看清那里到底是怎样的两个人。他要把捉奇司的那个人认准了，或许自己可以帮他一把，逃出羁押。这一趟活儿自己要想做出点彩来留在捉奇司，这个可能是唯一的机会了。当然，前提是自己要保住性命，另外救出的那人得有足够的价值才行。

出了洞口后他却发现，自己所处的位置很是独特。除了洞口外有可以来回一两步的空间，其他地方都是很陡峭的石壁。往前一步就会坠下大江，往上却又无法爬到山顶。也就是朝着左下方的坡度稍缓些，利用石缝中长出的紫竹借力，估计可以下去几步远。

"对了，这里应该是猰貐的右耳，我是从猰貐的耳孔中爬出来的。"袁不觳突然省悟，"下面两个人的位置应该是在猰貐的口鼻处。从江水的高度来看，他们不是从猰貐嘴巴里出来的，按原来猰貐坟的形状嘴巴现在应该半淹在水中了。所以他们是从猰貐的鼻孔里出来的。"

"不是，不是的，这可能就是个抒情写景的刻字而已。"

"是什么字？齐云还是倾江？"另外一个人在问。这样的问话已经是把秘密说出来了，而秘密都说出来了，也意味了他根本没有准备留住对方性命。

"你是来找齐云、倾江？"

从这很讶异的声音里可以听出被逼迫的人，对此反应极大。

对方没有回答他，而是继续问道："那上面刻的到底是什么字？"不是这个人不认识字，而是石壁上刻的字他真的不认识。那是很少见的古拟相体，像是画了一幅非常怪异的画。

没有回答，被逼迫的人发现自己找到了活下来的可能。自己只要不说这上边刻的是什么，代表了什么意思，那对方暂时就不会杀了自己。因为这石刻应该对他很重要。

"说！不说你会死的。"声音变得像刺入咽喉的钢刺。

"说了更会死。"

一声轻微的绷弹声，紧接着是一声惨叫。这过程中不曾听到箭支的划空，因为距离太近了。

"说了你可以痛快地死。"

被胁迫的人回复的是持续惨叫，肯定是非常痛苦。袁不彀把脸紧紧贴在紫竹根处的泥土上，他怕下面血光飞溅的情形会让自己晕过去。其实下面的情况并非他想象的那样，刚刚那一箭只是扎破一点皮肉，膝盖处的皮肉。但是箭头却恰到好处地嵌入了骨节，那力道就像是要把膝骨关节生生撬开，所以异常地疼。

"说！那上面是什么字？和齐云、倾江有什么关系？这地方又暗藏了什么玄机？"逼迫的声音在疼痛的惨呼持续了一会儿后再次响起。

回答他的仍然只有惨叫，而且是放大音量的惨叫。袁不彀知道，这不仅仅是为了忍受疼痛，也是在尽最后的努力呼救。

得不到回答后，又一声轻微的弓弦绷弹传来。这次的声响比刚才小，同样没有听到箭头破风的声音，但箭到终了却是一声清脆的骨断声。

这一次射出的是一指箭，非尖锐箭头，而是指形箭头。这种箭很少见，常用于探查秘密构筑时远距离开启机关、点拨弦簧。此时的一指箭开启的却是疼痛机关，直接点断了人的肋骨，断了的肋骨插入内腑，戳痛了心。

惨叫一下子低矮下来，这箭之后，剧烈的疼痛已经让人发不出声了。但承受了如此剧痛的人偏偏不敢挣扎乱动，甚至连大口的呼吸都不能。一旦牵动了断骨，内腑脏器受伤会更加严重也更加疼痛。而内腑原有压力又会阻住突然的大崩血，想快速死去解脱痛苦都不行。

"你会说的，你会为了快点死去说出真相的。"逼迫的人语气放缓了，显得很是笃定。

第七章

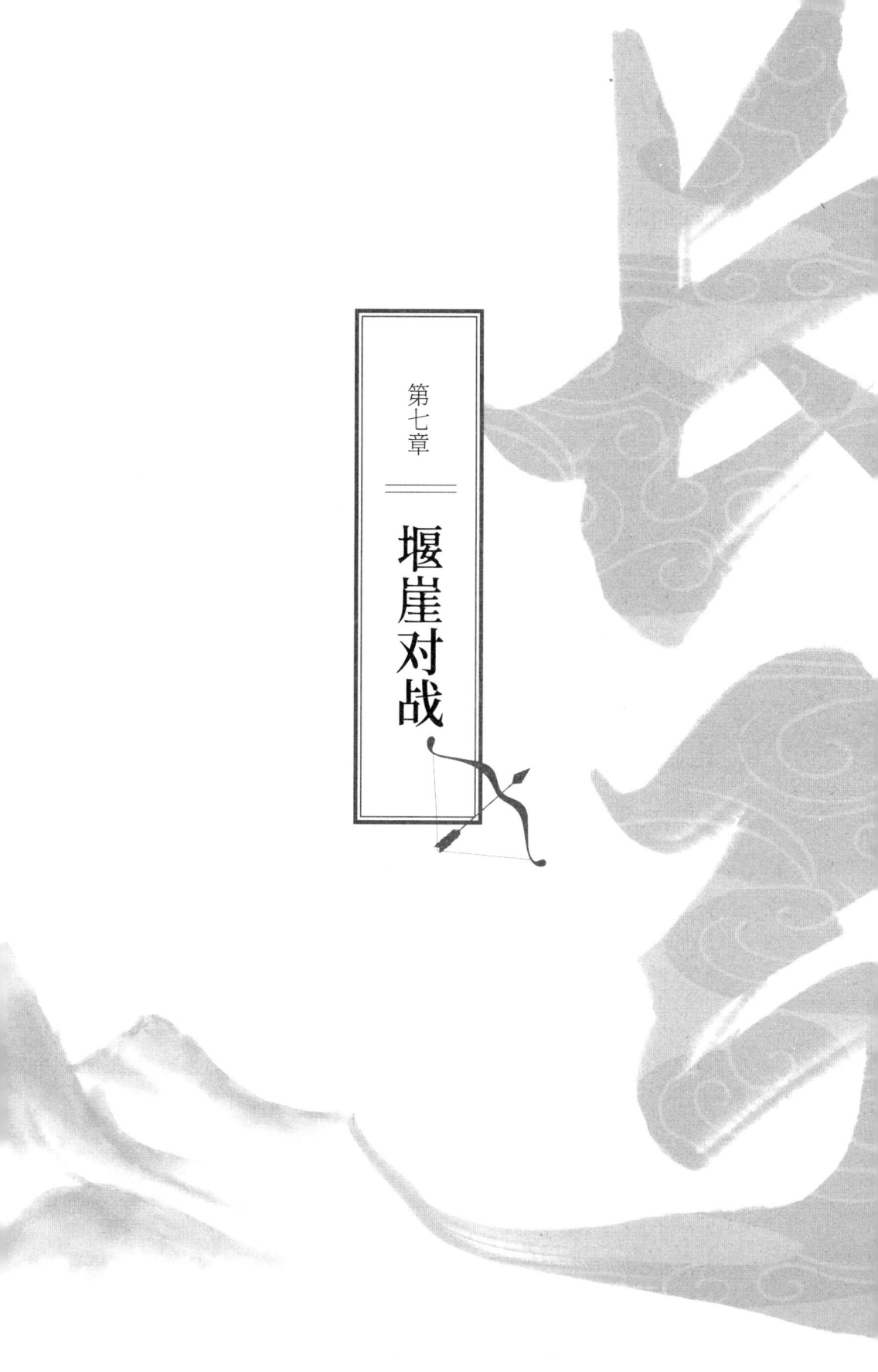

堰崖对战

撬膝断骨问不出的遗言

趴在崖壁上方的袁不彀很能体会下面被折磨之人的感觉，也能体会逼迫者的感觉。他在短短几天里经历过几次与此相似的状态，知道下面那两个人一个是被痛苦煎熬着，一个是被等待煎熬着。这也是一种对决，比拼着双方的承受力和耐性。

不过，逼迫的人并不比熬疼的人更轻松。他不仅期待从对方口中掏出想要的东西，还要担心对方在极度痛苦中自绝性命。不过目前看来对方仍在坚持，这种坚持不是为了留住性命，而是想坚持到可以把获悉的秘密传递出去。由此可见，这是个比命还重要的秘密。

就在袁不彀专注聆听下面情况的时候，头顶上突然有东西掉落。不是雨滴，袁不彀爬出洞之前雨就停了。是沙土和小石块，雨水冲刷之后，山上最容易松动滚落的就是这些。掉落的沙土石块不多，却一直持续不停。袁不彀把埋在紫竹根处的脸抬起来朝上看去，这一看不由惊吓得叫出声来。有两个花里胡哨的身影从上方崖壁悄然悬挂下来，离他不到三尺。

如果不是事先有所准备，惊吓往往都是相互的。袁不彀从獀貂坟的耳眼里钻挤出来，裹了一身的泥水，干了之后就像个泥人。之前探头出洞雨水把脸上的泥冲掉一些，但趴在紫竹根处，他再次糊上了满脸的草叶泥沙。

对方的装束颜色杂乱是为了与野外环境相融从而隐蔽自己，偏偏此时此地的袁不彀比他们隐蔽得更加彻底。他缩在崖壁的凸出边沿上，像个泥团。两个人从上面悬挂下来是想悄悄接近岩壁下方，到达山体最西面的延伸段也就是獀貂的口鼻位置。至于他们下去是想救被逼迫的人还是袭击逼迫别人的人，那都不重要，重要的是这两个人始终全神贯注地注意着下方。袁不彀情不自禁的惊呼加上一个突然活起来的泥团，实在是将那两个人吓了个魂飞魄散。

那两个人惊吓之后出手迅疾，几乎都是下意识的反应。其中一个闪电般从腰间抽出窄刃尖锋飘柳刀，并随着抽刀的力道顺势荡过半步距离，朝袁不彀面部狠狠刺去。另一个人单脚绕踩住悬挂的绳子，身体在崖壁上倾斜了七十几度站立住，然后从腰两边的弓套和箭壶内同时抽出弓和箭，张弓搭箭，只等飘柳刀一刺不中时他二次攻击，射杀袁不彀。

袁不彀趴在那里，无法退让，身体的另一边是石壁，也没有躲闪的余地。他唯一可以让过刀尖的途径就是往下，翻个身从崖壁上滚落下去。

这种状况下，逃命是下意识的。只要躲过眼前的危险，根本顾不到之后会不会有更严重的后果。所以袁不彀真的翻了个身，沿崖壁直落下去。

好在崖壁上有零落生长的紫竹连续挡了几下，差不多垂直落下的那一段又有树枝和藤蔓。袁不彀连抓带拉，终于把下落的势头降到最低。虽然最后重重地掉落在石面上，性命却是保住了，而且只擦伤些皮肉，没有伤到筋骨。

飘柳刀的刀尖贴着袁不彀的后脑刺空，随即快速变招横削，仍是未能追上翻落崖壁的袁不彀，只扫下他后脑的几根头发。当第二刀落空之后，那人脚尖顺势在崖壁上一点，让开自己的身形，已经滚跌到下面的袁不彀便完全暴露在拉开弓箭那人的攻击范围内。而此时重重跌下的袁不彀正疼痛得胸口憋气，完全不能动弹。

但是拉开了弓不见得就能射出箭，就算松开了弓弦，箭射的方向也可能偏离目标很多。这些情况大多出现在拉弓射箭的人，出箭之前已经被别人的箭射中要害。

两个悬挂下来的人把注意力都放在了袁不彀身上，却没想到袁不彀其实只是个爬上脚背的癞蛤蟆，吓人不咬人。真正咬人要命的赤练蛇在枝叶石头的遮掩之下，一旦现形必定下口毫不留情。

早在袁不彀发出惊呼的时候，下面持弓箭的人就觉察到了。他立刻闪身贴住石壁，尽量利用壁上凹凸和竹枝草叶减小自己成为目标的可能。而当袁不毂跌落下来之后，他马上知道自己暂时还不是别人的目标，但要想永远不成为目标，那就必须抢先把别人当作目标消灭掉。

于是他微微闪出半步，刚够自己一只眼睛露在枝叶石块之外瞄到上面的情形。瞄到的同时，他的弓已经拉满，只需再往外挪出一只脚，便足够让箭毫无遮挡地射上去。

第一支箭当然是射上面的箭手，使用弓箭的人最清楚弓箭的危险。他如果不先把这个危险的目标剔除，那一箭之后自己就会成为被危险追击的目标。

上面的箭手呈七十多度角斜站在石壁上，这姿势其实非常不妥。不仅往下的视角受局限，还将自己横摆成一个很大的目标。如果换作其他真正的高手，在这种状态下他们会选择上身尽量朝下甚至倒挂。那做法难度虽大，但视线范围广，留给别人的目标范围也只有一头加双肩。

上面的箭手明显不是高手，下面用弓箭的人却不见得不是高手，所以第一箭瞬间得出结果。上面的箭手终于倒挂了，而且是胸口多了一支箭的全身软挂。

袁不毂得救了，箭手临死射下的箭歪歪地落在石面上，轻轻蹦跶了几下。然后，那人的弓在石壁上碰撞几下也掉落下来，和之前袁不毂翻滚跌落很有几分相似。

第二支箭的目标是拿刀的人，那人已经站到刚才袁不毂藏身的位置，并且蹲下身来，这让他身体的可见部位变得很少。第二箭出手虽快也只是穿破他宽垮的裤子，而拿刀的人已经收刀换了弓箭，这让下面持弓箭的人再不敢轻易出手。

第三支箭比第二支箭迟缓了五个气息回转的工夫，可惜直接走空，连上面那人脚边的草叶都没碰到一根。

第三支箭落空后，上面的人立刻探身回射，他算准下面应该有个抽箭再开弓的时间差。但就在他探出身体的刹那，下面的第四支箭斜插进了他的脖颈。

其实第四支箭早就与第三支箭一起搭在弓上。第三支箭空射是为了诱使上面的人回射，回射的时机也已经算准。第三支箭射出之后紧接着就开弓射出第四支箭，衔接得几乎没有时间差。而上面人探身的时机也算得不差分毫，与第四支箭配合得非常默契，就像是自己把脖颈送到箭头上去的。

崖壁上挂下的两个人很快就被解决了。下面使用弓箭的人确实是高手，但那人没有丝毫松懈，他很清楚出现的意外不仅没有结束，反而是刚刚才开始。冒险从崖壁上悬挂下来的人不可能是重要角色，这种危险的、遭遇攻击后很难躲闪的任务，只会是被派遣下来的牺牲品去做。

有句老话叫"烂椽头，断钉头，裂了瓦头晒梁头"，意思是出头的椽子最先腐烂，之后椽梁交叉处固定的钉子因木头的冷热伸缩会折断。椽子烂了、椽梁交叉点松动了，瓦片便难以固定，随后就会因震动出现裂纹。而瓦片破裂了，就没有东西遮盖房梁了，房梁也会加速朽坏。这看似是工匠家流传的话，其实是兵家、谋略家常用的实战形式。每个行动，最先出现的都是椽头，这部分人有试探和诱敌的作用。钉头是椽头的后续、后援，可以根据情况跟进，也可帮助椽头撤出。而瓦头指的是大部人马，这一般是在旁边观望的，从椽头、钉头的情况判断局面，以决定是否需要出击。梁头有两种说法，一种是指主帅，另外一种是指暗藏的实力，主帅或暗藏实力一旦出击，如梁重磴。

这种形式的运用非常普遍，大型战争、组合对决、江湖争斗甚至流氓斗殴时，都会发生。所以下面的弓射高手看似解决了最先下来的两个人，其实也相当于他的位置已经被别人锁定，后续的钉头、瓦头随时会出现，而且说不定是从完全意想不到的位置出现。弓射高手必须保持状态严阵以待，接下来的出手稍有迟缓就有可能中了别人的招儿。

袁不彀终于从摔跌的痛楚中恢复过来，艰难地将上身撑起。他知道自己刚刚经历了一次要命的凶险，但凶险是如何解决的他却没有完全看清楚。当身体撑起一半时，他倒是清楚看到手持弓箭贴壁而立的高手。这弓射高手全身黑色劲装，铜护腕，牛皮扣带，九连花绑腿，磨底快靴。一只铜铸的鬼怪面具罩了脸，只露双眼和口鼻。

袁不殻心里一惊，对方的装束让他想到噩梦中长牛角、持血剑的黑影子，但随即他便用敏锐的观察对比果断确定两者并不相同。这高手戴的鬼怪面具是狻猊像，没有角。

从面具背后露出的那双眼睛比狻猊凶狠。半撑起身体的袁不殻定在那里，一动不敢动。动了，对方可能随手就给自己一箭。但不动也不是办法，崖顶上面又有人缘绳攀壁迂回而下了，他所在的位置仍然在他们可以直接射杀的范围中。

高手面具背后露出的一双眼睛死死盯着袁不殻，而他真正的注意力却是放在攀壁而下的人身上。盯住袁不殻只是要从袁不殻的表情和眼神中获悉上面的人是从哪里下来的，已经到了什么高度。因为袁不殻半撑起身体后正好可以看到崖壁上面的一切，而他的表情眼神又正好可以被对面的高手看得清清楚楚。

借助袁不殻的表情和眼神，高手准确判断出上面的情况。于是果断出手，又将两个颜色很杂的人射下来。这一次那两个人并没有挂在半空，而是直接摔落到大江之中。

但是对方还有很多人，而且都是身经百战、经验丰富的。他们很快确定下面的弓射高手是通过袁不殻获知他们方位的，立刻就有人决定先把袁不殻解决掉。霎时间，箭已搭上，弓也拉开，箭尖对准了袁不殻。

就在这时，一只手臂勾住了袁不殻的脖子。袁不殻一惊之下想侧身摆脱那胳膊，结果勾住他脖子的人顺势把大半个身体压在他身上。而此刻上头的箭已经射出，瞄准的是袁不殻，射中的却是勾住他脖子的那人。

"此处是我门中祖地，倾江之地，洪从西来，江往北倾，记住了！倾江，我师门即是倾江！呃、呃……"话是紧贴在袁不殻耳边说的，沙哑低沉，就像鬼魂的哀吟。那人话刚说完，血已堵喉，挣扎几下再不动弹。

袁不榖闻到了血腥味，他感到又恶心又害怕，于是用力推开压在自己身上的那人，然后手脚并用快速远离。这一移动倒是正好躲到了有崖石枝叶遮挡的位置，避免了上方的继续射杀。

"他死了吗？"对面的面具人在问。

"好像……好像是死了。"袁不榖并不确定，他刚才都没敢多看那人一眼。听到问话这才战战兢兢地扭头去看。他不是怕死人，而是怕看到血流满地的情景。

那个死去的人身上并没有什么血迹，是因为面具人弓射的技法太过高超。一箭撬开膝盖骨，只沿着包裹箭头的皮肉渗出一丝血痕。一箭点断肋骨，连血痕都不见，全是内出血。刚刚上面射下的一箭又是在肉头厚、血管少的屁股上，伤口沿箭杆流出的血得要一会儿才能渗出裤子。袁不榖这下放心了，认真看了下那人的样子。那人真是穿了捉奇司带符提辖的衣物，面相虽然已经有些扭曲，袁不榖还是认出他是和自己一起被派出临安的。

"确定已经死了？"面具人又问。

"是的，是死了吧。"袁不榖这回比刚才确定多了。

"那他死前和你说什么了？"面具后面的眼神蛇一般缠住袁不榖。

"我……他……什么说什么？没说什么呀！"袁不榖在搪塞。如果他没看清这个人的脸，说不定马上就会把自己听到的告诉面具人。但是现在确认那人是和自己一起被捉奇司派出的，最后告诉自己的话也必然牵涉重要秘密，自己怎么都得守口如瓶，然后设法传递回捉奇司。这件事情要能办成，自己这趟活儿可算出彩了，就有机会留在捉奇司。

要想留在捉奇司，眼下先要留住命。面具后面的眼神依旧死死地缠紧了他，面具人手中的弓箭也缓缓转过方向对准了他，逼迫着他双膝跪下。

袁不榖的眼珠在转动，他不敢扭头看周围情况，只能转动眼珠偷偷察看。

要想留住命，就必须快速找到一处地方，一处可以在最短距离里移动过去、躲过箭支的地方。

他找到了，旁边就有两个洞口，一个在自己右手边，还有一个在左侧偏后些。右手边的距离较近，但需要起身转向跑动，速度上会慢一些。左侧的那个虽然远一些，自己却可以顺势后纵跌滚进去。

当他眼珠停止转动，重新正对面具人手里的弓箭时，他知道自己往哪一个洞里逃遁都是错误的。对方用的是铜把筋背勾云头的硬弓，射力至少二石五。再加上散羽锥头箭，不要说逃到洞里，自己起身的瞬间对方的箭就能射中自己。

不能逃，甚至动都不能动。箭头闪着稳稳的寒光，正瞄准着自己。单从箭头的指向，袁不觳已经看出这支箭现在射出的话会正中自己眉心。自己一旦试图起身逃遁，对方根本不用调整就可直接射出。自己动作慢些的话，箭会正中自己咽喉；自己动作快些的话，箭可正中自己胸口或者腹部。

就在袁不觳想象着箭尖刺碎头骨、穿透颅脑的感觉时，对方箭尖猛然一个小幅转向，直对他左后侧的洞口。

这是怎么回事？袁不觳立刻将散乱的思维全部收回，凝神聚气，静心聆听。是的，那洞里有声音，连续的、急促的声音，越来越近。

三支暗令细查华舫埠血案

宫中副总管方德庆和一众大内侍卫被杀！禁军上轻骑都尉孟和失踪！

据孟和亲信说，当晚孟和正是去见方德庆的。于是两案合并一案，直接转交到三法司。

三法司的三个衙门立刻采取行动。大理寺的省疑坛、刑部的六扇门都派出刑案高手，赶到现场查勘。御史台领皇上旨意，直接由主案御史带人来到现场。至于临安府的巡城司、提督衙门、州衙的巡街铁卫、三班捕快都只能在现场外围收集线索，配合三法司查案。

现场的情形很是惨烈，所有人的致命伤都在面门上，其中大部分是一击而死。最惨的是樊惠丙，左眼被一只燕形镖射中，裂开了半边脑袋。大张着的嘴巴里还交叉射入两支圆杆短箭，箭头穿透后颅。两支短箭一上一下将大张的嘴巴撑住不能闭合，估计樊先生连最后的惨叫都没能发出，只能喉咙里喷出些粗气就咽了气。这样的射杀方式可见杀人者的狠厉，还生怕目标衣服里面带有什么软甲护具不能死透。

杀人者的意图很明显，查勘的结果却很奇怪。杀死所有人的箭矢镖弹共有八种，像是有一群持各种武器的杀手突袭而杀。不过从所有箭矢镖弹的射出方位走向上看，是同一个点，像是只有一个人出手。但这个结果，几乎所有查勘高手都觉得不可能，他们并非怀疑杀人者的本事，而是更加相信被杀的大内高手们不会这么弱。

再有一个奇怪，现场留有大量金页子，杀人者竟然一片都没有拿走。那杀人者拿走的是什么东西？所有陪着方德庆出宫的人都死了，他们到底从宫里带出了些什么却没人知道，而这些东西很可能是杀人者不留活口的重要原因。

樊惠丙的身份是根据租船的主家和临安城里仙来客栈老板辨认确定的。原来和方德庆死在一起的是荆州巨富樊惠丙。三法司立刻派人八百里快骑赶赴荆州湘阴县查证，竟见樊惠丙一直在家不曾出门。那惨死在现场的樊惠丙又是谁呢？孟和又是如何认识这个假冒的樊惠丙？他在这件事情中充当的是什么角色？

案子的由头无法查找，案子的后续也同样无法查找。

杀人的人抢了东西上小船进湖，但他们绝不会一直待在湖里，所以进湖之后便会随便在哪一处重新上岸，然后趁着雨夜从湖边四通八达的道路离开，那么再高明的刑案高手都无从追查。

案子惊动了很多人，捉奇司对此事却始终不露声色。然而，不露声色并不意味着没有行动。省疑坛有捉奇司的人，六扇门有捉奇司的人，御史台也有捉奇司的人，所以捉奇司看似没有出面，其实现场所有查勘细节都以最快速度被传递进捉奇司，综合下来他们掌握的信息反而是最全面的。

所有信息在捉奇司各处转了个圈后才送到赵仲珥手里，而这个时候列举细节的文册上已经多了捉奇司中各堂各关高手们的分析判断，以供赵仲珥权衡采纳。

仅仅用了一炷香的工夫，赵仲珥就果断发出三支暗令。

第一支是给捉奇司贡物处的，让他们马上追查方德庆到底从宫中带出了什么东西。

贡物处平时做的活儿是将民间搜找到的奇珍异宝筛选后进贡到宫里。很多奇珍异宝据说是带有阴邪诅咒的，进宫前必须辨别并剔除出来。这一处的人与宫里和众官府有着极其密切的联系，特别是后宫和官府后院。因为他们除了会辨别珠宝真赝，还懂厌胜下咒之术，而这类技艺对于后宫中人还有官家内眷来说，是最为害怕也最感兴趣的。

赵仲珥正是利用了这一点，让贡物处对宫里和官家进行严密监控，他们要从后宫之中查些什么东西根本不算难事。更何况宫中关系微妙，那方公公虽然身为副主管，其实在宫中的职责范围并不大，能做主的事情也不多。需要那么多侍卫拿出宫的东西要么很大、要么很多，宫里莫名少了这样的东西必定显眼。在不大的范围里找寻显眼的东西，这个任务应该很轻松。

第二支暗令是给羽林卫造器处的。羽林卫造器处做事的人不多，但是给捉奇司做事的人却不少。有的本就是捉奇司安置在那里的人，还有些对别人敷衍了事，对捉奇司却忠心耿耿的。当然，捉奇司平常时候也绝不会亏待他们。

给造器处的这支暗令是让他们追查那些武器的出处来历。案发现场留下了数量、种类众多的武器，还都是远距离的弓射抛掷武器。留下这些武器有可能是杀人者觉得时间仓促来不及一一收回，也有可能是杀人者觉得留下这些对之后的案件追踪没有任何作用，甚至还有可能会造成误导。

根据送过来的查勘文书可知，现场留下的武器不仅多，而且怪。很大一部分是不常见的式样。即便是江湖上也不多见。所以从武器上入手追查应该是一条比较有效的途径。只是，要保证这条途径可行，就必须要有了解异形武器的高手。

羽林卫造器处里就有这样的高手。他们不仅会研究制作一些怪异武器，还与江湖上做异形武器的工匠有着交往，所以这件事情交由他们来完成最为合适。

第三支暗令是给吏部录名阁的。一般人都以为吏部录名阁就是记录所有官员的出身和社会关系。这种记录除了证明官员的背景清白、来路清楚，最大的作用可能就是满门抄斩株连九族时一个都不放过。

其实，很少有人知道录名阁还有很大的一个外围团体。这个团体有官家的专职人员，但更多的是民间的寻常百姓。当需要对某个官员做深度了解，或者对其某些言论行动进行查询核实，以及需要对某个官员的行踪采取监控时，只要放出话去，外围人员就会立刻行动。官家专职人员自然是职责所在，而平常百姓也可以拿自己得到的信息从录名阁换取不菲收入。

赵仲珥的第三支暗令就是要借助录名阁的外围力量，查找孟和的社会关系。这个假冒的樊惠丙带大量金页子换取宫里的东西，肯定怀有叵测目的，而他是孟和介绍来的，那他们两个之间到底什么关系？孟和现在生不见人、死不见尸，是没死躲了起来还是死了被人藏了尸体？如果没死，那孟和定是要躲在他认为最为可靠安全的地方，这正是需要录名阁外围团体查寻的。

三支暗令悄悄发出，官家、江湖顿时暗流涌动。捉奇司各处暗点不断有信息返回，有用的、没用的且都收集回来再作甄别。而这一忙乱下来，赵仲珥似乎是将查证张浚的事情给忘记了。

直到两河忠义社再发飞信，告知"死过卒"跟踪捉奇司的人马在汨罗江边全部离奇死亡后，赵仲珥才想起张浚这回事。"死过卒"的人全部死了，均州那边也未拿到丝毫证据。也就是说不管张浚是不是幕后操纵均州夺尸之事的主谋，至少目前他已经脱尽了干系。

洞里传出的声音越来越近，先分辨出是人在说话，然后又听清了说话的内容："我就说吧，和最初进的门一样，是分左右的。这猁㺄的左鼻孔是活路，右鼻孔是死路。"这是一个女子，声音很高全无矜持，且移动得很快，应该是正仓皇从洞里奔逃出来。

面具人显得有些紧张，他不知道洞里来的是什么人，又怎么会有女人来到这里。袁不觳却比面具人更加紧张，因为他已经听出那声音是丰飞燕，所以担心她们一出洞就会遭面具人的射杀。

那些黑衣人押着舒九儿他们在洞道里转了很久，舒九儿带的路越走越怪，很让人怀疑是不是能走通。但怀疑也没有用，只能跟着往前走。这时候他们已经转得回头路都找不到了。在这样紧张、慌乱的状态下，黑衣人们好像没有发现自己被人坠上，也没在意自己的人在一个个减少。即便有谁发现有同伴不见了，也似乎只以为是在什么地方走岔了道。

又一个落在最后的黑衣人倒下了，倒下的瞬间他朝后看了一眼。那表情有临死的痛苦，却没有一点被偷袭的惊异。这不对，这肯定不对。跟在后面暗下杀手的人立刻从这表情中看出了异常，因为他是最擅长通过表情动作来推断别人真实心理的莫鼎力。

"快跑！他们在左侧斜道里！"舒九儿在前面高喊一声，她根本不知道自己提醒的是谁，但黑衣人的敌人就是她的朋友。发出这声提醒之后，舒九儿必须马上从黑衣人的手中逃脱，否则接下来那些黑衣人绝不会放过她。

一场洞道里的逃亡开始了，已经在这里面转了很长时间的舒九儿，急切地想从这压抑昏暗的环境中逃出去。而她这一喊一逃，丰飞燕和老弦子也只能跟在她后面跌撞急跑。好在那些黑衣人一时间顾不上他们，全把注意力放在再次出手的莫鼎力身上。

莫鼎力念头一转，就知道自己疏忽了后面的斜插岔道，也低估了对手的能力。能够被派出来做这种隐秘事情的人，身手思虑都不会太简单，自己一而再、再而三地背后偷袭，早就应该想到对方会有所觉察。而对方觉察之后不动声色，利用复杂且黑暗的洞道环境反做套，那么选择斜插岔道设伏算得上是最佳位置。

和舒九儿他们一起走在最前面的那一部分黑衣人慢慢躲进了斜插岔道，这情况舒九儿看到了，跟在最后面的莫鼎力却看不到。而躲进去之后只要往里面的暗处多走几步，那么经过岔道口的莫鼎力即便注意到岔道，也无法看出里面藏了人。

走在最后面的黑衣人收到头领从岔道里发出的暗号，他认为自己的人已经设好了套儿，肯定会保证自己安全，所以依旧很镇定地继续往前，引诱莫鼎力现身出手，所以他死的时候表情没有什么惊异。却不知道有很多时候自己人为了稳妥地套住目标，会把同伴的性命也做成套儿的一部分，那种被舍弃的痛苦会比死去的痛苦更加痛苦。莫鼎力正是从这一点上发现了异常。

躲在斜插岔道里的黑衣人此时已经从背后掩杀过来。而跟在舒九儿他们后面的黑衣人全然不顾逃走的舒九儿他们，全部回头和躲在岔道里的同伴前后夹击莫鼎力。洞道里面做套儿，前后夹击效果最好，因为旁边没有可躲避的空间。

知道自己犯了错误后，很多情况下解决的办法是将错就错。所以莫鼎力迅速加快步法，继续往前急冲。边冲边把身上所有暗器打出去，暗器打完后双手挥舞雁翎雪花斩继续前冲，没有一丝的迟滞。他只有在最短的时间里把前面剩下的黑衣人全部杀死，才能摆脱被前后夹击的局面。也只有将前面剩下的黑衣人全部杀死，才能护着舒九儿他们继续往前逃出洞去，或者说继续往前找到此次冒险的目的所在。

声音离洞口越来越近了，面具人握弓的手紧了紧，手背青筋凸显肌肉蠕动。箭拉至最长，弦线轻轻贴住面颊，完全是蓄势待发的状态。

震慑高手的开弓姿势

袁不彀知道自己必须立刻做些什么，要不然洞口里出来的人肯定难逃一死。面具人现在是独自一人，崖壁上不明来历的对手又锁定了他，在不断逼近、攻击。如果再从洞里杀出一股人来，他本事再高也是难以招架的。这种情况下，他肯定要抢在洞里人还不曾有所察觉前，先发起突袭，以最快的速度消灭意外出现的这一路人。只有将洞里的人全部杀死，他才能继续保持稳固防守、有力反击的局面。

洞里的说话声忽然听不见了，脚步声和喘息声却变得非常清晰。因为里面的人见离洞口没有几步远了，即将逃出洞道的兴奋和激动让他们已经说不出话来。

袁不彀仿佛看到舒九儿、丰飞燕他们冲出洞口的瞬间，利箭射入他们身体的情景。他脑子里急切地冒出一个坚定的念头，阻止面具人！一定要阻止面具人！

急切之中的人，双手会很自然地在身边乱划拉一下，就像溺水的人想抓到救命稻草一样。袁不毂没有抓到稻草，但他划拉到了一张弓、一支箭，弓和箭是之前崖壁上想射杀他的那个箭手的。那箭手被面具人先行射杀，箭和弓都落在了袁不毂的旁边。

弓箭在手，袁不毂想都没想立刻开弓搭箭。这一个动作他在以往修弓过程中做过无数遍，熟稔得就像眨眼睛，快速得也像眨下眼睛。

对面的面具人只感觉眼前恍然一下，随即一股可怕的杀气汹涌而至，就像旁边大江里的潮水。他微微转动下身形，箭头重新指向了袁不毂，指向杀气出现的方向。

此时的袁不毂让面具人感到吃惊。虽然他人还单膝跪在地上，虽然弓要斜横着才能不让雀头碰地，但他却做出了一个完美的拉弓姿势。把弓、托箭、拉弦、瞄标全是在最准确的位置和最合适的力度上，是可以将那张弓和那支箭发挥出最强功效的状态。

面具人吃惊之外还有些发慌，他没想到自己会看走了眼。这个在遭遇攻击时懵懂慌乱的小子竟然是个绝顶的弓射高手。他可以在眨眼间捡起弓箭、开弓搭箭，他的弓射姿势也如此完美。而更为可怕的是，这是他随手捡来的弓箭，而不是他常用的、熟了手的弓箭。但就从拿弓箭到开弓搭箭的瞬间，他已然是将从未接触过的弓箭特性了然于心的样子，并且在动作过程中将弓箭的功效调整到了极致。

"别乱动，洞里的是我朋友。"袁不毂的声音异常镇定，没有谁能比将生死置之度外的人更加镇定了。他已经想过对方一箭射死自己的结局，他也只是希望自己的死可以为洞里的舒九儿他们争取些机会，及时发现洞外的危险。

袁不毂的镇定在对方看来却是出于自信，一种肯定能战胜对手的笃定。这种镇定是藐视一切的气度，更是碾压对手心理的气势。只有真正的弓射高手才具备这种气势，这也是成为宗师神射的先决条件。

面具人一言不发，他感受到了非常强大的压力。压力来自袁不觳，这是个在他判断中自己无法战胜的对手。压力还来自洞里，洞里是对方的朋友，那么出现之后肯定会一起给自己造成威胁。

也就是在这个时候，洞里的人冲了出来。虽然一直都是丰飞燕的大嗓门传出声来，第一个冲出来的却是闷声不吭的老弦子。

"啊！不够！你怎么会在这里？你没死呀？"老弦子是用手抚着额头跑出洞的，手掌还上下微微扇动着。这是快速调整洞里洞外眼睛感光差异的方法，所以他一下就看见了袁不觳。看见了袁不觳也就看清了自己的处境，紧接着便愣在那里再不敢出声。

老弦子后面出来的舒九儿和丰飞燕很快也看清了外面的情况，同样意识到处境的危险。如果没有袁不觳，他们出洞后什么都没看清时，可能就从此什么都看不到了。对面的面具人看着很怪很凶恶，袁不觳一个修弓匠应该不是他的对手。后面洞里还有黑衣人正追赶出来，眼前的危机如果不马上解决，等黑衣人赶到后，局面会对他们更加不利。

一时间没有人说话，就连最聒噪的丰飞燕都紧抿着嘴唇。所有人都在紧张地等待，等待僵局的化解。

崖壁上又有颜色很杂的人开始悬挂而下。这一次是真正的悬挂，用绳子系挂了慢慢放下。这样做是为了解放双手，双手不用抓绳攀爬就可以全程拿着武器进行攻击。这一回下来的人用的武器不是弓箭，而是鹤翅秦弩。鹤翅秦弩劲强速快、发射稳定，最适合移动中进行攻击，就算弓射技艺不是非常娴熟的人也容易上手。

"我必须动，你也必须动，不然我们都会死，包括你的朋友。"面具人是在说明实际情况，他们两个人如果一直这样对峙不动，那下面所有人都会成为崖壁上下来那些人的箭靶。面具人也是在妥协，洞里出来的人是对方的朋友。只要其中有一个人协助对方向自己发动攻击，自己必死无疑。

袁不殻没有说话，因为他不知道该说什么，更不知道该怎么做。眼前的局面他从来没有遇到过，就连听的所有故事里都未曾出现过。对方说的话他也不知道真假，他也不知道自己应该把老弦子他们带往哪里。他们是从危险的洞里逃出来的，但只是从一个危险逃进了另外一个危险。这里有随时会出手要人命的面具人，还有更多会要人命的人正在努力地从崖壁上下来。这里又是猰貐坟的最西端，往前是洪涛滚滚的大江，再也无路可逃。

好在袁不殻无法解决的局面有人替他解决了，就在此时，洞里又冲出一个身影来。这人出来得很急，根本没细看外面情况。也可能是见到丰飞燕他们还堵在洞口处，就觉得外面是安全的，所以想都没想就在后面边喊边推着他们走："快走快走！后面点子硬，都用的飞星子，再不走就全被射成筛子了。"

冲出来的是莫鼎力，他没有看清外面情况就赶着大家往前走，是因为后面的情况更加危急。飞星子是兵家对弓箭的代称，他是被人家用弓箭追杀出来的。弓箭在狭窄黑暗的山洞里避让格挡非常困难，追赶他的弓箭手还都是精挑细选并经过专门训练的。

莫鼎力推丰飞燕，丰飞燕推舒九儿和老弦子，几个人往前一挪步子，就将袁不殻和面具人对峙的箭射通道给挡住了。不仅挡住了，最前面的老弦子绊在一具尸体上，连带后面的人差点全都摔倒。

这是一个非常混乱的场面，好在突然出现的不仅有莫鼎力，还有崖壁上颜色杂乱的人。这些人锁定的是面具人，他们认为面具人才是此处最大的威胁。只有先把威胁消除了，才能顺利下来寻找自己想要的东西。所以就在下面出现混乱的时候，四张鹤翅秦弩都已经瞄上了面具人。面具人真应该感谢莫鼎力阻挡了袁不殻与他对峙，他才能及时躲让上面的弩箭并快速反击。

"往前走，一直往前，这里不能待。"莫鼎力视线清晰后，往周围扫一眼，立刻明白了。他们现在有来自前面、后面、上面三个方向的威胁，而他们可以躲避威胁的路数却不多，只能尽量往前，从这个多重威胁的范围中挤出去。

袁不毂视线中不见了面具人，立刻站起身来。他为了保护舒九儿几人，不惜与面具人弓箭相对，舒九儿他们的一番混乱也解脱了他的困境。否则就那么一直坐在地上箭对箭地耗着，不死在面具人手里也要死在上面下来的箭手们手里，或者是死在洞里那些黑衣人手里。

"这个是成长流，他原来和我们一起的。之前好像已经死在马车边了，怎么又到这里来了。"老弦子认出把自己绊倒的人，却没有发现那已经是尸体。"带上他，快带上他，他最懂辨识水流漩涡的，说不定能从江上找到出路。"

"他已经死了。"袁不毂站起来后，发现面具人已经在和上面下来的人展开对射，根本无暇顾及自己。于是赶紧催促着老弦子他们离开。

"死了？成长流死了？他留下什么话了吗？"莫鼎力反而迟疑了。他和成长流一样装死，在成长流之后复活。然后偷偷跟在成长流后面上了獓狚坟，直跟到错综复杂的洞道里才跟丢了。

"先离开这里，有话之后再说！"袁不毂又催促。他看到上面四个持鹤翅秦弩的箭手已经被面具人解决掉三个，剩下的一个也被逼到死角，只要露头面具人肯定会一箭把他解决掉。

"对对对，赶紧离开！"莫鼎力也催促。他刚刚从面具人的弓射姿势和箭射力道已经辨认出，这人就是那天解法寺肉身库甬道中的蒙面弓射高手。

其实不用催促，大家都知道保命是最重要的。所以话还没说完，几个人已经连滚带爬地冲到了前端伸出的石坡上。刚刚滚滑下坡，几支箭便掠着他们头皮飞过，是洞里的黑衣人追了出来。

獓狚坟的山形本来就挺规整的，很少有嶙峋怪异之处。这最西端延伸而出的坡形也一样，陡度很平缓，伸出的距离也不长。袁不毂他们赶到坡下，躲过了一轮弓箭。其实后面追赶的黑衣人只要往前再多走几步，平缓的坡顶便再无法遮掩他们。

此刻崖壁上快速滑下了第三轮弩手，这轮颜色很杂的弩手滑下时刚好看到袁不毂他们从自己的攻击圈中溜过去。他们虽然来不及对袁不毂他们出手，但袁不毂他们却提醒了他们后续可能还有其他的人出现。所以当黑衣人们冲出洞并往前追赶过去时，鹤翅秦弩弦括连响，立时便有三个黑衣人被钉死在了地上。

"不要乱跑，先分散开。尽量贴着崖壁走，借竹枝草叶隐蔽。先把上面那些爪子都点了星，再对付那几个人。前面没有路了，他们走不掉的。要抓活的，特别是其中那个年轻人。"面具人站在对面石崖下高声命令洞里刚冲出来的那些黑衣人。很明显，他是那些黑衣人真正的头领，之前只是分开行动，各司其职而已。

"哪个年轻人？男的女的？"洞里那个主事的黑衣人在问。

"男的，持弓箭的那个，他可能知道秘诀是什么。不过当心了，那年轻人弓射技艺极高。好在他只有一支箭，只要不继续让他捡到箭支，找个人耗掉那支箭就可近搏擒他。"面具人在对付上面那些弩手的同时，已经将如何拿下袁不毂的方法想好了。

箭神一般的歪瓢子

所有的黑衣人马上领悟了头领的意思，他们暂时将袁不毂几人放弃，隐蔽身形与上面的弩手展开对射。这是一场势均力敌的对战，双方局面都有利有弊。上面颜色很杂的弩手们移动躲闪不方便，但居高临下、弩强箭急。一大群人分几组轮番攻击、绷弩、上箭、下滑，很快就下到离猰貐口鼻很近的地方。

不过面具人现在不是孤军作战了，他的手下四散到崖壁的周围贴壁而站，或者藏身在可隐蔽身形的石块、树木下面。这样上面的人虽然下得很快，但只要接近獀獢口鼻，都会处于底下人的有效攻击范围内。即便形成对射状态，黑衣人们占据的可攻击方位和角度更多，上面杂色的弩手伤亡也会远远高过黑衣人。

颜色杂乱的人是追踪袁不彀他们上的獀獢坟，攀援上山之后立刻四散分开寻找有价值的东西。在此遇到坚守不退的弓射高手，他们便觉得有价值的东西就在獀獢的口鼻处，于是召唤哨音连连，所有人纷纷聚集而来，如蚁群一般持续地从上面滑下、攻击。

面具人此刻虽然多了十来个帮手，形成一个很是坚固的阻击圈，但如此下去肯定会消耗殆尽。不要说回头再去拿住袁不彀他们了，就是这会儿保住自己的性命都不容易。

两股人马拼死对战，这给袁不彀他们留下了时间和空间。在并不太陡的坡下，几个人一团慌乱地商量该怎么逃出去。

"告诉我，成长流有没有说些什么？他留下的话或许可以帮我们逃出去的。"几个人里莫鼎力是最镇定的，他不仅想逃出去，还想知道成长流到底有没有留下最终的秘密。

"不够，快说，成长流说了什么，我们好赶紧逃出去。"老弦子也在旁边帮着催促。

"对，逃出去后我就嫁给你，我说话算数的。"丰飞燕竟然在这状况下还没忘记之前的茬儿。

袁不彀是个谨慎的人，虽然看莫鼎力是自己车队车夫的打扮，但没有确认他的身份之前还是不会乱说话的："你是谁？凭什么问我话？"

莫鼎力一愣，其他人更是一愣。确实呀，凭什么相信一个大家都不认识的人？即便是替车队赶马车的，也不该追问这种事情。

"他救了我们，应该不是坏人吧。"丰飞燕又抢嘴舌，说完之后立刻也觉得不对。现在獬豸坟各种来路的人混战在一处，很难说清谁是好人谁是坏人？

莫鼎力摸索一下，拿出自己的腰牌："我是四品带刀侍卫莫鼎力，现专职在捉奇司寻秘探疑。你们所有行动都是我在暗中指挥，成长流加入此趟外活儿是我指定。成长流出来后表现异常，我一直跟踪着他，发现他对此地环境颇为了解。不过后来洞道中我把他跟丢了，转而遇见黑衣人押着他们三个，这才暗中相救。我是想救下各位后，一起找到成长流或者找到此处暗藏的秘密。"

莫鼎力的解释取头留尾，眼下状况实在不宜说得太细。从工部疏理处调成长流是莫鼎力特别向赵仲珥提出的，他知道成长流精通水脉水势，而玄武水根穴中得来的线索必须配这样一个高人才合适。

成长流对此次调动倒不奇怪，按照捉奇司的惯常做法和外活需要，类似情况实属正常。但当捉奇司的队伍重新过江转向往西后，成长流心中已有警觉，因为前行的方向上有自己门中祖地。

对于莫鼎力来说，成长流是一个意外的惊喜。莫鼎力混入队伍之后发现成长流神情很是异常，于是盯住了他。成长流的各种反应随着队伍的行动不断变化，看来他确实知道前面有着什么秘密的地方。快到獬豸坟之前时遇黑衣人绞圈截杀，他见成长流装死便也跟着装死，并始终紧跟其后。

袁不彀他们四个再次成为幌子，诱走了那些颜色杂乱的人。成长流毫不费力地就用他怪异的"犬行丛"走法来到獬豸坟前。登上獬豸坟他没有走水道也没有攀爬，而是从很隐秘处的一个石缝里直接进入了山体洞道。对于黑暗的洞道，成长流好像并非那么熟悉，在其中转了不知多少个圈儿。不过他肯定是越转路径越清楚，而跟在后面的莫鼎力却是越转脑袋越迷糊，最终还是被成长流甩掉了。

"成长流说过这里是他门中祖地，他知道此地并不奇怪。"袁不彀是想替成长流解释莫鼎力认为的异常。

"他就留下这句话？这已经在我意料之中。黑衣人赶到此处到底要找些什么，我想他是知道的。"莫鼎力一脸疑惑，他觉得成长流不该只留下这么一句话。

"就是呀，靠这句话也找不到出路呀。"丰飞燕心中很是慌急了。

"不是不是，他还说了其他话，说什么这里是倾江，洪从西来，江往北倾。"袁不毂赶紧说出成长流后面的话，"对了，他好像还看到了这里的什么刻字，但他不肯告诉面具人是什么字。"

"字在哪里？你说的字在哪里？"莫鼎力边说边探头寻找。

"别管字在哪里了，先找逃命的路在哪里吧？"老弦子的语气像在哀求。

"好像在那崖壁上，他看字时我见那处的枝叶摇动了。"袁不毂也像莫鼎力一样探头寻找，"在那里在那里，看到没有？崖壁上。"

"是的是的，我也看到了，但看不出是什么字。"丰飞燕也看到了。

"那应该是一种以形表意的古老文字。"舒九儿在一旁说道。

"你认识？那两个字是不是齐云？"莫鼎力赶忙问。

"我不认识。"舒九儿很果断地回答。

"趴下！"舒九儿话音未了，莫鼎力就发出一声断喝，同时飞身而出，手中的一对雁翎雪花斩飞舞，连续打掉几支弩箭。雁翎雪花斩轻巧短窄，并不适合拨打硬弓强弩射出的箭支，为了能够缓解攻势，他立即喊袁不毂回射对方："不够，回射！"

那些弩箭是鹤翅秦弩射来的，崖壁上的弩手已经逼迫到很低的位置。袁不毂他们虽然趴在坡下，崖壁上那些弩手却是可以清楚地看到他们。弩手们并不清楚袁不毂几人和面具人不是一伙的，见他们也在下面，也就发起攻击了。鹤翅秦弩力道强大，又是从上往下，袁不毂他们全在有效攻击范围内。

袁不毂听到莫鼎力的喝叫声，想都没想就弓拉满月回射过去。那一瞬间，他拉开的是一股气势，拉开的是一个天地，拉开的是一个从生到死的历程。所有看到他拉弓的人都震惊了，胆怯了，畏缩了，但想逃走却来不及，只能在心中祷告箭头指向的不是自己。

弦松箭出，从箭支划空的声响便可知力道遒劲，他把弓的最大出力运用了出来。箭射的力道取决于弓的先天条件，如果弓不够强，即便人使出最大出力，也达不到想要的距离和杀伤力。

袁不彀手中的弓是一把普通的弓，远远达不到鹤翅秦弩的力道。但是弓只要入袁不彀的手，他便能掂出其性能特点，握弓一拉，不仅整张弓的劲道如何马上全然了解，就连从弓的哪个位置出箭可获取最佳出力也都了然在心。然后再通过对箭支材质、分量的分析，箭羽种类的不同，以及弓与箭的配合关系，便能在瞬间之中确定怎样的射出角度可以获取最远距离和最大杀伤。

虽然不是强弓，虽然是在低矮处，但袁不彀还是将箭支射上了崖壁。距离足够，劲道也不输于鹤翅秦弩。不过这支箭只是在石头上撞出几点火星，就翻个身插落在草丛中了。

"你个歪瓢子，从来就没射准过！从来就没射准过！"老弦子趴在那里，急得直拍地面。

"不是射不准，是松弦时刻意扭动颈肩了，射出的箭歪了方向。这是临射时畏惧了，畏惧杀生，和他畏血一样的道理。"舒九儿通过袁不彀的身体状态，看出他射不准其实是心理问题。

"笨蛋，你这个笨蛋，你要不射死人家，人家就会射死我们！快，再射，再射！"此时袁不彀已经缩回坡下，正好趴在老弦子旁边，老弦子气得连敲他几下脑袋。

"没箭了，我只有一支箭。"袁不彀也意识到自己的失手后果严重，身边的女人老人都是需要自己保护的，但他确实只有一支箭。

"找找，这周围有很多箭可以拣的。"丰飞燕手在旁边一划拉就捡到一支箭，兴奋地递到袁不觳面前，但那是一支鹤翅秦弩用的弩箭，袁不觳的弓没法用。

就在此时，莫鼎力一个倒栽从坡顶摔了下来。不过刚刚落地就又马上翻身爬到一处凸起的石面后边，尽量压低身体。他不是被弩箭射落下来的，而是自己把自己摔下来的。攻击过来的弩箭在无法用雪花斩拨打的状况下，他只能用这种方式来躲闪。这还好在袁不觳的一个拉弓姿势让对方的箭支稀落了许多，他才有机会把自己给摔落下来。

此时的局面太不乐观了，他们全都一动不能动，被定死了位置。而崖上崖下不管哪一方最终胜了这场弓弩对决，他们几个都是别人刀俎下的鱼肉。落在面具人手中还相对好一些，他至少还想从袁不觳嘴里得到成长流留下的话，不会马上对他们下杀手。而崖上那些颜色杂乱的人下来后，很有可能话都不多说一句就直接将他们射杀。

从双方对决的形势来看，颜色杂乱的人越来越占上风了。他们的伤亡要比黑衣人多，但是他们的人数也比黑衣人多出很多。崖顶上持续有人悬下，无休无止地，不见停息。后面下来的人武器也变得多样起来，除了鹤翅秦弩，还有诸葛连弩、齐眉弓。

后面下来的人弓射技艺也比前面的弩手更厉害。诸葛连弩小巧，射速快，攻击范围密集，适合近距离的攻杀。让这种弩手从崖顶下来是因为前面的弩手已经逼迫到很低的位置了，可以让他们来接手短兵近战了。齐眉弓是软背长弓，长大却轻巧。使用这种弓的箭手可以手拉弦脚开弓，也可以利用周围的固定物拉弦开弓。齐眉弓更便于在悬挂而下的过程中使用，加上射距远，给诸葛连弩做后备助攻极为合适。

这两批人下来后，黑衣人再难应付，即便面具人弓射本领再强，也是孤掌难鸣，无法扭转局面，只能带领余下不多的黑衣人往狻猊鼻的洞口退去。

然而，不管进逼下来的一方，还是正准备退入洞里的一方，以及趴在那里收腹缩臀生怕被箭射中的袁不觳他们，都在一个瞬间静止了。就好像时间停止、世界凝固了一般。不，只是像时间停止了，世界非但没有凝固，反变得更加喧嚣活跃起来。

装作无赖的风水先生

喧嚣声由西而来，由低到高，如万马奔腾。山体在震颤，天地在震颤，人心更在震颤。喧嚣声的前奏是一片水雾，弥漫如飞云，浓重且急促，让已见清明的天色刹那间就变得昏天黑地。

那急促浓重的水雾到达时，扑洒下来的是持续的细密水丝，顿时就将山体朝西一面上的草竹和人实实在在地润湿了。水雾过后，江面水位快速上涌，像是被什么力量推动着，拱拥着。还没来得及转动脑筋，想想推动的力量从何而来，那力量就已经到了。

远处的江水不再是湍急流淌，而变成满江的沸腾。浑浊的灰黑浪头剧烈地跳动着，只在灰黑色的最上方闪动一片银亮。银亮应该是飞溅的水珠，而灰黑色则是裹挟了泥沙、碎石、断木和各种动物尸体，试图摧毁更多生命的"力量"。

"上游洪峰下来了，赶紧往上走，不然会让浪头裹下江的。"莫鼎力嘴里嚷嚷着，人却没动。往上有弓弩利箭等着自己，同样是要命的结果啊。

"没错，江面水位升高了，等洪峰一到，浪头肯定要冲到我们这里。"老弦子边说边哆嗦着。

"对！上去，赶紧上去，上面好像不打了。"丰飞燕抬头往上看，可才一抬头，立刻有一只弩箭贴着头皮飞过。上面是不打了，所有人都被眼前的情景惊骇了。但上面都是久经沙场的高手，哪里有些什么异动，依旧立刻就会有所反应。

"别动，你们先不要动，我好像想明白了！等着！这里可能会出现一条逃出去的路。"袁不彀的声音里带着一种激动。

赵仲珥决定暂时放弃追查张浚，"死过卒"派出跟踪捉奇司的人全部被杀，这根顺着可以摸到瓜的藤断了。桃荷棋院设的一个套儿本是用来试探张浚的，但张浚用范成大替代自己顺解了。这可以有两个解释，一是张浚的确不是幕后指使之人，并没有觉得暗语联相约有什么重要事情，甚至还以为是哪位朋友的雅邀笺，一时事忙走不开就让人替代自己赴约。另一种解释是张浚城府太深，一下就看出暗信中存在的玄机，觉察有人开始怀疑自己，所以让一个无关紧要的人替代自己赴约。

不过有人觉得还有第三种解释，那就是范成大可能是个更加重要的人物。他不是替代张浚前去棋院，而是张浚接到暗信后再递交给他，他决定了亲自去会面。这其实也说得过，范成大去过棋院之后，"死过卒"才莫名其妙全部被杀。有可能是他从当时的情况中悟出了危险，这才赶紧下手抹了痕迹。

觉得有第三种解释的人是杜字甲。杜字甲在捉奇司的职责是辨查风水、寻墓定穴，张浚这件事情本轮不到他管，但这一回也不知道为了什么，杜先生偏偏盯上了范先生，或许真是范成大哪一处的风水破败了。

有了第三种解释后，杜字甲从反馈至捉奇司的所有信息中圈出了范成大离开棋院的时间、方向。并由此推断出了又一个交集点，就是华舫埠的凶案。范成大在那个时间里是可以走到华舫埠的，就算走不到，也应该就在附近。完全有可能遇到被杀的那些人，或者遇到凶手。而三法司汇总过来的所有信息里并没有任何一条提到他的证词，那么他不出面提供相关信息是怕惹事上身，还是本就与这事有着某种关系？

杜字甲所有的怀疑和推断没有告诉捉奇司里的任何一个人，而是自己直接坠上了范成大。他原先是个江湖术士，本就有特别重的好奇心，以及通过好奇获取利益的贪心。贪心驱动，他决定要自己先把其中的缘由都理清楚了，然后再看是从捉奇司还是从其他方面获取尽量高的利益。

凤春大街的意外是杜字甲早就预谋好的。斜着眼珠瞧准范成大从自己身后走过，他猛地一个转身撞上，把自己手里刚刚从刘二鸡铺里切出来的用荷叶托着的腊汁鸡全撞翻了。

鸡撞翻了，杜字甲马上现出一副斗鸡的模样，反手一把拽住了范成大的衣服，气势汹汹地吼道："怎么回事？猪候槽子狗等屎，你堵我屁股后面是想要啥？鸡翻了彻底，你可是连个骨头都得在地上直接舔了。"

"你这人怎么如此说话？这里可是皇都之中，天子脚下，有严刑铁律逞凶制恶，可容不得你放肆。"范成大心中有事，突然一撞已经吃惊不小，再被拽住了莫名其妙骂一顿，就算泥菩萨都会冒三分土气的。

"你也知道这是天子脚下呀，既然知道你还敢和捉奇司的人推推撞撞？信不信我让我们王爷下道密令，让你从此消失得连个猪油渣子都不见。"杜字甲故意摆出一副凶恶无赖相。但他说的倒是真的，铁耙子王一道密令真能让人消失。

范成大沉默了，眼珠快速转动两下。他知道捉奇司有很多江湖上的粗俗人物，但不管怎样的粗俗人物进了捉奇司后都必须收敛性情，守规矩。面前这个人如此狂妄不知约束的人，应该是铁耙子王身边有些分量的人。这种人虽然入了官家不缺钱花，还是放不下原先爱占便宜的市井相，有时候还会利用现在的权势把这卑劣的特点表现得更加张狂。

范大成倒不是害怕杜字甲的威胁。铁耙子王赵仲珥做事极为谨慎，即便握有特殊权力，也不会随便就发个什么把人弄没了的密令。他是觉得之前暗信相邀桃荷棋院的套儿有可能是捉奇司做的，面前这个人既然是捉奇司的人物，自己是否可以和他就此套套近乎拉上些关系，借机打听些消息将自己心中的疑惑给解了。再说，就算不是他们做的，那捉奇司掌握的信息也是最多最可靠的，自己要是能套出一些来也是有用的。

"原来是捉奇司的高士，见谅见谅！你这鸡我给撞掉了，我得赔你。这样，也不要再切鸡切肉的了，找个酒楼点些酒菜我们一起喝两杯。既赔了你的鸡又表达了我的歉意，既解了我酒馋又可将枢密院和捉奇司关系拉近拉近，真可谓一举四得呀。"

"这倒也是可以，不是我要贪小便宜，平时人家请我吃酒菜，我还不一定给面子。今天主要是你扫了我兴头，不是一只鸡补得回来的。对了，你刚才说你是什么院的？"杜字甲继续装着疑惑，问道。

"哦，在下枢密院范成大。"

"原来是枢密院的范军爷，我是捉奇司的杜字甲，专门替王爷断阴阳玄妙之事。这样，你说去哪家酒楼，我这人不挑剔的。"杜字甲听范成大是枢密院的便称他军爷，这是为了故意表现自己的无知。就像花街柳巷门口的姑娘，只要人家沾了点兵家的边就都喊军爷。

大街上有很多饭铺酒家，各种档次、口味。范成大没有刻意选择，带着杜字甲走进了离得最近的一家酒肆里。

此时还没到饭点，店里没什么食客。一楼大堂的几副桌椅大部分空着，二楼的雅间则全都空着。范成大仍是没有特意选择，随着小二引带，直接进了二楼一号雅间，过程中没往周围扫看一眼。

雅间里大八仙桌四面八座，范大成也没有选择，径直找个座位就坐下了。是杜字甲提醒了这是客人位，他才转而坐到结账付钞的副主人位上。

菜单看都没看，范成大直接让伙计挑好的上四冷四热两壶酒。

范成大的所有做法其实是一种心理的外在表现，也是一个人从内到外的格局局相，这和大环境的风水局相差不多是一回事。

杜字甲是个算命看风水的，往玄处说那可是晓天地通阴阳的大学问，用到实际糊口生存时，却还要懂得揣摩事主心理，迎合事主心意。否则不但赚不到钱，还有可能挨顿打。既懂风水又会揣摩心理的杜字甲知道，各种不同情况下的人应该有怎样下意识的行为，也知道违背这种规律代表了什么意思。

一般人在面前出现多项选择时，就算不做选择也会有所迟疑。这就像风水中的气相走势，遇砂而止、遇水而落、必有局相。如果面对可选择却一点反应都没有，那就说明心里有事。像范成大这样连续的毫无反应，不仅说明他心里存着事，而且想了解有关信息的心理也是很迫切的。

但从另外一方面看，他心里的事并不非常重要，甚至只是出于好奇。这一点也是从他不做选择上看出来的。就近的酒家，又不在饭点上，说明范成大并不在乎自己显得特别，也不在乎别人看到他和杜字甲在一起。

一号雅间就在楼梯口，没有隔门只有布帘，说话声外面人专注点便能听到。进这样的雅间说明范成大并不觉得自己交谈的是什么秘密。再有座位的选择和随意的点菜，说明他心里其实并没有和杜字甲结交的愿望，只是暂时的敷衍、临时的利用。当然，这也因为他不知道杜字甲在捉奇司是怎样的地位。捉奇司里的大部分人，外界都清楚他们在里面到底是做些什么的。

杜字甲虽然一副贪吃的样子，实际上只小抿了两杯酒吃了四五口菜，就放下了杯筷。"吃饱了撑的"是说脑子不灵活，真的吃饱了撑了的话连动作也会变得不灵活。杜字甲此时不想自己有任何不灵活，每一个细节的灵活运转都是他应对眼前状况的必备条件。他已经做好准备了，就等范成大提出问题。

"杜先生最近定是辛苦了，华舫埠的案子凶残又蹊跷，三法司一无所获，破开此案谜团的重任还得是捉奇司扛着。"范成大终于把话头绕到他感兴趣的点上了。

杜字甲知道范成大早晚都会绕到这事情上。他就是分析了华舫埠凶案当晚范成大在附近，才故意来撞他的。其实杜字甲心里更感兴趣的，是之前对张浚的怀疑，他希望通过范成大试探到桃荷棋院那个套子的深浅。张浚的事情牵扯下来可能是惊天的大事，后续风云无穷，价值也更大。华舫埠的事情虽然惊动了宫里，实际上很大可能是和宫里财物或私下秘密有关，找到凶手确定暗器性质就算了事。

范成大只是一个枢密院的文职官员，估计和江湖手法的杀人案关系不会太大。那天夜里他去桃荷棋院一定有更为重要的事情，绝不会再匆匆忙忙赶去参与什么财物交易。而且他之前并不知道桃荷棋院的会面需要多长时间，无法保证自己能及时赶到华舫埠。所以范成大对华舫埠案子如此关心，要么是和交易的人是旧识，要么是那天晚上他从桃荷棋院出来后撞见了些什么。

从外相看内情，通过范成大刚才的种种表现，杜字甲决定采用直切旁剖的方法进行交谈。所以他保持自己狂傲的假面具，话头绕定范成大本人直追不放。很多人态度像是不经意的，但只要话题围绕住他，让他感到潜在危机，这人就自然会把话题往其他方向引，漏出更为重要的信息以转移自己的危机。

"那案子里被杀的有范军爷朋友？"杜字甲直截了当地问，显得很没城府。

"没有没有，一个都不认识，就是好奇问问。"

"那肯定就是案子发生时范军爷看到了些什么。"

"也没有，要真见到那凶杀，我自己也会没命的。"

"范军爷倒是挺懂的，还知道'见者惹祸、杀人灭口'这些凶杀惯例。没认识的朋友被杀，又没见到案子发生的情形，那您为何如此关心这件案子，莫非是之前就知道有人筹划这趟凶杀？"杜字甲开始给范成大施加危机感。

"杜先生这话可不敢乱说，平白就会给我栽上罪名。我是那晚从清河坊经过，遇到一群人拿了大包小包的东西往西边去了，看着像是宫里的派头。当时也没太在意，这几日闲下来细想想，觉得会不会与华舫埠之事有关。不过我想三法司和捉奇司搜罗细节密匣无漏，我只是含糊地见一群路人走过，说出来对案情也没什么帮助，也就不添这份麻烦了，免得把查案路数往谬处带。"

第八章 分洪倾江

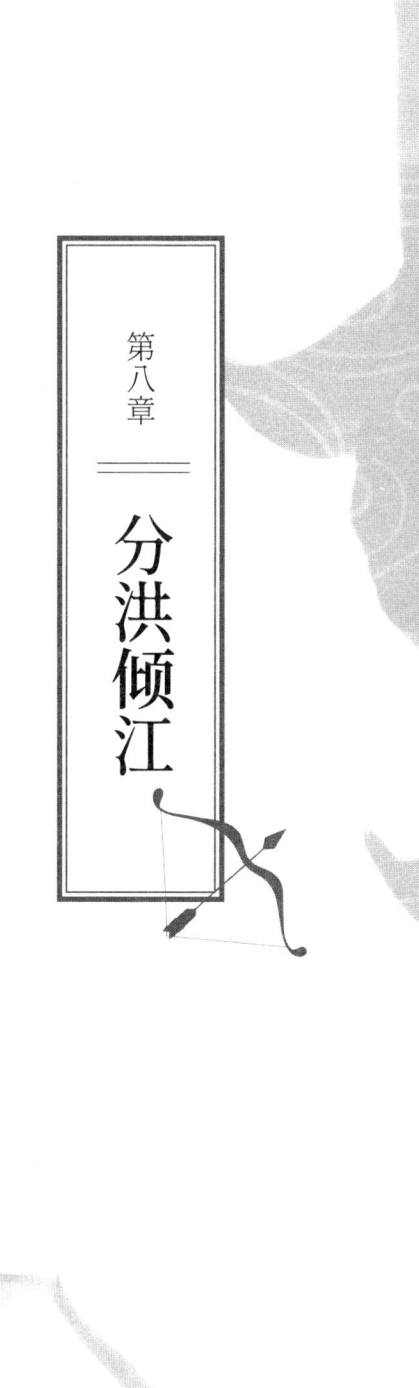

等洪流给出一条逃命路

杜字甲判定，有了危机感的范成大说的全是真话。而他刚刚所有的表现，可能就是因为心里藏着这件事情。

"那倒也是，范军爷睿智。不过那晚夜黑雨密，范军爷何故跑到清河坊去，莫非是那里哪座楼院里有范军爷相好的。"杜字甲的笑意很邪性。

范成大连连摆手："那晚我是要去枢密使张浚大人府上，这才会经过清河坊。"

"枢密使大人啊！兵家做活儿真是辛苦，不比我们捉奇司清闲。范军爷夜里都要赶去枢密使大人府上，可是有大事发生？"杜字甲叹道，但也等着范成大继续说。

"倒不是什么大事。"范成大轻轻笑了笑，"同朝为官，自有情谊，不过是去探望一下。"

杜字甲眯了眯眼睛，范成大的反应只透出一种文人气，心思看着也单纯。似乎他本来是想用酒肉从自己嘴里套些话的，结果交谈的节奏全被自己掌握，几乎成了自己对他的盘问。但是，很多时候表象并不代表内情，这一点和自己的风水理论是有差异的。于是，杜字甲继续追问细节："连夜探望，是张大人出什么事情了？"

范成大不慌不忙地道："是这么回事，那天张大人约了我晚上在桃荷棋院喝酒观棋的，结果就我一人到了。直到我将他预定的酒菜都吃了，他都未曾出现。我担心他是身体突然有恙，或者家里有意外事情，才会爽约。出于礼貌和关心，我出棋院后便直接去他府上稍作问候。"

范成大说的是真实的事情经过，但其中有一点却是谎言，而且是别人无法戳穿的谎言。那一天他的确是收到张浚的暗语联才去的桃荷棋院，从他的角度来说，完全可以认为是张浚邀约的他。而他前面不做选择所表现的心中有事，被杜字甲言语纠缠暴露的心思简单，以及口无遮拦地说了那么多的真话，只是为了让这个谎言变得可信。但这个谎言的意图又是为了什么呢？

杜字甲没有继续追问下去，他知道范成大之后不管在张浚府里看到什么听到什么，都不会再有真实叙述。倒不是说范成大会骗人，而是张浚肯定会骗范成大。所有假象都是张浚早就准备好的，继续追问没有更多意义。另外杜字甲觉得自己想知道的都知道了，如果真像范成大说的那样，那他只是一个被张浚利用的棋子而已。

范成大早在决定请杜字甲喝酒的刹那，就已经确定自己该怎么做了。捉奇司里的人都是赵仲珥精挑细选的，除了身怀绝技，骨子里的细致缜密也是他们被选入捉奇司的必需条件。或许有人不能完全脱去市井之徒的表象，但面前这个冒冒失失地把鸡撞掉，又随随便便就答应与人共饮的人，很大可能就是捉奇司再次放下的一个套。就算不是套，他也绝不可能从那人嘴里套出捉奇司的任何秘密信息。

范成大真正的目的，是要不动声色地传递一个信息。他所有的表现都尽量真诚，摆出一副没有心机的外相，是要在对方完全不抵御的状态下将自己的谎言刻入对方脑子里。现在看来，实际的结果很让他满意。

但是范成大过于自信了一些。杜字甲是对范成大有所怀疑后才故意制造机会接近他的，绝不会轻易就信了眼前的一切。范成大可做选择却不选择的反应的确可以显示他心中藏着事情，一次两次可以，连续多次，反会弄巧成拙。杜字甲就是从第五次开始觉出范成大城府极深，所有做法是要给自己反放套。所以他从头到尾想了一下范成大的每句话、每个词、每个字，还没出酒楼就已经做出判断。

整个过程，范成大只说了两件事情。一件事情是他去桃荷棋院是张浚相邀的，但张浚自己没去。还有一件事是他去往张浚家的途中，遇到过被杀的方公公一伙人。这两件事情是可以合二为一的，全都牵扯上了张浚。而这两件事情说出后，倒是将范成大自己完全撇清了干系。

也是到这个时候，杜字甲觉出无论张浚还是范成大，都不是自己可以点火把玩的蜡烛。不要说从他们那里获得最大利益了，想揪住尾巴捏出个虱子都有可能被屁崩到，所以自己获利的注头还是押在赵仲珥那边更加稳妥。

当天晚上，杜字甲主动向赵仲珥提到自己和范成大偶然相遇的经过，他获取的信息以及做出的推断让赵仲珥、李诚罡非常感兴趣。

"'死过卒'坠捉奇司尾儿的人全死在了汨罗江边，就没有线索可以牵扯上张浚。李踪记录了范成大在桃荷棋院的所有反应，从张浚相邀自己却未出现，范成大等候、自饮，最后担心他家里或他本人出了什么事情而着急赶去探望，这些情绪和情形的变化与记录都可对应，解释完全合理。"李诚罡觉得要想继续追查，很是艰难。

"不不不，有一点不合理，我们之前因为有华舫埠的事情把这个给疏忽了。"赵仲珥手里搓盘着一串环环套玉腰挂说道。

"敢问王爷，是哪一点？"李诚罡问。

"'死过卒'为何会全死在汨罗江边？张浚雇用了'死过卒'，那么会不会有人雇用其他人马来围剿了'死过卒'？或者是在跟踪过程中，'死过卒'发现什么秘密才被灭口。我们设在枢密院的钉子有过回报，张浚收到均州军报之后、雇用'死过卒'之前，与范成大有过一次闭门密会。很有可能，范成大是知道雇用'死过卒'之事的，那么他会不会把这信息透露出去，甚至于灭口'死过卒'正是他操纵的。"赵仲珥一个不合理带出了众多的可能性，让事情一下变得更加错综复杂、谜团重重。

"这该从何查起？恐怕还是需要两河忠义社将'死过卒'全殒的案子查清楚了，我们这边才能采取措施，逼背后之人显形。"李诚罡觉得这是最可行的做法了。

"有一个现在就可以实施的办法,能逼着他们立刻显形。"杜字甲眉角跳动一下说。

"什么办法?"李诚罡急忙问道。赵仲珥依旧不紧不慢地搓盘玉腰挂,笑眯眯地听着。

"由王爷亲自出面,奏请皇上提任范成大官职,将其调离枢密院。"杜字甲说完后,得意地笑两声。

赵仲珥微笑着想了想,缓慢但幅度很大地点了下头:"安排他什么官职合适?"

杜字甲髭须抖动了一下:"既然他对花舫埠的案子感兴趣,那就让他去吏部,去追查失踪的孟和到底是什么底细。"

喧嚣声越来越近,袁不觳必须不停地扯着嗓子向其他人解释,让别人相信他的判断,从而克服洪峰逼近带来的恐惧,坚持留在原处等待他认为可能会出现的出路。

袁不觳能突然悟出此处玄妙,除了成长流留下的话,还因为他学手艺时听说过很多大工大匠的工程,比如四川岷江上都江堰的分流。他自己也曾为别人做过分流水槽,所以脑子里灵光乍现,一个幻想出的情景很清晰地出现在脑海里。

后羿杀猰貐,射了七穿十四孔,最后才一箭射中要害。这是后羿第一次出山斗怪兽,不可能事先不做了解便仓促而斗。而了解之后还射了那么多箭才中要害,也与传说中后羿精湛的弓射本领不相符。最合适的解释是后羿不仅要除掉猰貐,还要利用猰貐死后的尸身化解它兴风作浪的恶果。前面射那么多箭并非要猰貐立死,而是为了将猰貐驱赶到位。等到了预定位置后才一箭取命,这预定位置便是现在猰貐坟所在的位置。

袁不觳他们是在猰貐坟的最西头,也就是猰貐的口鼻处。死后化作山体的猱貐口鼻如长堤，斜插入大江的一侧。平时这里伸出的坡形还看不出什么，一旦江水水位上升，上游洪流冲下。这最西头的位置就如同一个堰堤，将上游冲下的水流分作两道。

较小的一道是往南岸去的，被缓冲为湾塘。他们之前沿江过来的一段全是碎石沙土，不见高大植物，就是因为每到洪汛季节这里都是有水的。分流的小部分水流在湾塘中缓转，最终或入小沟、小河，或从猱貐坟东南重新汇入绕转过来的主江道。

较大的一道依旧随主江道而流。猱貐坟所在正好是大江的一个弯道。在猱貐前后腿合抱的弧线山形引导下，这一道水流会往北岸偏移，水面出现北高南低的倾斜现象。水流越急，倾斜度越大，这现象就是成长流所说的"倾江"，洪从西来，水往北倾。

"等等，再等等！相信我，这可能是我们活着逃出去的唯一机会。"袁不毂还在扯着嗓子喊，但这个时候别人已经听不见他的声音了，周围所有声响全被洪峰的喧嚣声掩盖。

洪峰是挟带着一股劲风冲过来的，冲击堰头的那个瞬间，几乎所有人都扭头缩脖，下意识地避让，但溅起的水珠随劲风四散飞射，没一个人能够躲开。这和之前的雾气不同，实实在在的大颗水珠泼洒而来，所有人顿时落汤鸡一般。

洪峰冲击堰头之后，水位再次快速上升。特别是堰头这边，水面沿着堰坡往上，已经扑到了袁不毂他们的腿脚边。吓得舒九儿、丰飞燕一阵尖叫，手脚并用地尽量往上爬。

"不能上去！会被弓弩射中的，再等一会儿！就一会儿，应该会有变化。"袁不毂按住舒九儿的细腰，拖住丰飞燕的肥脚。虽说是紧急状况之下，但触碰的都是女孩子的身体敏感处，还是让那两个女子不由得血涌心荡。

江水翻着怪异的浪持续往上，就像一个怪物在吞噬咬嚼着堰头，将它快速吞入自己的肚子里。

等一会儿，说得轻巧，当冲上来的江浪已经淹没腿脚了、溅湿全身了，堰头上的怪浪随时会一个飞跃将人卷入江中时，又有谁能有足够定力坚持着不动？

袁不觳坚持不动，所以他差点被卷进了江流。

江水淹没的腿脚被水流力道猛然往旁边一甩，有股子暗劲把他往激流中带。幸好他两只手还在舒九儿的腰上和丰飞燕的脚上，在这两个试图再次往上爬的两个女人身上借了把力，袁不觳才把自己从激流吸劲里拔了出来。

然而，就在他意识到自己的手抓握位置不太合适并赶紧松开时，又一股更大的激流卷过，把他往左下侧快速拖滑下去。

这次卷走袁不觳的是股冲劲而不是吸劲，出现相反的力道是因为洪峰的流势转向了。当水位到达袁不觳他们可以坚持的最后关头时，成长流说的倾江终于出现了，所以袁不觳虽然滑下了几步远，反倒是脱离了水流。他最终停下的位置不曾再有江水涌上来，只留下一片湿漉漉的石头。

无路可逃时出现一条绳子

洪峰被堰头分作一大一小两道急流，小的一道漫上南岸，缓缓地铺展开去。大的一道流得比刚才更急，主流道开始往北偏移，中心流线渐渐弯曲，水面往北边山岭、岸堤慢慢倾斜过去。

袁不觳身后的水位快速下降，露出了大段的石坡。而随着洪峰持续地通过，獬豸坟西端和北侧的水位越来越低。

滑下几步的袁不觳所在位置比刚才低了许多，也更加靠前。他心念转动一下，算出崖壁上的鹤翅秦弩对这个位置不具杀伤力，于是果断站了起来。

站起来后，他可以更加明显地看到江面的倾斜，猰貐坟北侧水位在持续降低。原来淹没在水面下的石头露出了更多，断断续续地有种要和猰貐前臂连接起来的态势。

袁不彀又往旁边走了几步，这位置可以完全躲开上面两路人马的弓射范围，还可以将猰貐坟北侧整个江面的情景看得清清楚楚。

"看，那江中有一石峰！江水北倾绕峰而流，真的太壮观了。那石峰的样子倒有些像箭尾，也不知道人是如何上去的。"袁不彀被眼前的景象震撼了。

"我听说过，那是箭羽峰，上面有座很小的羿神祠。平时很少有人上去，不过要上去也很容易，乘船到石峰边有石阶可登攀上去。"不知道什么时候老弦子也溜滑到袁不彀身边来了。

"我知道了，那箭羽峰就是射杀猰貐的最后一箭，这一箭将猰貐的尾巴钉住了。猰貐百杀不死就是因为它的要害其实是在尾巴，一般人不知道，就算知道了，要没有后羿那样的箭术也无法射中灵活细小的尾巴。"袁不彀显得有些兴奋。

舒九儿和丰飞燕也下来了，正好听到袁不彀的话。舒九儿脑筋一转，马上说出了自己的见解："前面的七穿十四孔是要将猰貐定位，好用它死后的身体作为堰堤，分洪倾江。这样下来的洪流就不会将钉住尾巴的箭冲掉，可以永远镇住这只怪兽。"

袁不彀张开手臂："不不！不仅仅是不冲掉钉住尾巴的箭，还有箭后面的广茂土地。你们瞄准箭羽峰那条线往后看，正好对着大江南岸。我们就是沿着那边过来，那里有着富裕村县和大好良田，这些都是猰貐坟分流倾江的结果。洪峰北倾，让过了箭羽峰后面一线，就不会出现冲堤泛滥。分流的小股水道缓转蔓延，在南岸的沟河湖塘分流，可灌溉大片良田。"

"成长流的祖师爷应该就是偶然在此看到倾江奇观，才悟出开河守堤的技艺来的。另外，他也肯定知道此处构造天人共成，一旦损毁便会害了那一大片苍生耕作存身之地，所以来到此处在洞道中设下重重机关。这样一来，即便后辈传人听说有此玄妙的开派之地，不到必要之时也不会前来冒险。"老弦子一番分析很是到位。

"成长流筑堤治水别有造就，且亦工亦武，所出门派定是玄妙精绝。但以往江湖上没听说过这样的门派，或许他们更重工匠之术，把自己归于平常匠坊工场之中了。"莫鼎力皱皱眉头说道，"这里是羿神妙作也好、天工奇巧也罢，不过一处水文奇观而已，和各方追寻的秘密又有什么关系？"

这一点莫鼎力确实难以理解。据他所知十八神射从水根穴中带出的东西是关乎皇命国运的。眼前这个大江倾流虽然看着壮观，其实就算把猰貐坟整个给铲了，也只是一方受灾，无关国运。

"逃出去的路到底在哪里？"丰飞燕终于憋不住了。

这句话提醒了大家，眼下逃命才是最重要的。后面崖壁上颜色杂乱的那批人已经下来了，面具人带领黑衣人也退入了猰貐鼻孔的山洞里。要想攻入山洞拿住那些战斗力仍很强的黑衣人肯定不容易，所以这些人下来后首选目标应该就是袁不觳他们。

而此时袁不觳他们之前的坚持也终于得到了幸运的回报，一条乱石道终于出现在了他们面前。江水北倾，猰貐坟这边的水位下降，原来淹没在江水下的石头露了出来，并且一直延伸到猰貐前臂的根部。从这乱石道上过去，只要那里有可以借力攀爬的落脚点和草枝藤蔓，就有机会攀上猰貐前臂或者直接上到肩部。

"我说会有路的吧？我就说会有路的吧！快走快走！"袁不觳比刚才看懂倾江奇观还要兴奋，但这个时候根本就没人理会他，一个个早就争先恐后地跑上了那片乱石。

崖壁上颜色很杂的那些箭手、弩手差不多都下来了，他们留下少部分人封住面具人退入的洞口，其他人全部往袁不毂他们身后追来。看得出，这些人的首领断定袁不毂他们是真正获取此地秘密的人，所以要尽全力将他们拿住。

老弦子老胳膊老腿，逃命却是最快的。因为他是几个人里最没有顾忌的，可以连滚带爬，可以衣破鞋掉。老弦子也是最早感到绝望的，他跑到了乱石道的尽头，却没有看到任何可以爬上猰貐胳膊和肩头的活路。此处没有阶梯脚蹬，没有可以借力攀爬的草树石缝，真就像怪物皮肉浑圆凸鼓的前臂和肩头，而且下部山体的石面被江水冲刷得连个肚脐眼大的坑都没有，壁虎在上面都可能失足打滑。

后面赶到的人比老弦子更加绝望。他们距离追赶的人更近一些，那些杂色的人无法听懂的吼叫声已经响在耳边了，清晰得仿佛伸手就能抓住自己。

最绝望的人是袁不毂，他不仅听到清晰的吼叫声，还清晰地看到江水。第一轮洪峰势头很是凶猛，刚刚峰撞堰头江往北倾的奇观也特别明显，猰貐坟这一边的水位下降快速，一会儿就露出了大片乱石。然而第一轮洪峰持续的时间是很短的，强悍的势头很快过去后，洪峰逐渐退变成急流，水面渐渐回复原来状态，倾斜的江面又往南边倒转过来。

也就是说，如果袁不毂他们没有办法爬上猰貐前臂或肩头，那他们要担心的不是被后面杂色的恶人们活捉，而是会被回倾的江水卷走淹死。

"不好了！水回来了！"莫鼎力也发现了这个更加危险的情况。

本来这个时候如果追赶的和逃命的在转念间达成共识，一起回头往猰貐口鼻处奔回，说不定还有一线生机，逃脱倾回的江流。但后面追赶的那些人似乎对水的危险毫无知觉，依旧在往前紧紧追逼。

直到很多低矮些的石头重新被江水淹没，那些人这才意识到周围情形的变化，而此时他们这一大群人其实已经被先期漫回低矮处的江水分作了几段。但是直到这个时候他们仍是没有意识到危险，还在想着从浅水中蹚过来把袁不觳他们抓住。

　　袁不觳他们几个则被上升的水位逼到猭獢前臂根部的角落里，再无寸步的余地可行。除了悲哀地等待被江水淹没，只能祈祷洪峰能够再次来临，把江面继续倾斜过去。

　　倾回的江流疾速得就像狂奔的马群。那水中还挟带着碎石、断木等各种杂物，在重新淹没石道时不仅水浪四溅，时不时还有飞石、断木等东西飞砸过来。有几个杂色的人位置靠下一点，被激流碰一下就不见了，就好像旁边是一个快速转动的磨盘，沾上一点就立刻会被裹进去、碾成沫。也是直到看见自己同伴瞬间没了踪影，后面那些杂色的人才慌乱了。有的想往回逃，有的试图往山上爬，但各种方法不管有没有用都已经来不及了，他们只能眼睁睁看着自己和同伴这几处杂色正一小道一小道地被江流的浑灰抹去。

　　袁不觳他们缩在角落里，能看到正在发生的一切。那些刚才还凶狠无比的人在大自然的力量面前显得如此的微不足道，瞬间消失时连惨叫都来不及发出一声。

　　可是，发生在别人身上的可怕事情转瞬后就要发生在自己身上了，所以他们的心中反是比那些还未把状况完全搞清便消失的人更加恐惧。

　　面对恐惧，每个人的反应并不一样。丰飞燕一直在尖叫，随着水流越来越近，她尖叫的声音也相应提高。老弦子紧闭双眼，嘴巴里不停地嘟囔，身体随着嘟囔不停颤抖。袁不觳则是快速地四处扫看，这个时候他仍是没有放弃逃生的希望。这反应应该是他这几天反复经历从生到死、从死到生的最大收获。

　　一根粗糙却结实的绳子从头顶垂挂下来，那是用猭獢坟上老藤荆棘现搓成的。要搓成这样的绳子，不仅需要极大的手力，那手还必须有很厚的茧子做保护层，或者有什么特殊的手套，否则非但搓不出绳索，搓绳用的老藤荆棘还会把两只手给废掉。

"绳子，快抓住绳子往上爬。"袁不榖发现绳子后想都没想，猛地推一把身边的人，根本没有注意自己推在了舒九儿的胸上。

第一个抓住绳子的是老弦子，这种时候他的反应总是比别人快。当他跳起抓住那绳子时，那绳子却猛地往下滑落了四五尺。很明显，上面往下放绳索的人根本没有想到下面会有人突然吊住绳子。幸好绳子放下之前在石头上进行了固定，否则就被老弦子整个给拉了下去。

"谁！下面是谁？"上头传来厉声喝问，瓮声瓮气如鼓撞钟震。

那声音是袁不榖熟悉的，他急忙高声回应："石榴！是石榴吗？我是袁不榖，快拉我们上去。"

"啊！是不够！别上来别上来，上来死路一条，等着挨宰。我们要下去。"上面真就是石榴，也只有他开山凿石的一双手才能搓出这样的绳子来。

"不要下来，下来即刻就死，快！快拉我们上去！"

就这两句话的工夫，老弦子已经爬到一人多高了。舒九儿跟在后面，虽然爬得慢，但也上去了几尺。丰飞燕爬半天也没能上去一点儿，莫鼎力索性蹲下来用肩膀扛住她的屁股，给顶上去了大半个人的高度。

江水已经到了脚边，水花已经在这个狭貐前臂和脖颈交叉的角落里沸腾起来。后面追赶的那些杂色的人大都不见了，余下几个拼命往石壁上爬，却往往是爬上一两尺就又重新滑落下去。这些本该都是攀岩登高的好手，从崖壁上下来时都只顾拿着要别人命的武器，把攀爬的索子工具都留在了崖壁上了，而这个时候能救他们命的却不是那些要人命的武器。

"快拉呀！要没命了！"袁不榖嘶吼着。

上面的石榴终于意识到下面的情况比上面更加紧急。他和袁不榖一起经历过多次危险，袁不榖都没有这样慌急过。于是果断吆喝一声"快拉！"，然后和其他放绳的几个人一起用力，将绳子缓缓拉起。

绳子上挂着老弦子、舒九儿、丰飞燕、莫鼎力，而莫鼎力已经抓住了绳子的最尾端，再没有袁不毂可以着手抓拿的部位。

要将乱石道完全覆盖的那一道江流，终于冲了过来。从獥貐坟最西端的堰头开始，沿着石壁激溅起一路水花，仿佛是要将山体破开一道沟槽。前面那些拼命往上攀爬的杂色的人连声惨叫都没来得及发出，就被卷入了激流。袁不毂虽然在这一道最尾端的位置，但同样没有逃脱的机会。

就在这千钧一发的时刻，莫鼎力吊住绳索的身体猛然一个翻转，呈脚上头下姿势。双脚快速替代肩膀托住丰飞燕的屁股，然后单手抓紧绳子，腾出一只手伸了下来。

这种状况下根本不需要语言交流，也来不及交流。袁不毂轻轻一跃，单手和莫鼎力的手紧紧相握。一个人分量的增加，让绳子猛地往下落了一尺多，舒九儿、丰飞燕不由得又发出一阵惊叫。幸好下落趋势被石榴和上面其他人及时运力止住，整条绳子连带上面的人暂时悬停在那里。

激荡石壁的水花已到。袁不毂使劲踩踏石壁借力，将下身抬高，尽量远离倾回的激流。冲击石壁的水花多少还是冲到了袁不毂身上，将他身体推动得剧烈晃荡。吊了几个人的绳子虽然结实，但还是在这剧烈晃荡下持续发出"咯嘣嘣"的响声，像是随时会断。

獥貐坟下的水位越来越高，看样子很快就会把袁不毂浸入水中。

然而，"咯嘣嘣"响的绳子没有断，不仅没断还在一点点往上拉。激流冲击山体激起的浪花像满口白牙的怪兽巨口，不断追逐着袁不毂，但最终还是让这个本该被江流吞噬的猎物逃脱了。

逃过激流的袁不毂根本没有机会庆幸一番，等他上去之后立刻便知道，自己只不过是从一个必死的境地逃入了另外一个必死的境地。地狱只有一个，但怎么哪里都是等待他的地狱之门！

合力冲出黑衣人的堵杀

丁天带进乱石堆里的十八神射剩下的已经不多，石榴、死鱼、熊达、谢天谢地兄弟都还在，毕竟他们几个身手是最好的。但这些身手最好的现在也都浑身伤痕累累，其中伤得最严重的是熊达。他的左大腿被箭支整个射穿，到现在血仍从包扎的布带里往外滴落。

当知道利用绳索往下也没有活路可走后，丁天的眼睛像锐利的钢刃指向莫鼎力，手中锐利的尖头铁棒也指向莫鼎力。

莫鼎力不敢乱动，他知道这尖头铁棒是怒龙直须锏，无柄无把无托无护手。平常人看像是没有任何装饰的一根烤肉穿棍，行家却都知道这是短兵之中变化最多、招数最诡异的奇门兵刃。

莫鼎力也没有必要乱动，他知道丁天这个人的脾气性格。在没有弄清楚事情原委并确定面前是个该死的人之前，他是不会轻易出手的。

"是你把我们带入死地的，我们都是你钓鱼的饵。"

"是的。"莫鼎力不做任何抵赖，"其实你早就知道我混入了车队。依旧按我指令行事是觉得我也在你们当中，不会带你们寻死路。"

"我没想到你是个疯子。你知道会遇到怎样的袭击，也知道大概在什么地方，还早就想好自己脱身的办法，却完全不管我们的死活。"丁天无比愤懑。

"这个你可错怪我了。我知道可能会遇到危险，但并不知道遭遇攻击的具体点位。是你队伍中有人猜到大概位置，他的不正常反应给了我提示。"

莫鼎力这话让丁天沉默了，他没有发现自己队伍中什么人有异常，在这方面自己明显比莫鼎力弱了一筹。

"是工部的成长流，这个地方是他出身门派的祖地，开派源头。他意识到别人寻找的地方和他派中祖地可能有关，莫大人就是盯在他后面才来到这里的。"老弦子主动在旁边帮忙解释。他希望眼下的局面能够缓解。两个领头人是他们活命的依仗，千万不能在此时此地发生分歧。

"这一趟我们要是逃不出去，我会先把你杀了。如果逃得出去，我会找成长流算账，这个吃里扒外的东西。"丁天很后悔没有及时揭穿扮成车夫混入车队的莫鼎力，更懊恼没有及时发现自己所带的人有异常。

"到现在为止你都没能突围，还在想方设法另寻其他道路逃出，说明你已经没有信心直接突杀出去了。可其他道路根本不存在，那只有我俩联手才有冲出去的可能，所以你绝对不能杀我。成长流不是奸细，没有吃里爬外，只是别人恰好摸到了他的底。你活着逃出去也没法找到他的，他已经死了，所以你死在这里倒是可以去寻他。"

死了！丁天愣了愣，既然这样，他只能重新面对自己的困境："你不清楚这里的状况，就算你我联手可以冲开堵路的刀手，后面的弓射绞圈也无法撕开。说实话，真不如一锏杀了你出口恶气图个痛快。"一想到"阴府门神"，丁天就不由得沮丧了。他已经记不得自己试闯过多少次了，但每次都被射退。

"之前我确实利用你们做幌子，导致你们陷入死境，这是我的错。现在我和你联手往外冲，不成功，我也就没命了，就算作把命赔给你们。万一冲出去了，那得算我保住了你们的性命，这样我也就和你扯平了。所以不管如何，你都不应该杀我。让我把命押上试一试，正反都是可以和你清账的。"莫鼎力不仅擅长观相知心，诡辩的本事竟然也是一流。

丁天听莫鼎力的话觉得挺有道理的，细咂摸下又好像哪里不对。但还没等他想清楚到底哪里不对，袁不彀的一番分析就把他思路给打断了。

"刚刚大江过去第一次洪峰，猰貐坟堰头分流，只有少量洪水进入南侧石滩，估计很快会被土石吸收，还形不成湾流。接下来连续洪峰冲堰，南侧的水量会迅速积聚，水位水速也会快速升高，这一点我们从猰貐坟下部山体被水流冲击出的痕迹就能看出。"

"后果是？"莫鼎力知道现在不是慢慢讲解的时候。

"也就是说，我们现在必须马上冲出重围，那样还可以利用暗道快速下山离开獥貐坟。如果獥貐坟整个被分流的江水围住，即便从这里冲出去，到时候无船无路，也是无法离开的。如果这样，被困整个汛期，不被杀死也会饿死。"

不要说整个汛期了，丁天他们现在就已经水干粮尽。要不是连续降雨有水解渴，他们这些人早就体力耗尽了。

"那些黑衣人寻查此处肯定带了足够补给，之后应该还有预设的后援，所以他们不着急，可以慢慢和我们耗着。我们一旦被水围住，除非是把山上其他的人全部杀光，夺了他们的补给，才能长时间待在这里。"莫鼎力及时加以补充，"但这是绝不可能的。"

"如果是这样，那些人干吗要和我们耗着。他们也该抓紧离开才是，没有必要一定取了我们性命。"丁天说道。

"他们肯定会耗着，因为你们把我们几个人给拉上来了。"莫鼎力微微皱眉，"那些人以为我们已经得到了他们要找的秘密。"

"你又害我们一回。"丁天忽然冷了脸。

"这一回可是你自己害自己。但也不一定就是害，有可能是增加了你成功冲出的筹码。那些人既然以为我们获取了秘密，他们要想得到秘密就不会着急赶尽杀绝。"莫鼎力这句话不无道理，大大地增加了丁天的信心。

丁天手中怒龙直须锏一甩，发出一声尖厉的颤音："那还等什么，杀出去！"

持朴刀挡在路口的大汉没有想到，这一次丁天会冲出得这么迅猛凶狠，除了右手的怒龙直须锏，左手还把小腿侧鞘中的长刃双槽芒拔出，使出全力双手攻杀。更让他没想到的是，快速冲杀过来的丁天背后还有一个人，还是个技击功力不在丁天之下的高手，一对雁翎雪花斩舞动起来后完全不给人喘息的机会。

丁天和莫鼎力的配合是商量好的。他们一个攻左一个攻右，节奏上可以快得让朴刀汉子根本没有出招的机会。另外两人都是擅长小巧近战，这一回既不设法绕过守住路口的朴刀汉子，也不急于将他一举格杀，而是一直逼住他、裹住他。

使朴刀的汉子只能本能地快速转动刀头刀杆，格挡一支直须铜、两把雪花斩的攻击，同时快速后退，试图与两个高手拉开距离，摆脱对方密集攻势的缠绕。这恰恰是莫鼎力和丁天希望的，他们两个脚下快速跟进，咬住那汉子步步紧逼，始终保持可以持续攻击的最短距离。这是要利用高大的朴刀汉子遮掩他们的身形，让朴刀汉子成为自己的活盾牌，从而防御不知躲在什么地方的"阴府门神"对他俩实施遁形双射。

其他人也早就做好了准备，一看莫鼎力和丁天将朴刀汉子逼迫得快速退后，他们马上拿着一些竹枝、藤团、箭壶做成的简单防护物快速跟上。计划很仓促，只几句话就马上开始了行动。行动意外且迅速，对手猝不及防之下无法破解的局面，也就意味着突围能够成功。

遁形双射的"阴府门神"并非毫不作为，他们先后变化了三个位置，各射两支箭，但是都没射中莫鼎力和丁天。"阴府门神"知道，一旦两个高手的一路快攻将朴刀汉子逼过那段咽喉似的狭窄山路，围堵的口子就被打开了。就算其中的人不能尽数逃出，至少最前面急攻的两个高手可以借助周围地形逃脱出去。

狭窄山路已经冲过去大半，眼见着就能冲进山形复杂、四处可逃的位置。偏偏就在这个关键时刻出现了意外情况——那个使朴刀的汉子突然死尸一样直直倒下。

朴刀汉子是被一支锤头箭射倒的。锤头箭一般用于战场上击碎重甲护心镜和包罩型头盔，寻宝探秘时也可以用来试坎和扳卡机括。不过刚刚它起到的作用只相当一个绊脚石，在恰好的时机用恰好的力度射中朴刀汉子快速后退的脚跟，让快退的身形变成平跌的身形。

莫鼎力和丁天攻击的招式都是杀人的招式，当对手像死人一样倒下，他们的招式反而一下变得全无用场。顿时停住的攻击让两个人出现刹那间的呆滞。刹那之后，不知哪里射来的箭让他们重新变得清醒而灵敏，就像被恶鹰惊起的兔子。

朴刀汉子倒下的同时，两支箭就已射到，像是憋忍了好久。箭的走向错落交叉，所射位置刚好是莫鼎力和丁天出招之后的空档。好在莫鼎力和丁天都及时反应过来，移转身形的同时强行变招，连躲带挡勉强让过了这两支刁钻的箭。

两支箭之后有箭雨袭来，领头的是一支劲势凌厉的圆锥箭。这支箭和刚才那支让朴刀汉子摔倒的箭是同一个人射出的，正是在下面退入獀貐鼻洞的面具人。倾斜的江面重新回转过来后，颜色很杂的那帮人绝大部分被江水卷走。于是装束上和其他人没有区别难以辨认的首领果断发出哨令，让剩下的人立刻登岩攀壁而去。这是非常明智之举，实力已经无法与对手抗衡，就该保存余下实力再伺机而行。

有一点黑衣面具人估计到了，那些颜色杂乱的人攻下崖壁后绝不敢追着他们进洞。洞里路径错综复杂，不是一时半会就能摸清的，贸然闯入只会自找伤亡。

这个估计确实没错，杂色的人遍布獀貐坟，不可能摸不到一个进入山体的洞口，只是没能摸清洞中走法，不如攀崖来得安全直接。

面具人对整个山形位置进行分析后，认为袁不毂他们如果能够从那些杂色的人手中逃脱，唯一的途径就是攀上獀貐肩部，而这位置正是十八神射被困住的乱石堆。所以面具人带着剩余的黑衣人出洞道后及时赶到这里，只当是在破口的渔网后面再捞一勺，而这一勺竟然被他捞准了。

飞来的箭雨范围其实不大，但足够将狭窄山路上的所有人笼罩住。其他人都赶紧边拨打箭支边后退，只有莫鼎力双斩挥动往前进了半步，他是迎着那支最为凌厉的箭支冲过去的。这已经是他第三次遭遇这个弓射高手了，他与这人有过交手经验，对他的弓射也有所了解，所以他想迎箭而上，争取突破最后几步山路，把封死的路径打通。

凌厉的圆锥箭被雪花斩交叉挡住，两把雪花斩在箭头的冲击下相互撞击发出刺耳的声响。莫鼎力双臂一阵酸麻，脚下硬生生后滑半个脚掌。那强劲的一箭将他的意图直接扼杀，接下来会有更多的杀招来扼杀他的生命。

瞬间射杀阴府门神

朴刀汉子像死人一样倒在地上，但他倒下之后很快找准时机拧转身体，同时单手提刀杆横扫出去。这一刀只是为了阻止对手进一步逼近自己，但莫鼎力却不得不立刻采取应对招数，否则他的双腿就会被齐齐削断。

与此同时，一左一右两个斜角方向再次交叉射来两支箭。很明显，这是"阴府门神"遁形封杀的绝招。这两箭都是针对试图继续前冲的莫鼎力，交叉的位置偏高，已经把莫鼎力必须跳起躲开朴刀的高度算入其中了。

莫鼎力的雪花斩与圆锥箭直接碰撞之后，气息和肌骨无法快速回复随意而行的状态。跳起躲开朴刀的动作已经非常勉强，想在跳起过程中再挥刀格挡交叉射向左胸和右肋的两支箭更是力不从心了。因左胸是要害，本能之下他便将身体尽量斜侧避让左边的箭。

左胸的箭最终还是没能完全让过去，但幸好箭没有从胸口射入，而是从腋下穿过。连波箭头的两边刃口，在右臂内侧和身体外侧同时划出两道口子。右肋的箭没法躲过，但右边的箭并没碰到莫鼎力，因为旁边还有丁天。他及时出手，一铜抽飞了那支箭。可为了替莫鼎力挡住这支箭，丁天自己被箭雨中的一支射穿了左臂，剧痛之下长刃双槽芒失手掉落在地。

"退！快退！"丁天不顾淌着血的手臂，忍住疼痛抓住莫鼎力就往后拉。对方突然出现的面具人和一群弓箭手让他们即将成功冲出的计划彻底破灭，现在能够活着逃回乱石堆中都不容易了。

莫鼎力和丁天如此高超的身手都在瞬间双双受伤，那后面的人就更是可想而知了。箭雨来得又急又突然，好在后面的人多少做了些准备，发现箭雨射来时立刻挥舞手中各种防护格挡。只是防护太过薄弱，有两个十八神射的箭手立时身中数箭而死。

石榴和死鱼挥舞竹枝打掉不少箭支，但强劲急快的箭支还是能从挥舞的竹枝中穿过。后面的谢欢天就被一支箭射穿肩膀，熊达则由于大腿受伤躲避迟缓，腹部又中一箭。

这一切都在瞬间发生，场面极为混乱。不过袁不彀的眼力能在瞬间之中把所有细节都看得清清楚楚，特别是血光迸溅的情景，在他眼中缓慢地滑过。

他开始晕眩，觉得整个山体都要倒过来压在自己身上。旁边的丰飞燕和舒九儿及时将他扶住，三个人挤在一起踉跄几步才勉强没有摔倒，但袁不彀的意识已然一片模糊。

"往前冲，横竖是个死！"石榴一声喊，丢掉手中竹枝，抱起旁边一块不知什么时候从上方石壁滚下的落石。那落石足有磨盘大小，抱着它就相当于一个沉重盾牌。

一直被堵在这里肯定会死，不被杀死也要饿死。现在他们其实已经冲过了大部分的封堵山路，的确可以拼着性命一鼓作气冲出去。

石榴的一声喊，让后面所有的人鼓足了力气。虽然有人死了、有人伤了，但在他的召唤下，所有人都尽自己最大努力往前冲去，希望可以突破最终阻碍。

莫鼎力和丁天正在往后面退逃，一边退一边拨打着射来的箭支。石榴抱着石头只能大概看到一点脚下的路，前面大部分的视角都被石头遮住了，这样一来他不可避免地和莫鼎力、丁天撞在了一处。而后面的人还在不顾一切地往前冲，于是所有人撞成了一堆、跌成了一串。

莫鼎力和丁天的反应极快，身体才沾地便又跳起继续拨打箭支，为后面跌倒的人群构成一道薄弱的防护。此时连绵不断的雨又开始落下来，箭支夹在雨幕中更加难以躲闪格挡。而一旦"阴府门神"的双箭和面具人的箭支一起射到，他们两个就只能任由箭支飞过他们的防护范围射到后面。

后面的人都趴在地上，紧贴地面，尽量躲避飞来的箭支。靠前的几个人还算幸运，有石榴抱的那块大石多少可以遮掩点。后面的人虽然紧趴在地上，但时不时还是会被箭支扎进身体。有人熬不住疼痛起身想逃，可才一起身立刻就被几支箭同时射中，气绝倒地。

面具人见状，带着人继续快速放箭，并寻找时机不断向这边慢慢逼近。他们逼得越近，石榴那块大石遮掩的范围便越小，后面的人中箭概率就越大。朴刀汉子此时也站起了身，横刀弓腰慢慢往前。有"阴府门神"双箭封杀，他不用担心对方的回射，只需提防莫鼎力和丁天的垂死攻杀。

当越来越密集的箭支射落在自己周围，老弦子彻底慌了。人一慌便难免出错，不知道怎么就把屁股撅了出去。一支箭很及时地就叮上他的屁股，顿时间血染裤裆。

疼痛激怒了老弦子，而他平时能够发泄怒火的对象只有一个——袁不榖。于是，他扭头厉声喝道："不够！袁不榖！快拿弓箭起来射他们！"

袁不榖趴在地上，脸紧贴着石面，似乎是要把自己揉进石头里。对于老弦子的厉喝他一点反应都没有，像是被血色彻底吓晕过去。

舒九儿很能理解老弦子是什么意思，于是也急切地呼唤袁不彀："袁不彀！我们当中只有你的远射可以让对方害怕，面具人见你拉弓搭箭动都不敢动，你快起来！"

说着话，舒九儿抬起上身去推袁不彀。这一抬身立刻就有一支箭穿透了她的右肩，箭的力道直接将她推到袁不彀的身上。

"快起来！射不死他们也要吓死他们，好让我们先退回去！啊……"老弦子还在嘶喊。当又一支箭叮上他单薄的屁股后，他的声音才弱了下去。

袁不彀并没有彻底昏厥，埋着头只是尽量不看周围的血光飞溅。他脑袋眩晕，意识也就迟钝了，完全忘记这样下去自己也是死路一条。

扑倒在袁不彀身上的舒九儿身体软软的，是原本就身柔如棉，也是中箭后体软乏力。柔软且带有凉意的身体让袁不彀开始苏醒，让他知道这里还有需要保护的人，自己应该做些什么。

袁不彀翻转身体，托住舒九儿的双肩，从箭杆上流淌出的血立刻顺着他的手臂一线挂淌下来。袁不彀眼睛一翻，这一次真是要晕过去了。

舒九儿忍着痛一下掐住袁不彀的人中，指甲深深地嵌进皮肉："不要晕不要晕！你并非天生畏血，你是畏杀！但是眼见着这么多人在流血，你得杀死敌人，保护大家，不让他们再流血！"

听到舒九儿的话，袁不彀恍惚中似乎见到一场杀戮，火光冲天，刀光闪烁。杀人的人像妖魔，披着黑氅，长着牛角，手中的利剑染满了自己亲人的血，血一滴滴地滴进自己的眼睛，让自己目不敢睹，眩晕欲死。这是记忆中的一个场景，是永远印刻在大脑深处的一种畏惧。

"不要晕！不要看那些红色的血！盯住眼睛，敌人的眼睛！盯住箭头，射向自己的箭头！或者什么都不看，用意识寻找他们的存在！"舒九儿大声说着，她在用撕心裂肺的吼叫抵消箭支射入身体的疼痛。

袁不毂艰难地将舒九儿推到一边，又艰难地翻转身体，摸到一把弓和一壶箭。弓上温湿湿、黏糊糊，是弓的主人被射死时喷溅出的血。抓到这样一张弓的袁不毂只能双腿跪住，却再难把身体撑起来。

"我来帮你，大不了一起死！只要死不了我就嫁给你！"丰飞燕到这个时候还记得要嫁给袁不毂这个承诺，也可能正是因为这样一个承诺，让她做出了这个不惧死亡的举动。

袁不毂站了起来，是丰飞燕环抱住他的腰把他撑起来的。她面朝着袁不毂，将自己的身体当成了保护袁不毂的护盾。

也就在他们两个刚刚站起的瞬间，一支箭斜插进丰飞燕的腰部。那箭穿透身体后余势不减，直到箭头继续插进袁不毂的身体才停住。

他们暂时没有被黑衣人射成刺猬，是有袁不毂在。之前在下面堰头上，面具人告诉洞里出来的黑衣人，要拿袁不毂的活口，所以当他们看清站起来的是袁不毂后，黑衣人便都把箭头指向让开了。原来留在山上围杀丁天一众的黑衣人因为有"阴府门神"的遁形双杀，所以配备的弓箭手并不多。他们虽然仍在瞄着袁不毂放箭，但这部分数量不多的箭基本都被丁天和莫鼎力拨打掉了。

袁不毂心中快速地闪过一个疑虑，那两个遁形暗射的"阴府门神"有些像将他家灭族的那个影子。看不清样子，不知道在哪里，只是有某个瞬间一闪而至的痛苦证实了他们的存在。所不同的是，影子带来精神上的痛苦，两个暗射箭手带来肉体上的痛苦。

痛苦往往会让人变得清醒，而丰飞燕的举动、舒九儿的喊声更能让袁不毂清醒。恍惚间，他记忆中不清晰的情景正快速转换成眼前的一切，真实的一切。他终于搭上了箭，拉开了弓。

"把弓稳若山，气息如长流，忘却一切事，只看落箭头。"老弦子大喊。他说的是箭射的基本功，也是弓射的第一重境界，弓射营里的射手都会学习这样的口诀。

"肩背松，手臂活，腰拧转，腿扎根。气绷小腹，再由胸到喉、由喉到口，轻嘘缓吐。"躺在一边的舒九儿拼力喊道。她这话和之前指导袁不彀运力控制船是一样的。

袁不彀像是听到了他们的话，又像根本没有听到，他拉弓搭箭的状态和他们说的有几分相似却又有很多不同。这是个从来都没有射准过的修弓匠，但这次再要射不准，所有人都会没命，所以他用心在瞄线。大锯锯开树干的直线、垒搭麻将堆的中线、铜钱湖水面的乱线、无相狐快速移动的轮廓线……所有这些线在他眼睛里、意识中、感觉中合成了一条线，一条可以随意划分、拉伸、连接、衡量、定位的线。许多肉眼无法准确锁定的异常点，这根线都可以将其连接上，连接在袁不彀的眼睛里，连接在意识中，连接在感觉中。

当"阴府门神"再次双杀出箭，箭才离弓，袁不彀眼中的线就已经连接上出箭的点。然后，几乎是完全凭借感觉，他将自己的箭顺着这条连接的线射了出去。第一支箭刚刚离弓，第二支箭也随之开弓射出，方向是另外一个出箭点。

看不见踪迹的"阴府门神"再没有继续出箭，连他们自己人都觉得蹊跷怪异。唯有面具人看清了袁不彀抓准"阴府门神"出箭的点后，快速回射的第二箭。虽然自始至终他也看不见那两个遁形杀高手的动作，但可以想象那两人根本来不及做任何反应，更不要说变换位置了。

"射中了吗？射中了吗？"也不知道老弦子在问谁，但可以肯定问这话是因为他仍是不相信袁不彀这个歪瓢子能射中对方。

两箭射出，没有见到对方血溅身亡，却实实在在阻止了对方的攻击。这让袁不彀一下有了信心，或许这弓箭远射远杀才是最适合自己的。远射远杀不见血，自然就不会晕血。于是他未加多想，连续拉弓放箭，所射位置是之前一轮箭雨后他锁定的一些出箭点。

江水嘈嘈，只能微微听见箭支穿透身体的声音，特别是射断骨头的穿透声。随着袁不彀连续射出的箭，那些显眼处、隐秘处的弓箭手都不见了人影，也再看不见一支箭射出来。

"杀了他，赶紧杀了他！"面具人高喊着。无法活捉这个年轻人，他也就没有机会得到此地的秘密。那就只能把这秘密彻底毁了，不让任何一个人得到。

面具人高声招呼手下杀了袁不彀，自己却在连续往后退。看来，他觉得要将这个年轻人杀死并无多少把握，而这个年轻人要杀死他们中间的某一个却是绝对有把握的。那年轻人刚刚瞬间杀了"阴府门神"就是证明，所以他首先要做的是不能让自己成为对方可以瞄定的目标。

打破面具看看是张什么脸

听到面具人的指令，最先采取行动的是朴刀汉子。他正弓着腰在向前面慢慢靠近，听到指令之后立刻脚下纵步、手中挥刀，一团遒劲刀风狂卷过去。

对方弓箭手的反应要比朴刀汉子慢，但弓箭的速度要比人快很多，所以箭支后发先至，抢在了朴刀汉子之前。

"护住他！"丁天从刚才袁不彀射出的几箭里，已经清楚了他的价值，自己这些人的命应该都系在了这个年轻人手中的弓箭上。听到面具人一声喊后，丁天立刻便明白了对方的意图，于是马上挺身替袁不彀拨打射向他的箭支。

其他人也听懂了丁天的意思。死鱼果断转身站起，挡在袁不彀的前面，谢天谢地兄弟俩也站起来挡在袁不毂的前面。熊达则直接颠着脚，拖着受伤的身体挥舞单刀朝朴刀汉子迎过去，正在拨打箭支的莫鼎力和丁天都没来得及拦住他。

几支从拨打间隙中漏过的箭射中了死鱼和谢天谢地，三个人闷哼一声歪倒，但随即又艰难爬起，依旧挡在前面。幸运的是，这几箭因为前面拨打时多少有些碰撞，失去了该有的力道也偏了方向，都没有射中他们要害。

熊达却没有那么幸运了。他本就受伤挺重，单刀刀法练了没有多久且从未实战过，偏偏面对的朴刀汉子又是一个会春秋刀法的沙场猛将，只一招就被对方砍翻在地。

当砍翻熊达的朴刀汉子想再次纵身杀向袁不毂时，他却没能跳起来。被他砍翻的熊达死死地抱住了他的腿。

也就在这个时候，石榴站了起来。他抱起大石头再次朝前冲去，就连莫鼎力和丁天都是急急闪身才没被他撞到。石榴此时抱石再冲，作用极大。大石像盾牌一样挡住一轮箭雨，又直对朴刀汉子而去，而朴刀汉子的脚无法从熊达的手臂里挣脱，只能横着朴刀杆来挡。

朴刀刀杆断了，发出碎响。朴刀汉子胸口被撞，发出闷响。朴刀汉子连带石头和抱住自己腿的熊达跌出了旁边悬崖，发出长长惨呼。最终，两个人和一块大石掉入江中的声响被江中急流的喧嚣覆盖，无声而去。

袁不毂眼里的线分离、折转、斜拉……变成了一张网，一张网形、格眼并不规则的网。这网上不同的格眼锁定了箭雨中的每一支箭。瞬间之中，他将自己射出的箭与这些箭的射出点相连。不，是与这些射出点往上一寸半的点位相连。侧身持弓，拉弦放箭，箭的射出点与肩臂平齐。这点往上一寸半，便正好是弓箭手脖颈的左前侧。

快速地连射，不让对手有再次开弓搭箭的机会。每射出一箭，袁不毂都不去看。这个时候多看一眼都是在浪费眼神和心神。不过肯定有人清楚看到了那些箭射出的结果，单一却触目惊心。几乎所有被射中的弓箭手都是一箭穿透脖颈，随着箭射的方向如断木一样重重地掼倒在地。

很短的时间，袁不毂就将那一壶箭全部射完，没有一箭落空。黑衣人这边的箭雨变成了零星几支，很多弓箭手已经被一箭毙命，剩下的弓箭手再不敢放箭，生怕自己的出箭会成为袁不毂射杀的选择。

箭壶中已经无箭。于是袁不毂后退一步，拔出了扎在自己身上的箭头。

这是支带血的箭，箭头、箭杆、箭羽都是血。袁不毂根本不看这支箭，只是用半闭眼睛的余光寻找着那个面具人。

面具人站立的位置是安全的，弓劲杀伤距离的判断对于面具人这样的弓射高手来说是最起码的技能，所以他没有开弓搭箭。他知道自己同样无法在这样的距离中有效杀伤袁不毂。

当袁不毂对准他拉开弓的时候，面具人疑惑了。自己难道判断错误？那个年轻人手中看似普通的弓难道有着外观看不出的力道？

面具人在疑惑在思考，袁不毂却是盯着那张面具，毫不犹豫地把箭射了出去。

面具人真的没有想通，对方的箭怎么会射到自己确定安全的距离的。那箭朝他而来时，本认为根本不存在危险的他，只来得及用手中的弓掸扫一下。掸扫让箭改变了方向，这方向恰好插向面具人的面门。改变方向的箭卸掉了不少力道，这支箭虽然最终插在面具上，却没有穿透，射中面门。随着半片金属面具碎裂落下，面具人惊恐地瞪圆了眼睛。

弓只是张普通的弓，箭也只是支普通的箭，唯一不同的是那箭上有血。箭支宽大的尾羽被浓稠的血液抹粘了起来，变成了窄窄的几缕毛。这样的箭在准头上变得很难控制，稍有碰撞就会大幅度改变方向，但这样的箭肯定比原来射得远。角度计算合适的话，完全可以射中安全距离之外的面具人。

袁不彀算准了角度，还算准了对手格挡的方式。他利用带血箭支轻易会改变方向的特点，让这支箭最终射向对方的面门。必须是面门，就算杀不死对方，也要打破面具，看看后面是张怎样的脸。

破碎的面具后面露出半张白皙的脸颊和半缕油亮的黑须，一滴血珠从脸颊上流下，画出一道艳丽婉转的红线，在白皙和油黑间显得特别刺眼。射破面具的箭尖划破了面具人的面颊，这对于一个需要掩盖面容的人来说，是留下了一个危险的记号。

面具人很果断地挥了下手，让手下赶紧撤走。那些人其实都在急切地等待着这个挥手，面对袁不彀每一支都会要命的箭，撤走也就意味着保住了性命。

黑衣人们撤得很快，他们在摸索下面洞道时应该留了记号，否则之前也不会那么快就从獭貐口鼻处的洞口赶到这里来再次堵截袁不彀一行。他们离开时，江水还没有将獭貐坟围绕。

袁不彀他们离开得也很快。莫鼎力跟着成长流入洞，之后暗中搭救舒九儿他们，直至后来逃到獭貐鼻，他也都做了记号。逃命的人最为坚忍，虽然他们中间大多是受了伤的人。在用舒九儿随身携带的麻沸散暂时止痛后，全都坚持一路急赶，在江水围住獭貐坟之前逃出。

金国南察都院的人在阿速合带领下赶到獭貐坟时，看到的是一片汪洋，獭貐坟已经在水中央。连续的洪峰被分流后，在原来的岸边形成湾流。再加上众多土丘沟壑的作用，处处都是怪异的流道、暗涡，即便有船也是不敢下水的。更何况金国隼巢的高手虽多，擅长操船弄水的却很少。最终他们只能远远眺望一下已经被江水围绕的獭貐坟，便迅速离开了。

袁不彀他们逃出之后立刻找到最近的县城，这一回他们没有像之前那样惊动官府衙门，而是找到捉奇司设在此处的密目孔子。

到达这里后，莫鼎力连喝口水的工夫都没歇，要了匹快马就上路了。

目前，他通过袁不縠了解到一件事情——被黑衣人夺走的牌子一面是"齐云"，另一面是"倾江"。倾江代表猰㺄坟，是一派治水工匠家的发源地。由此推断，那牌子应该只是一个派系的身份牌或标志。如今"倾江"已经知道意思，就看这"齐云"到底代表什么了。

莫鼎力还有一个发现，必须立刻加以证实。当初均州出来的黑衣人在沽酒渡现身后，他给芦威奇发了份暗信，要他在均州查证一件事情——天武营的人马有没有调动。黑衣人组织严密，少量人马就能阻击芦威奇辖下的巡街铁卫和亲兵卫队，这样一群人可以隐身军中难以查出，最大可能就是天武营的人。

现在不管芦威奇那边的查证有没有结果，从猰㺄坟撤走的黑衣人肯定是要回均州的。莫鼎力要赶过去，赶在黑衣人之前到达均州，那样就有可能抢先查出天武营人马数量不齐的事实，同时查出面具人是天武营中的哪一个。所以，接下来就看他和面具人谁先赶到均州。

余下的人都是丁天从临安带出的，已经没有几个，而且都带着伤。他们本是被派来听莫鼎力遣用的，结果莫鼎力自己跑了，把他们扔下也不说下一步该怎么办，只能先留在原地医治伤病，然后等待捉奇司下一步行动的指令。

众人里石榴没有受重伤，只有些碰撞刮擦的痕迹。袁不縠也没受太重的伤，那支穿过丰飞燕身体的箭支只浅浅地插入他身体，桃弧翼箭头也就只在他身上留下一个心形伤疤。老弦子瞎凑热闹地说，这伤疤是丰飞燕给打的印记，注定了袁不縠是她的人。

丰飞燕虽然腰腹被箭射穿，但伤势其实不重。她丰腴的腰肢本就肉鼓油厚，那支箭只从肉层油层之间穿过，没碰到筋骨内脏。

其他人的伤有轻有重，但在舒九儿的治疗下很快都没有什么大碍了，反倒是舒九儿自己被射穿的肩膀处理得最是不好。她给自己治疗并不方便，只能指导丰飞燕给她包扎上药，结果伤口化脓，发烧了好几天，最终自己下了猛料汤药才缓转过来。

　　捉奇司很快就来了指令，让剩下的人马上回临安。这就是赵仲珥的处事方法，做活儿的人事情结束后就马上回去复命，将整个过程细节汇报上去。同时他会另派一路人回去重新查看现场情况，再将情况反馈回去。这样可以将前后两路人获取的信息进行比对，避免有遗漏的方面，更避免有人隐瞒、谎报。

　　江水未曾完全退去，捉奇司另派的人就已经乘船上了獤貐坟。獤貐坟上还是当初厮杀后的情景，到处可见死尸，每一处和丁天他们回去说的细节都没有太大出入。

　　对不上的情况也不少，首先是那些洞道再也走不通了，很多地方像是不久前发生过坍塌。他们只好也从石壁上用绳索吊下，到达獤貐的口鼻处。但在这里他们没有找到成长流的尸体。还有，石壁上的两个字，像是被什么人整个凿撬掉了，只留下个方形浅坑。

　　黑衣人的尸体和颜色杂乱的那些人的尸体上都没有发现什么线索，这些做暗活的人之前肯定都收拾得干干净净，不让人看出丝毫端倪。不过捉奇司的人并非等闲之辈，他们还是从一个悬在崖壁上的绳索上找到了特别之处。这特别之处是一个绳扣，那绳扣反插悬棺扣，这是蜀地巴山葬人专用的绳扣。

　　蜀地族种繁杂，最为奇特的应该是原来金沙国的賨人和巴山的葬人。葬人就好比藏地的天葬师，也是专门为人礼葬尸体的。只不过他们的葬法和天葬不一样，他们会将尸体棺椁带上绝壁悬崖，放入山洞里或枝杈之上，所以葬人一族最擅长攀岩和吊物。根据这个线索，可以推论那些颜色很杂的人来自蜀地。

　　再有，獤貐坟西端的堰坡，分洪倾江之天工世上独有。这些信息在捉奇司悟秘阁中查找下，轻易便找出此处属于江湖上"理脉神坊"的开派之地。

知道"理脉神坊"的人不多，都说这个帮派的由来是个谜，就连它自己帮中的传人都说不清楚。现在应该可以确定，是他们祖师从獉貐坟那里有所顿悟才开宗立派的。这一帮的技艺传承也是个谜，入帮的人就像入了河工行，一年到头挖河筑堤。说是兼工兼武，这工和武都是自悟多过传授的。而至于传承，成长流从未说过自己是"理脉神坊"的传人。

石壁上的两个字应该是很重要的两个字，否则也不会有人费力将其凿撬带走。而要想将这两个字重现，只能靠当时看到那字的人重描和拼凑。将本就认不出的怪字重描出来绝不容易，袁不觳、老弦子、舒九儿、丰飞燕埋头苦想了好几天，描出的仍是乱麻一团。

这天，舒九儿在医馆中听到门外有铜磬敲击声一路过去，那是福星观道士沿街结缘求捐。连日阴雨让福星观倒了半间偏殿，道士们四处求捐银两，想要重修殿房。铜磬声渐渐远去，舒九儿脑子里却灵光连闪。她不再搜刮记忆去描那两个字，而是写了一张折文用蜡封好，让人赶紧送到捉奇司给赵仲珥。

收到折文时，赵仲珥正坐在书案前皱眉想着两件奇怪的事情。

其中一件事情是吏部录名阁的回复。录名阁外围人员众多，可以把犄角旮旯的所有信息都抠出来，但上次赵仲珥针对华舫埠凶案发出三支暗令之后，录名阁直到今天才有一个简短回复传过来。回复上说未查到孟和任何信息和社会关系，甚至录名阁里都没有孟和的资料，他的祖籍、出身、哪里招入禁军的全都不知。

一个禁军之中的高级官员，皇帝身边的守护者，竟然连来历都没有，当初是如何将他招录进来的？禁军之中出现这样的情况是非常危险的，如果孟和是个敌国刺客，那皇上的安危可就出了大纰漏。

另外一件事情是关于范成大的。今日早朝时有人上折给皇帝，谏奏范成大越级任职违反官制。范成大升任吏部员外郎是赵仲珥安排的，这检举看似针对范成大，其实是针对他赵仲珥的。让赵仲珥难办的是，孝宗皇帝竟然忘记是他这个弟弟推荐范成大这回事了，当场就免了范成大的官职，连周旋的机会都没有给他留，一下便将赵仲珥之前筹措好的计划都给打乱了。

赵仲珥觉得张浚是最该谏奏范成大的，再有就是枢密院和吏部的官员。范成大突然越级升任，影响最大、眼睛最红的是这些人才对。但是后来听说谏奏的人竟然是右龙骑大将军柴彬。

柴彬是梁王世子。当初小梁王柴桂死于岳飞枪下后，其子柴排福世袭梁王并驻守滇地①，在滇地建立梁王军，实力非常强大。梁王府在滇地屯军驻守，让皇上心中有所担忧，梁王府便主动让柴彬到临安任职。这柴彬是柴排福长孙，让他到临安其实是做质子。另外，临安的朝堂中风云多变，梁王府也是想安排下自己的人，好随时掌控局面。

赵柴两家祖上的恩怨愧欠世人皆知，所以孝宗对梁王府主动安排柴彬来临安是心照不宣的。封他个右龙骑大将军，平时对他提出的一些要求和建议能满足也都尽量满足，所以柴彬的这个谏奏，皇上未曾多加考虑就直接贬去了范成大官职。

现在，赵仲珥不能去强求皇帝给范成大复职，这样一来自己的一些目的就会表露得太过明显。而梁王府给他一拳，目前还不知道是故意为之还是无心而为。如果他马上再回过去一脚，这就明摆着是要做对头了。官场之上，特别是他这个捉奇司，那是要方方面面给面子才能把事情做好的。就算知道谁跟自己做了对头，那也要把回击的刀子藏在笑脸后面。

也就在赵仲珥被一个个疑问纠缠时，舒九儿的暗折送到了。当心结难疏的赵仲珥缓缓打开舒九儿递上的暗折后，他始终保持微笑的菩萨脸顿时收敛，眉头拧结起来。只有在所见信息完全出乎意料时，他才会这样。

---

① 滇地：现在云南的部分地方加四川、广西的小部分地方。

暗折上只寥寥几字:"壁上非字,是符画。"

猱貐坟石壁上的两个字竟然不是字,而是一张咒符,一张横着画的咒符!

天下有这样的咒符吗?

这样的符又有什么用处?

      九死一生的绝地冒险,波谲云诡的朝堂斗争。

       少年袁不彀将如何一一破解杀局?

       敬请关注《长弓少年行》后续作品。

           第一部 完

图书在版编目（CIP）数据

长弓少年行 / 圆太极著 . -- 北京：北京联合出版公司，2020.5
ISBN 978-7-5596-4065-9

Ⅰ.①长… Ⅱ.①圆… Ⅲ.①长篇小说—中国—当代 Ⅳ.① I247.5

中国版本图书馆 CIP 数据核字（2020）第 036924 号

长弓少年行

作　　者：圆太极
选题策划：一未文化
版权统筹：吴凤未
监　　制：魏　童
责任编辑：徐　鹏
执行编辑：许丽波
封面设计：ABOOK-Aseven
内文排版：麦莫瑞

北京联合出版公司出版
（北京市西城区德外大街 83 号楼 9 层　100088）
北京联合天畅文化传播公司发行
天津中印联印务有限公司印刷　新华书店经销
字数 230 千字　710 毫米 ×1000 毫米　1/16　18 印张
2020 年 5 月第 1 版　2020 年 5 月第 1 次印刷
ISBN 978-7-5596-4065-9
定价：48.00 元

版权所有，侵权必究
未经许可，不得以任何方式复制或抄袭本书部分或全部内容
本书若有质量问题，请与本公司图书销售中心联系调换。电话：(010) 64258472-800